Oscar classici moderni

di Franz Kafka
nella collezione Oscar

America
Il Castello
Diari
Frammenti e scritti vari
Lettere al padre - Gli otto quaderni in ottavo - Considerazioni sul peccato, il dolore, la speranza e la vera via
Lettere a Milena
La metamorfosi
Il processo
Racconti
Romanzi

nella collezione I Meridiani

Confessioni e diari
Lettere
Lettere a Felice
Racconti
Romanzi

Franz Kafka

LA METAMORFOSI

e altri racconti

Traduzione di Rodolfo Paoli ed Ervino Pocar

OSCAR MONDADORI

I edizione Oscar classici moderni gennaio 1994

ISBN 978-88-04-49255-9

Questo volume è stato stampato
presso ELCOGRAF S.p.A.
Stabilimento - Cles (TN)
Stampato in Italia. Printed in Italy

Anno 2014 - Ristampa 32 33 34 35

Franz Kafka

La vita

Franz Kafka nasce a Praga il 3 luglio del 1883, figlio di Hermann Kafka, ebreo di lingua ceca originario del villaggio di Wossek, nella Boemia meridionale, che soltanto dopo anni di duri sacrifici potrà trasferirsi a Praga, nella città vecchia. Grazie alla sua attività di commerciante, il padre di Franz riesce infatti a costruirsi una solida posizione economica e a inserirsi nell'élite praghese di lingua tedesca. Il nome Kafka è la trascrizione del ceco *kavka*, che significa "cornacchia", e sul marchio dell'azienda paterna fa bella mostra di sé l'immagine di questo uccello, così comune nel paesaggio boemo. La madre, Julie Löwy, appartiene alla borghesia intellettuale ebraica di lingua tedesca: nella famiglia materna vi sono rabbini, medici, dirigenti, ma anche individui bizzarri. Dai Löwy, come scriverà nella *Lettera al padre*, gli derivavano quelle doti di «sensibilità, equità, irrequietezza» che riteneva connaturate al suo carattere schivo, umbratile, introverso, anche se aperto alla vita, all'amicizia, allo humour. Dopo Franz nasceranno in casa Kafka tre sorelle, Elli, Valli e Ottla. Terminate le scuole elementari, Kafka frequenta l'Altstädter Deutsche Gymnasium, nella città vecchia, che con le sue vie strette e il suo fascino antico delimita l'orizzonte della sua giovinezza. Allora a Praga esisteva una comunità di lingua tedesca piuttosto esigua rispetto alla maggioranza slava (il sette per cento circa), ma influente nella vita politico-sociale della città, e all'interno di questa minoranza erano particolarmente attivi gli ebrei. Kafka da giovane si interessa alla cultura della sua epoca; si avvicina al darwinismo e al socialismo; a scuola porta, unico tra i suoi compagni, il garofano rosso, simbolo della sua fede politica. Frequenta il circolo progressista Klub mlad™ch ("Club dei giovani") e legge le opere di Herzen e di Kropotkin, che lo avviano alla conoscenza di Nietzsche. Nel 1901 si iscrive all'università tedesca di Praga; per due settimane frequenta le lezioni di chimica, poi passa a giurisprudenza e nel 1906 conseguirà la laurea in legge. Ma Kafka sente che la sua vocazione è la letteratura, anche se per tutta la vita avrà dubbi angoscianti sulla validità del suo lavoro di scrittore. Il padre infatti gli rimproverava la sua passione, che giudicava un ostacolo per la solidità del suo futuro. Ma gli è di conforto la fiducia degli amici; fin dal liceo aveva conosciuto Oskar Pollak; al 1902 risale l'incontro con Max Brod che, insieme a Felix Weltsch e Oskar Baum, gli sarà amico per sempre.

Fra il 1907 e il 1908 lavora all'Istituto per le assicurazioni generali e nel 1908 viene assunto all'Istituto d'assicurazione per gli infortuni sul lavoro del Regno di Boemia, dove rimarrà fino al pensionamento nel 1922. Nel 1908 escono, nella rivista «Hyperion» di Franz Blei, i primi otto racconti di *Meditazione*. Tra agosto e settembre del 1911 Kafka è con Brod a Lugano, Stresa, Milano, Parigi, Erlenbach; al suo ritorno in ottobre assiste alla prima rappresentazione, al Café Savoy di Praga, del teatro yiddish di Jizchak Löwy. Nel 1912 inizia a lavorare a "Il disperso" (che Brod pubblicherà con il titolo *America*), a *La condanna* e a *La metamorfosi*. Si reca a Weimar con Brod, poi da solo a Jungborn. A casa di Brod incontra l'ebrea berlinese Felice Bauer, sua futura fidanzata. Nel 1913 escono le prose in volume di *Meditazione* e *Il fuochista*. Soggiorna in un sanatorio a Riva del Garda, dove ha una breve relazione con Grete Bloch; l'anno dopo rompe il fidanzamento con Felice Bauer, lavora a *Il processo*, *Nella colonia penale* e *Il teatro naturale di Oklahoma*, che sarà l'ultimo capitolo di *America*; nel 1915 viene pubblicata *La metamorfosi*. Nel 1917 riprende il suo rapporto con la Bauer. Nell'agosto dello stesso anno gli viene diagnosticata la tubercolosi polmonare. Passa l'inverno 1917-1918 a Zürau, dove la sorella Ottla gestisce un'azienda agricola. In inverno rompe definitivamente il suo fidanzamento con Felice Bauer. Intanto la malattia progredisce e Kafka trascorre lunghi periodi in case di cura; nel 1919, l'anno in cui scrive la *Lettera al padre*, escono, presso Kurt Wolff, *Nella colonia penale* e *Un medico di campagna*. Nel 1920 inizia la sua relazione con la scrittrice Milena Jesenská e la sua amicizia con lo studente di medicina Robert Klopstock. Nel 1922, anno del suo pensionamento, Kafka, nonostante le precarie condizioni di salute, si dedica interamente alla scrittura; nascono così *Il Castello*, *Un digiunatore*, *Primo dolore*, *Indagini di un cane*. Nel 1923 progetta un viaggio in Palestina, al quale poi rinuncia. A Müritz, sul mar Baltico, incontra Dora Diamant, che sarà la sua compagna fino alla morte, e con lei si stabilisce a Berlino. Nel 1924 scrive *Giuseppina, la cantante*. Le sue condizioni si aggravano; è trasferito prima nel sanatorio di Wiener Wald, poi a Kierling, vicino a Vienna, dove muore il 3 giugno di quell'anno.

Le opere

Dice, con un giudizio stringato e pertinente, Guido Massino nel suo volume *Franz Kafka*: «Negli scritti della prima fase da *Descrizione di una battaglia* a *Meditazione* (1912), innocenza, fluire della vita, accordo col ritmo della natura sono assenti o si negano ai personaggi, consegnati a una incerta dimensione cittadina in cui i rapporti umani sembrano dissolversi, visitati nelle loro tristi stanze dai fantasmi interiori, irresoluti o rassegnatamente infelici». Ma fra i suoi lavori giovanili si collocano anche le prose di *Preparativi di nozze in campagna* e il frammento di romanzo, scritto insieme a Max Brod, *Richard e Samuel*, dove Richard adombra il carattere di Kafka e Samuel quello di Brod.

Nel racconto *La condanna*, del 1913, si delinea con chiarezza il tema della colpa, prima soltanto accennato e ora esplicito. Georg Bendemann, un giovane intraprendente, scrive a un amico, che si era ritirato a Pietroburgo, la sua decisione di sposarsi. Appena il vecchio padre sa dell'iniziativa del figlio, riacquista un'energia insospettata e condanna Georg a morire annegato. Qui l'esperienza autobiografica, il perenne conflitto con il padre, si dilata in un orizzonte più vasto che attribuisce al senso di colpa origini ancestrali e misteriose. *Il fuochista*, sempre del 1913, primo capitolo del romanzo che Brod pubblicherà con il titolo di *America*, ci descrive l'inizio della singolare avventura di Karl Rossmann, un ragazzo che parte per il Nuovo Mondo, cacciato dai suoi genitori perché giudicato colpevole di essere stato sedotto da una cameriera, con una stupefacente inversione delle responsabilità.

Del 1914 è il racconto *Nella colonia penale*, dove l'incisione sul corpo del condannato del comandamento violato varia il tema della colpa, insistendo sul momento della sua straziante ritorsione. Nella *Metamorfosi*, del 1915, assistiamo alla progressiva catabasi di Gregor Samsa (le lettere del cognome riproducono la successione di vocali e consonanti del cognome Kafka), trasformato in un «enorme insetto immondo». Anche Raban, nei *Preparativi di nozze in campagna*, aveva immaginato di assumere la forma di un grosso coleottero o di un maggiolino. Ma qui la fantasia diviene vita quotidiana, e l'avvilente frustrazione dell'escluso tangibile, concreta realtà, con esiti tragico-grotteschi che fanno di questo racconto un *unicum* nella letteratura europea del Novecento. Il 1915 è anche l'anno del breve apologo *Davanti alla legge* che Kafka, per l'emblematicità del suo significato, pubblicherà due volte, inserendolo prima nella raccolta di racconti *Un medico di campagna*, del 1919, e poi nel romanzo *Il processo*. La situazione è esemplare: l'uomo di campagna, che muore senza essere potuto entrare nella Legge, saprà dalla voce del custode: «Questo ingresso era destinato soltanto a te. Ora vado a chiuderlo». Qui e nell'altra breve pagina, *Un messaggio dell'imperatore,* la speranza di una possibile salvezza è come il lucore di una stella: così lontana da sembrare (o essere) inattingibile e tuttavia presente per chi non voglia eluderla e sfuggire al suo incanto. Nel 1924, l'anno stesso della morte, escono quattro racconti raccolti sotto il titolo *Un digiunatore* Il più incisivo è *Giuseppina, la cantante*, in cui la critica più recente ha individuato l'estremo messaggio dello scrittore di fronte al problema dell'ebraismo.

Dopo il 1924 Max Brod inizia quella meritoria attività di editore degli inediti dell'amico scomparso alla quale si può anche perdonare una certa disinvoltura, che fu rilevata dalla filologia kafkiana più attenta e agguerrita. Per merito di Brod videro la luce i tre romanzi *Il processo*, nel 1925, *Il Castello*, nel 1926, e *America*, nel 1927.

Il processo ci narra la vicenda di Josef K., sorvegliato in un regime di semilibertà da un'autorità giudiziaria presente in ogni atto della sua esistenza. L'esecuzione finale dell'accusato sarà tanto più discutibile e ambigua, in quanto K. non saprà mai le motivazioni dell'accusa.

Il Castello è la storia di K. (si noti, come per *Il processo*, questa sigla che allude alla lettera iniziale del nome Kafka), dei suoi sforzi vani perché venga accettata una problematica nomina di agrimensore. K. sarà confinato nel villaggio e senza esito saranno i suoi contatti, sporadici e periferici, con i signori del Castello. Il romanzo è incompiuto, ma sappiamo che doveva concludersi con un compromesso, con un epilogo meno traumatico rispetto al *Processo*, ma sempre deludente riguardo alle prospettive ambiziose di K.

America ci narra di Karl Rossmann, il ragazzo che – emigrato per un arbitrario volere della famiglia – reagirà con la sua innocenza agli ingranaggi di un'America tecnicizzata fino al grottesco.

Numerosi sono i racconti postumi, che Brod ordinerà in due raccolte, nel 1931 e nel 1954, oltre che nelle tre edizioni sistematiche dell'opera omnia, a cui lavorerà fra il 1935 e il 1958. Il più esemplare è *La tana*, angosciante metafora della illusiva sicurezza che ogni essere vivente cerca invano di raggiungere per sottrarsi al proprio destino. Accanto alla narrativa, imponente è il lascito del Kafka più privato: i *Diari*, *I quaderni in ottavo* e una vasta corrispondenza con gli amici, con Felice Bauer, con Milena Jesenská e con la sorella Ottla. Da queste pagine emerge la personalità geniale e affascinante dello scrittore che più di ogni altro ha saputo esprimere il disagio dell'esistere nel nostro tempo.

La fortuna

Le prose che Kafka aveva pubblicato in vita non furono trascurate dalla critica e, oltre all'entusiasmo di Brod e ai giudizi positivi dei recensori qualificati, vennero accolte dalla stima di lettori di prestigio tra cui Robert Musil. Ma le scarse traduzioni, in ceco, in ungherese, in svedese, testimoniano che la cerchia dei suoi lettori era limitata e Kafka poteva essere confuso con uno dei giovani scrittori di quella generazione espressionista che aveva avuto come nume tutelare l'editore Kurt Wolff di Lipsia, presso cui erano apparsi i suoi racconti di *Un medico di campagna.* Spetta a Max Brod il merito di avere intuito tutta la grandezza e la vitalità di questo lascito attraverso una ininterrotta attività di editore e di studioso dell'amico; negli anni Venti e negli anni Trenta il nome di Kafka si diffuse e si impose prima nei paesi di lingua tedesca e poi in tutta Europa.

Il processo e *Il Castello* vengono recensiti da Alfred Döblin nel 1927, al quale non sfugge l'attenzione che gli addetti ai lavori prestano al fenomeno Kafka; mentre al 1934 risale un penetrante saggio di Walter Benjamin, che propone una lettura storico-critica dello scrittore, compreso il suo complesso rapporto con l'ebraismo, su un versante diverso da quello seguito da Max Brod, che insiste invece sui motivi teologico-religiosi. La fama di Kafka varca i confini della Germania, dove del resto l'ideologia ufficiale è, negli anni Trenta, incompatibile con una visione del mondo dilacerato e problematico. Agli inizi degli anni Quaranta, Kafka suscita in Francia l'interesse di Sartre e di Camus, in una temperie culturale nella quale il tema della lotta dell'individuo contro l'inesorabilità della condizione umana rientra negli orizzonti della filosofia esistenzialista. Accanto a questa, nel secondo dopoguerra si delinea una tendenza sociologica: Lukács vede nel protagonista kafkiano, schiacciato nell'ingranaggio di un potere insensibile alle sue esigenze di fondo, il paradigma del regime di schiavitù imposto dalla società capitalistica; altri critici, meno vincolati all'ortodossia marxista, come Adorno e Wagenbach, studiano il rapporto fra il personaggio di Kafka e i suoi antagonisti, in un quadro più complesso e articolato del processo di reificazione dell'individuo di oggi. Adorno, in particolare, riprende l'interpretazione di Benjamin sul valore negativo dell'ebraicità di Kafka. Se Brod aveva riconosciuto come elemento primario nelle opere dello scrittore praghese un rapporto positivo con la religione ebraica, sottolineando le sue simpatie sioniste, per Adorno (come già per Scholem e Marcuse prima e, successivamente, per Hannah Arendt) i personaggi kafkiani sono il paradigma, e in un certo senso la prefigurazione, del momento più duro della storia del popolo eletto, vittime innocenti eppure ambiguamente coinvolte nella tragedia attraverso il destino dell'ebraismo.

Lo stesso senso della colpa senza origine, o dall'origine atavicamente dimenticata, ha suscitato interpretazioni in senso psicologico prima, e psicanalitico più tardi. Le vicende biografiche dello scrittore, rivelate nella corrispondenza, in particolare il senso di inferiorità nei confronti di una schiacciante figura paterna, hanno dato il via alla lettura delle deformazioni kafkiane come specchio di un'anamnesi letteraria. Unica reazione possibile all'oblio dell'insopportabile, in quest'ottica la letteratura di Kafka lascerebbe riaffiorare una serie di elementi atavici.

Già dalla fine della Seconda guerra mondiale si è però manifestata una certa insofferenza nei confronti della disinvoltura con la quale si è piegato il testo kafkiano a esigenze di senso prettamente filosofiche, psicologiche o politiche.

In Italia questa tendenza è stata rappresentata soprattutto da Ladislao Mittner, il quale ha sottolineato la necessità di riportare il discorso su Kafka entro i confini della letteratura. Anche in quest'ottica è stato sottolineato il valore assolutamente peculiare dell'opera dello scrittore praghese, e molti hanno evidenziato il rapporto complesso con la ricerca del sapere rappresentato dalla sua opera. Maurice Blanchot ha insistito sul valore della letteratura in Kafka, come ultimo approdo possibile di fronte al crollo del mondo stesso che la produce. In anni più recenti, Milan Kundera ha dedicato a Kafka una serie di saggi nei quali lo scrittore viene individuato come uno degli autori cardine della letteratura moderna, che ha saputo trovare nel romanzo una forma alternativa di conoscenza, in grado di portarsi fino alla vertigine del vuoto, ai limiti del circolo di creazione e interpretazione della scrittura.

Nonostante l'interesse che ha suscitato nel Ventesimo secolo, Kafka continua a godere dell'attenzione degli studiosi di svariate discipline.

Le sue opere costituiscono, malgrado tutti gli sforzi, un enigma che investe ancora il nostro tempo.

Bibliografia

Opere di Franz Kafka

OPERE PUBBLICATE IN VITA

Gespräch mit dem Beter, *Gespräch mit dem Betrunkenen*, in «Hyperion. Ein Zweimonatsschrift», 2, I, 8, marzo-aprile 1909.

Die Aeroplane in Brescia, in «Bohemia», Prag, 29 settembre 1909.

(con Max Brod) *Erstes Kapitel des Buches «Richard und Samuel»: Die erste lange Eisenbahnfahrt (Prag-Zürich)*, in «Herderblätter», 1, 3, maggio 1912.

Großer Lärm, in «Herderblätter», 1, 4-5, ottobre 1912.

Betrachtung, Rowohlt, Leipzig 1913. Contiene: *Kinder auf der Landstraße*, *Entlarvung eines Bauernfängers*, *Der plötzliche Spaziergang*, *Entschlüsse*, *Der Ausflug ins Gebirge*, *Das Unglück des Junggesellen*, *Der Kaufmann*, *Zerstreutes Hinausschaun*, *Der Nachhauseweg*, *Die Vorüberlaufenden*, *Der Fahrgast*, *Kleider*, *Die Abweisung*, *Zum Nachdenken für Herrenreiter*, *Das Gassenfenster*, *Wunsch, Indianer zu werden*, *Die Bäume*, *Unglücklichsein*.

Das Urteil, in *Arkadia. Ein Jahrbuch für Dichtkunst*, a cura di Max Brod, Kurt Wolff Verlag, Leipzig 1913.

Der Heizer. Ein Fragment, Kurt Wolff Verlag, Leipzig 1913.

Vor dem Gesetz, in «Selbstwehr. Unabhängige jüdische Wochenschrift», 9, 34, Prag, 7 settembre 1915.

Die Verwandlung, Kurt Wolff Verlag, Leipzig 1915.

Das Urteil. Ein Geschichte, Kurt Wolff Verlag, Leipzig 1916.

In der Strafkolonie, Kurt Wolff Verlag, Leipzig 1919.

Ein Landarzt. Kleine Erzählungen, Kurt Wolff Verlag, München/Leipzig 1919. Contiene: *Der neue Advokat*, *Ein Landarzt*, *Auf der Galerie*, *Ein altes Blatt*, *Vor dem Gesetz*, *Schakale und Araber*, *Ein Besuch im Bergwerk*, *Das nächste Dorf*, *Eine kaiserliche Botschaft*, *Die Sorge des Hausvaters*, *Elf Söhne*, *Ein Brudermord*, *Ein Traum*, *Ein Bericht für eine Akademie*.

Der Kübelreiter, in «Prager Presse», 270, Prag, 25 dicembre 1921.

Ein Hungerkünstler. Vier Geschichten, Verlag Die Schmiede, Berlin 1924. Contiene: *Erstes Leid*, *Eine kleine Frau*, *Ein Hungerkünstler*, *Josefine, die Sängerin oder Das Volk der Mäuse*.

OPERE POSTUME

Der Prozeß, Verlag Die Schmiede, Berlin 1925.

Das Schloß, Kurt Wolff Verlag, München 1926.

Amerika, Kurt Wolff Verlag, München 1927.

Beim Bau der chinesischen Mauer. Ungedruckte Erzählungen und Prosa aus dem Nachlaß, a cura di Max Brod e Hans Joachim Schoeps, Gustav Kiepenheuer Verlag, Berlin 1931. L'edizione originale contiene: *Beim Bau der chinesischen Mauer*, *Zur Frage der Gesetze*, *Das Stadtwappen*, *Von den Gleichnissen*, *Die Wahrheit über Sancho Pansa*, *Das Schweigen der Sirenen*, *Prometheus*, *Der Jäger Gracchus*, *Der Schlag ans Hoftor*, *Eine Kreuzung*, *Die Brücke*, *Kleine Fabel*, *Eine alltägliche Verwirrung*, *Der Kübelreiter*, *Das Ehepaar*, *Der Nachbar*, *Der Bau*, *Der Riesenmaulwurf* [identico a *Der Dorfschullehrer*], *Forschungen eines Hundes*, *Betrachtungen über Sünde, Leid, Hoffnung und den wahren Weg*.

Vor dem Gesetz, Schocken, Berlin 1934.

EDIZIONI COMPLESSIVE

Gesammelte Werke, a cura di Max Brod et al., Fischer, Frankfurt a/M 1950 segg. (oggi considerata superata).

Schriften. Tagebücher. Briefe. Kritische Ausgabe, a cura di Jürgen Born, Gerhard Neumann, Malcolm Pasley, Jost Schillemeit, con la collaborazione di Nahum Glatzer, Rainer Gruenter, Paul Raabe, Marthe Robert, Fischer, Frankfurt a/M 1982-

Historisch-kritische Ausgabe sämtlicher Handschriften, Drucke und Typoskripte, a cura di Roland Reuß, Peter Staengle, Stroemfeld/ Roter Stern, Frankfurt a/M-Basel 1995- (sono previsti circa 25 volumi).

Principali traduzioni italiane

Il processo, trad. di Alberto Spaini, Frassinelli, Torino 1933; trad. di Ervino Pocar, Mondadori, Milano 1971; trad. e cura di Giorgio Zampa, Adelphi, Milano 1973; trad. di Primo Levi, Einaudi, Torino 1983.

La metamorfosi, trad. di Rodolfo Paoli, Vallecchi, Firenze 1934; *La metamorfosi e altri racconti*, trad. di Rodolfo Paoli e Ervino Pocar, Mondadori, Milano 1994.

Il messaggio dell'imperatore, trad. di Anita Rho, Frassinelli, Torino 1935.

America, trad. di Alberto Spaini, Frassinelli, Torino 1945; poi Mondadori, Milano 1947.

Il castello, trad. di Anita Rho, Mondadori, Milano 1948.

Diari, trad. e cura di Ervino Pocar, Mondadori, Milano 1953.

Racconti, trad. di Giorgio Zampa, Feltrinelli, Milano 1957.

Lettera al padre, trad. di Anita Rho, Mondadori, Milano 1959.

Descrizione di una battaglia e altri racconti, trad. di Rodolfo Paoli e Ervino Pocar, Mondadori, Milano 1960.

Preparativi di nozze in campagna, trad. di Gisella Tarizzo, Mondadori, Milano 1960.

Confessioni e immagini, trad. di Italo Alighiero Chiusano, Anita Rho e Gisella Tarizzo, Mondadori, Milano 1960.

Lettera al padre. Gli otto quaderni in ottavo. Considerazioni sul peccato, il dolore, la speranza e la vera via, trad. di Anita Rho e Italo Alighiero Chiusano, Mondadori, Milano 1972.

Schizzi, parabole, aforismi, scelta, introduzione e note di Giuliano Baioni, Mursia, Milano 1983.

Nella colonia penale e altri racconti, trad. di Franco Fortini, Einaudi, Torino 1986.

Frammenti e scritti vari, trad. di Italo Alighiero Chiusano e Ervino Pocar, Mondadori, Milano 1989.
Sogni, a cura di Gaspare Giudice, Sellerio, Palermo 1990.
Le ultime lettere ai genitori. 1922-1924, trad. di Claudio Groff, Rizzoli, Milano 1990.
La Metamorfosi e tutti i racconti pubblicati in vita, trad. e cura di Andreina Lavagetto, Feltrinelli, Milano 1991.
Gli aeroplani a Brescia. Diari di viaggio 1909-1912, trad. di Ervino Pocar, Biblioteca del Vascello, Roma 1991.
Il silenzio delle sirene. Scritti e frammenti postumi (1917-1924), trad. e cura di Andreina Lavagetto, Feltrinelli, Milano 1994.
Aforismi e frammenti, trad. di Elena Franchetti, BUR, Milano 2004.

L'opera di Kafka è disponibile nei cinque volumi dei Meridiani Mondadori:

Romanzi (contiene: *America*, *Il processo*, *Il Castello*), trad. di Ervino Pocar, Anita Rho, Italo Alighiero Chiusano e Alberto Spaini, a cura di Ervino Pocar, Mondadori, Milano 1969.
Racconti (contiene: *Descrizione di una battaglia*, *Preparativi di nozze in campagna*, *Richard e Samuel*, *Meditazione*, *La condanna*, *La metamorfosi*, *Un medico di campagna*, *Nella colonia penale*, *Durante la costruzione della muraglia cinese*, *Un digiunatore*), trad. di Ervino Pocar, Gisella Tarizzo e Rodolfo Paoli, a cura di Ervino Pocar, Mondadori, Milano 1970.
Confessioni e diari, trad. e cura di Ervino Pocar, Mondadori, Milano 1972.
Lettere a Felice, trad. di Ervino Pocar, a cura di Erich Heller e Jürgen Born, Mondadori, Milano 1972.
Lettere, trad. di Ervino Pocar, a cura di Ferruccio Masini, Mondadori, Milano 1988 (comprende i carteggi dal 1902 al 1924, le *Lettere a Milena*, le *Lettere sparse* e le *Lettere a Ottla*).

La metamorfosi
e altri racconti

LA CONDANNA

(1912)

a F.

Titolo originale: *Das Urteil*
Traduzione di Rodolfo Paoli

Era una mattinata domenicale nel momento più bello della primavera. Georg Bendemann, un giovane commerciante, sedeva nella sua stanza al primo piano, in una di quelle case basse e fragili, che, seguendo il fiume, si allineavano in una lunga serie, distinguendosi quasi solo per l'altezza e il colore. Aveva finito allora una lettera a un amico d'infanzia che viveva all'estero; la chiuse con una lentezza compiaciuta, quasi giocherellando, e contemplò poi, coi gomiti appoggiati sulla scrivania, fuori della finestra, il fiume, il ponte e le colline sulla sponda opposta, coperte di tenero verde.

Meditava sul fatto che questo amico, scontento della sua esistenza in famiglia, già da anni s'era come rifugiato in Russia. Esercitava un commercio a Pietroburgo che da principio prometteva bene, ma che già da parecchio tempo sembrava essersi arrestato, come si lamentava l'amico durante le visite che avvenivano sempre più di rado. Si affannava invano, così, in terra straniera; la barba, tenuta secondo la moda forestiera, copriva appena il volto ben noto fin dall'infanzia e la pelle giallognola pareva accennare a una latente malattia. Secondo quel che raccontava non era in rapporti attivi con la colonia dei suoi connazionali, né aveva stretto quasi nessuna relazione d'amicizia con famiglie del luogo e s'avviava così a restar definitivamente scapolo.

Cosa scrivere a un uomo, come quello, che evidentemente aveva sbagliato strada, che si poteva compiangere, ma non aiutare? Forse consigliargli di tornare in famiglia, di trasferire di nuovo la sua esistenza in patria, di riprendere le antiche relazioni d'amicizia – e sin qui non si sarebbero incontrati ostacoli – affidandosi quanto al resto, all'aiuto degli amici? Ma questo significava semplicemente dirgli insieme – e con quanto maggior riguardo gli fosse stato detto, tanto più avvilente sarebbe stato per lui – che i suoi precedenti tentativi erano falliti, che doveva ormai abbandonarli, tornare, rassegnandosi a farsi guardare da tutti cogli occhi spalancati come chi rimpatria per sempre; che soltanto gli amici avevano capito qualcosa, mentre lui era un fanciullone, cui non restava che obbedire a quelli che erano rimasti e avevano avuto successo nella vita. E s'era poi sicuri che la pena che gli si procurava avrebbe avuto una giustificazione? Forse non si sarebbe neppure riusciti a farlo tornar a casa – aveva detto lui stesso di non comprender più il modo di vivere del suo paese – e se ne sarebbe rimasto così, nonostante tutto, all'estero, amareggiato da tutti quei consigli e ancor più lontano di prima dagli amici. Se poi avesse accettato il consiglio e, arrivato in patria, si fosse sentito – naturalmente non per deliberato proposito, ma per la fatalità degli eventi – oppresso, non si fosse riaffiatato cogli amici né rimesso senza di loro, si fosse sentito umiliato, e avesse finito col non aver davvero più né patria né amici, non sarebbe stato allora molto meglio per lui restare all'estero, così com'era? Date le circostanze del momento si poteva davvero pensare che egli sarebbe riuscito a spuntarla?

Per queste ragioni, se si voleva restare almeno in rapporti epistolari ancora con lui, non gli si potevano comunicare notizie vere e proprie, come si danno invece senza riguardo anche al più lontano dei conoscenti. L'amico non era più stato in patria da più di tre anni e giustificava alla meglio questa assenza con la instabilità della situazione politica russa, che, a quanto diceva, non consentiva a un piccolo commerciante come lui neppure la minima assenza, mentre centinaia di migliaia di russi giravano tranquillamente per il mondo. Ma appunto in quei tre anni molti mutamenti erano avvenuti per Georg. Della morte della madre, avvenuta circa due anni prima, e in seguito a cui Georg aveva cominciato a vivere insieme al vecchio padre, l'amico aveva ancor avuto notizia e aveva espresso in una lettera le sue condoglianze, ma con un'aridità che si poteva spiegare solo pensando che il dolore per un simile evento appare addirittura inspiegabile a chi vive lontano. Proprio da quel momento Georg aveva cominciato a mettere più impegno non solo in tutte le cose, ma particolarmente negli affari. Forse, quand'era ancor viva la madre, il padre, imponendo all'andamento della ditta unicamente la sua volontà, gli aveva impedito di avere un'attività propria; forse, pur continuando a occuparsi degli affari, il padre, dopo la morte della madre, s'era fatto più discreto; forse fortunate circostanze – era l'ipotesi più probabile – avevano avuto un ruolo ancor più importante; comunque in quei due anni la ditta si era inaspettatamente sviluppata, s'era dovuto raddoppiare il personale, la vendita era quintuplicata, un ulteriore progresso era ormai sicuro.

L'amico però, di questi mutamenti, non aveva neppure un'idea. In passato, per l'ultima volta, forse, nella lettera di condoglianze, aveva cercato di convincere Georg a emigrare in Russia, diffondendosi sulle possibilità di successo che proprio per il genere di commercio esercitato da lui si sarebbero offerte a Pietroburgo. Le cifre però risultavano trascurabili in confronto al giro d'affari che la ditta di Georg aveva ormai raggiunto. Egli non s'era però sentito di narrare all'amico i suoi successi, e se lo avesse fatto in ritardo, sarebbe parso molto strano.

Così egli si limitava a parlare solo di casi insignificanti come si presentano confusamente alla memoria quando ci si ripensa in una tranquilla domenica. Non desiderava altro che lasciare intatta l'immagine che l'amico s'era fatta della sua città natale, durante quel lungo intervallo di tempo, e a cui s'era ormai assuefatto. Capitò così a Georg di annunziare all'amico, in tre lettere piuttosto distanti tra loro, il fidanzamento di un qualsiasi tizio con una ragazza ugualmente indifferente, sinché l'amico cominciò d'un tratto a interessarsi di questo fatto contro l'intenzione di Georg.

Ma egli preferiva scrivere notizie simili piuttosto che confessargli di essersi fidanzato lui stesso un mese prima con una certa signorina Frieda Brandenfeld che apparteneva a una famiglia agiata. Parlava spesso con lei di questo amico e del carattere tutto particolare della loro corrispondenza. «Così non verrà per il nostro matrimonio,» diceva lei «eppure ho il diritto di conoscere tutti i tuoi amici.» «Non voglio disturbarlo,» rispondeva Georg «cerca di capirmi; egli forse verrebbe, almeno lo suppongo, ma si sentirebbe a disagio, e diminuito, forse m'invidierebbe e ripartirebbe solo soletto, certo scontento e incapace di superare questa sua scontentezza. Esser solo, sai cosa vuol dire?» «Ma non può darsi che venga a sapere ugualmente del nostro matrimonio?» «Questo certo non lo posso impedire, ma con la vita che fa, mi sembra improbabile.» «Se avevi degli amici come lui, Georg, non avresti dovuto neanche fidanzarti.» «In questo caso la colpa è di tutt'e due; ma ormai non vorrei mutare questa situazione.» E quando, ansando sotto i suoi baci, Frieda ripeté: «Eppure è avvilente per me!» egli pensò che in fondo era naturale raccontar tutto all'amico. "Son fatto così e così mi deve prendere," si diceva "non posso fare di me come un figurino che forse si adatti a essergli amico più di quello che non sia io."

Nella lunga lettera che aveva scritta in quella mattinata domenicale dava infatti notizia all'amico dell'avvenuto fidanzamento con queste parole: «La nuova più bella me la son serbata in fondo; mi sono fidanzato con la signorina Frieda Brandenfeld, una ragazza appartenente a una famiglia agiata, che si è stabilita qui molto tempo dopo la tua partenza, e che perciò sarà difficile tu conosca. Avrò ancora occasione di parlarti più a lungo della mia fidanzata, per oggi ti basti sapere che sono molto felice e che i rapporti tra noi due sono cambiati solo in questo senso: che d'ora in avanti avrai in me, invece del solito amico, un amico felice. Inoltre avrai nella mia fidanzata, che ti saluta cordialmente e che presto ti scriverà direttamente, un'amica sincera; cosa che per uno scapolo non è poi senza importanza. So che molte ragioni ti trattengono dal farci una visita, ma non sarebbe proprio il mio matrimonio una buona occasione per toglier di mezzo una buona volta tutti gli ostacoli? Comunque sia, opera senza riguardi e soltanto come credi meglio».

Con questa lettera in mano Georg era rimasto a lungo seduto dinanzi alla scrivania, volgendo la faccia alla finestra. Al saluto di un conoscente che passava per la strada, aveva risposto appena, con un sorriso assente.

Infine mise in tasca la lettera, e uscendo dalla camera, attraversò un piccolo corridoio, per entrare in quella di suo padre, in cui non era stato da mesi. Non ce n'era del resto alcuna necessità, poiché egli era continuamente in contatto col padre in ufficio; pranzavano insieme in un ristorante, alla cena ognuno provvedeva per conto proprio, ma dopo, se Georg, come avveniva spesso, non passava la sera con gli amici o andava a trovare la fidanzata, si trattenevano di solito ancora un po' in salotto ognuno col suo giornale. Georg notò con stupore come fosse oscura la camera del padre, anche in quel mattino soleggiato. Il muro alto che si levava al di là dello stretto cortile, gettava dunque tanta ombra! Il padre seduto vicino alla finestra vicino a un cantuccio ornato di vari ricordi della madre defunta, leggeva il giornale, che teneva obliquamente dinanzi agli occhi per rimediare a una qualche debolezza della vista. Sulla tavola c'erano i resti della colazione, che era stata consumata solo in minima parte.

«Oh, Georg!» disse e gli venne subito incontro. La sua pesante veste da camera si apriva quando si muoveva, e gli orli gli svolazzavano intorno. "Mio padre è ancora un gigante" pensò Georg.

«Qui c'è un'oscurità insopportabile» disse poi.

«Eh sì, è proprio buio» rispose il padre.

«Tieni chiusa anche la finestra?»

«Lo preferisco.»

«Ma fuori fa proprio caldo» ribatté Georg come per concludere quel che aveva detto prima, e si sedette.

Il padre portò via il vassoio della colazione e lo pose su di un cassettone.

«Volevo soltanto dirti» continuò Georg, che seguiva tutto assorto i movimenti del vecchio «che ho finito per comunicare a Pietroburgo il mio fidanzamento.» Tirò fuori un poco la lettera dalla tasca e ve la rinfilò poi subito.

«A Pietroburgo?» domandò il padre.

«Ma sì, al mio amico» rispose Georg cercando gli occhi del

padre. E pensò: “In ufficio è tutt’un altro, come se ne sta seduto qui solennemente con le braccia incrociate sul petto”.

«Sì, al tuo amico» disse il padre scandendo le parole.

«Sai pure, babbo, che da principio volevo passar sotto silenzio il mio fidanzamento. Per riguardo verso di lui e non per altra ragione. Lo sai anche tu che ha un carattere difficile. Io mi son detto: può venire a saperlo da altri, benché sia poco probabile, data la vita solitaria che conduce; non lo posso impedire; ma io stesso non voglio essere il primo a dirglielo.»

«E ora hai cambiato idea?» chiese il padre mettendo il grosso giornale sul davanzale della finestra e sopra gli occhiali che coprì con la mano.

«Sì, ci ho ripensato. Se egli è veramente un buon amico, mi son detto, allora questo fidanzamento, che è per me una fortuna, renderà felice anche lui. Perciò non ho più indugiato a comunicarglielo. Ma prima di imbucare la lettera ho voluto dirtelo.»

«Georg» disse il padre allargando la bocca sdentata. «Senti! Sei venuto da me per consigliarti con me in questa faccenda. Questo, senza dubbio, ti fa onore. Ma non è nulla, è men che nulla, se ora non mi dici tutta la verità. Non voglio rivangare cose che non hanno nulla a che vedere con questa. Dopo la morte della nostra cara mamma, ne sono accadute alcune non molto belle. Forse verrà anche per loro il momento giusto e forse prima di quel che non si pensi. In ufficio mi sfuggono molte cose, non dico che mi si nascondano – non voglio neppure farla per ora questa supposizione – non sono più abbastanza in forze, la mia memoria s’è indebolita, non riesco più ad abbracciare con un sol colpo d’occhio tutto l’insieme. In fondo è legge di natura e poi la morte della nostra mammina mi ha accasciato molto più di te. Ma giacché si è toccato questo argomento, giacché siamo a questa lettera, ti prego, Georg, non mi ingannare. È una piccolezza, non ne vale la pena di perderci il fiato, dunque non m'ingannare. Hai davvero questo amico a Pietroburgo?»

Georg si alzò imbarazzato. «Lasciamo stare i miei amici. Mille amici non potrebbero sostituire mio padre. Sai cosa credo? Non ti riguardi abbastanza. Ma la vecchiaia ha i suoi diritti. Negli affari mi sei indispensabile, lo sai bene; ma se dovessero minacciare la tua salute, chiuderei la ditta domani stesso e per sempre. Così non va. Occorre trovare per te un altro tenor di vita. Cambiarlo radicalmente. Te ne stai qui al buio e in salotto potresti godere di una splendida luce. Tocchi appena la colazione, invece di nutrirti per bene. Stai qui chiuso con la finestra chiusa, mentre l'aria ti gioverebbe tanto. No, babbo! Chiamerò il medico e seguiremo le sue prescrizioni. Cambieremo camera, tu andrai in quella davanti e io verrò qui. Non avrai modo di notare il mutamento, perché porteremo di là tutte le tue cose. Ma c'è tempo per tutto ciò, ora mettiti intanto un po' a letto, hai certamente bisogno di riposo. Vieni, ti aiuterò a spogliarti, vedrai che ci riesco. O forse vuoi andare subito di là? Ti potresti coricare intanto nel mio letto. Sarebbe una cosa molto ragionevole.»

Georg si trovava vicinissimo al padre, che aveva lasciato cader la testa canuta e arruffata sul petto.

«Georg» disse piano il padre, senza muoversi.

Georg s'inginocchiò subito al suo fianco; vedeva nel volto stanco del padre le pupille dilatate che lo fissavano dagli angoli degli occhi.

«Tu non hai nessun amico a Pietroburgo. Sei stato sempre un capo ameno e non ti sei arrestato neppure di fronte a me. Ma come potresti avere un amico proprio lì! Non ci posso proprio credere.»

«Ma ricordati, babbo,» disse Georg sollevando il padre dalla poltrona e, mentre se ne stava faticosamente eretto, levandogli la veste da camera «saranno ora quasi tre anni che il mio amico venne a farci visita. Mi ricordo ancora che non ti era molto simpatico. Almeno due volte ho negato davanti a te che ci fosse, per quanto si trovasse proprio in camera mia. Comprendevo molto bene la tua avversione per lui: il mio amico è piuttosto un originale. Ma dopo hai finito per intrattenerti proprio cordialmente con lui. Ed ero tutto orgoglioso, allora, che tu lo avessi ascoltato, approvato e gli facessi delle domande. Se ci ripensi, te ne ricorderai di certo. Raccontava, allora, delle storie inverosimili sulla rivoluzione russa. Per esempio, di aver visto durante un viaggio d'affari a Kiev, in un tumulto, un prete che incideva sul palmo della mano una grossa croce sanguinante e la levava poi in alto, chiamando a gran voce la folla. Tu stesso hai ripetuto questa storia ogni tanto.»

Intanto Georg era riuscito a rimettere il padre in poltrona, e a levargli le mutande di maglia che portava su quelle di lino, e anche a sfilargli i calzini. A veder quella biancheria non troppo pulita, si rimproverava di aver trascurato il padre. Sarebbe stato certo dover suo pensare anche al cambio della biancheria di suo padre. Con la fidanzata non aveva ancora studiato di proposito il modo di sistemare in futuro il padre, perché ambedue supponevano, tacitamente, ch'egli sarebbe rimasto solo nella vecchia dimora. Ora però decise senz'altro di prenderlo con sé nel futuro andamento della sua casa. E poteva sembrar quasi, a guardar le cose da vicino, che le cure che gli sarebbero state prodigate là, sarebbero giunte troppo tardi.

Sulle sue braccia portò il padre a letto. Ebbe una sensazione orribile quando si accorse che mentre faceva quei pochi passi verso il letto, il padre, sul suo petto, giocherellava con la catena dell'orologio. E non riuscì subito a stenderlo nel letto, da quanto egli si teneva saldo alla catena.

Appena fu a letto, però, tutto sembrò concluso felicemente. Il vecchio si coprì da sé tirandosi poi la coperta parecchio più in su delle spalle. Lo sguardo levato verso Georg non pareva ostile.

«È vero che ora ti ricordi di lui?» domandò Georg ammiccandogli quasi per fargli animo.

«Sono coperto bene ora?» chiese il padre, come se non potesse arrivare a vedere se i piedi fossero coperti abbastanza.

«Ti trovi dunque bene a letto?» disse Georg incalzandogli ancora le coperte dalle parti.

«Sono ben coperto?» ripeté il padre e parve fare molta attenzione alla risposta.

«Stai pur tranquillo, sei coperto bene.»

«No!» gridò il padre con tanta forza che la risposta s'incontrò quasi con la domanda e gettò indietro la coperta con tanto impeto che per un momento gonfiandosi, si stese tutta – e si rizzò sul letto. Solo con una mano si appoggiava un po' al soffitto. «Mi volevi coprire, lo so, figliolino mio, ma coperto non sono ancora. Anche s'è l'ultimo sforzo, è più che sufficiente e anche troppo per te! Conosco bene il tuo amico. Sarebbe stato un figlio secondo il mio gusto. Perciò lo hai ingannato durante tutti questi anni. Per che altra ragione? Credi forse che non abbia pianto per lui? Soltanto perciò ti rinchiudi nel tuo ufficio, nessuno deve disturbarti –, il direttore è occupato – e solo per scrivere le tue false letterine in Russia. Ma al padre per fortuna non c'è bisogno che nessuno insegni a conoscere il proprio figlio. E quando hai creduto di averlo messo a terra, tanto da potergli metter sopra il tuo sedere senza che egli osasse muoversi, ecco che il mio signor figlio si decide a prender moglie!»

Georg alzò lo sguardo verso quella spaventosa immagine di suo padre. L'amico di Pietroburgo, che il padre conosceva d'un tratto così bene, lo colpì come ancora mai. Lo vedeva sperduto nell'immensa Russia, sulla soglia del negozio, vuoto, saccheggiato, ritto tra gli scaffali in rovina, la merce stracciata, e i bracci dei lumi a gas penzoloni. Perché era poi dovuto andare così lontano?

«Ma guardami dunque!» gridò il padre, e Georg corse, quasi per distrazione, verso il letto, per afferrare tutto; a metà strada però si arrestò.

«Perché ha alzato le sottane,» cominciò con voce flautata il padre «perché ha alzato le sottane a questo modo, quell'oca ripugnante,» e per rappresentare la scena si tirò su la camicia tanto da scoprire sulla coscia la cicatrice della ferita riportata in guerra «perché ha alzato le sottane così e così, ti sei fatto innanzi, e per poterti saziare indisturbato hai profanato il ricordo di tua madre, tradito l'amico e ficcato a letto tuo padre, perché non si potesse più muovere. Ma si può muovere, sì o no?»

Stava ormai ritto senza alcun sostegno, dimenando le gambe, raggiante del suo acume.

Georg s'era rifugiato in un cantuccio, il più distante possibile dal padre. Già da un pezzo s'era fermamente proposto d'osservare tutto attentamente, per non venir colto alla sprovvista da qualche parte a tradimento, di dietro, dall'alto. In quel punto si ricordò di quel proposito da tempo dimenticato, e se lo dimenticò ancora, come quando si fa passare dalla cruna d'un ago un filo troppo corto.

«L'amico invece non è ancora tradito!» gridò il padre, muovendo l'indice in qua e là come per rafforzare questa affermazione. «Io sono stato qui il suo difensore.»

«Commediante!» non poté trattenersi dall'esclamare Georg, ma si rese subito conto di aver fatto una mossa sbagliata e si morse, ma troppo tardi – cogli occhi sbarrati – la lingua, e così forte che dal dolore si ripiegò su se stesso.

«Ma certo che ho recitato una commedia! Commedia! È la parola giusta! Quale altra consolazione rimaneva al vecchio padre vedovo? Dimmi – e per l'attimo in cui mi risponderai sei ancora mio figlio – che mi rimaneva da fare nella mia camera nascosta, perseguitato dal personale infedele, vecchio come sono fino alle ossa? E mio figlio se ne andava lieto per il mondo, conchiudendo affari che io avevo preparato, facendo salti dalla gioia, passando dinanzi a suo padre con la faccia compunta di un galantuomo! Credi forse che non ti ho amato, io, da cui tu sei nato?»

Ora si piegherà in avanti, pensava Georg, oh se cadesse e si fracassasse! Questa parola gli passò come un sibilo per il capo. Il padre si curvò in avanti, ma non cadde: vedendo che Georg non s'avvicinava, si raddrizzò ancora.

«Rimani dove sei, non ho bisogno di te! Tu credi di avere ancora la forza di venir sin qui, e non ti muovi soltanto perché così vuoi. Non t'ingannare! Sono ancora il più forte e di molto. Da solo sarei stato costretto forse a cedere, ma la mamma mi ha ceduto la sua forza, col tuo amico ho stretto una magnifica alleanza, la tua clientela l'ho qui in tasca.»

"Perfino nella camicia ha delle tasche!" si disse Georg credendo con questa osservazione di render inverosimile il padre davanti al mondo intero. Lo pensò solo per un istante, perché dimenticava sempre tutto di continuo.

«Prendi pure a braccetto la tua fidanzata, e vienimi incontro! Te la spazzo via dal fianco, e non sai come!»

Georg fece delle smorfie come per dimostrare che non ci credeva. Il padre fece solo un cenno con la testa verso il cantuccio dove si trovava Georg per confermare quel che diceva.

«Come mi hai divertito oggi, quando sei venuto a chiedermi

se dovevi scrivere al tuo amico del fidanzamento. Ma, stupidone, se sa già tutto, proprio tutto! Gli ho scritto io, dal momento che hai dimenticato di togliermi la carta da lettere. Ed è perciò che non viene da anni, sa tutto cento volte meglio di te: le tue lettere le sgualcisce senza leggerle con la mano sinistra, mentre con la destra tiene spiegate le mie per leggerle.»

E agitava il braccio nell'esaltazione al di sopra della testa.

«Sa tutto mille volte meglio!» gridò.

«Diecimila volte!» disse Georg per derider il padre, ma già sulla sua bocca la parola assunse un'inflessione profondamente seria.

«Già da anni sto aspettando da te questa domanda! Credi forse che mi interessi di qualche cosa d'altro? Credi ch'io legga i giornali? Ecco!» e gettò a Georg un foglio di un giornale che era capitato nel letto, chissà come. Un vecchio giornale, con un titolo che era completamente sconosciuto a Georg.

«Quanto hai indugiato prima di arrivare a questo punto! La mamma ha dovuto morire, non s'è potuta godere questo giorno di felicità; l'amico sta finendo i suoi giorni in Russia, già tre anni fa era giallo da morire, e io, lo vedi da te, come son ridotto. Avrai pur gli occhi per vederlo!»

«Dunque mi hai aspettato al varco!» gridò Georg. E il padre come tra sé rispose, con aria di compatimento: «Questo lo volevi dire forse prima. Ora è proprio fuori luogo». Poi più forte: «Ora sai dunque ciò che esiste al di fuori di te, finora non conoscevi che te stesso. Eri davvero un bambino innocente, ma ancor più un essere diabolico! E perciò sappi: ti condanno a morire affogato!».

Georg si sentì cacciato fuori della camera, il tonfo che fece il padre dietro a lui cadendo sul letto, gli risuonava ancora negli orecchi. Sulla scala, scivolando giù dai gradini come se fosse un piano inclinato, urtò contro la donna di servizio che stava per salire a rimettere in ordine le stanze dopo la notte. «Gesummio!» gridò coprendosi il viso col grembiule, ma egli era già lontano.

Saltò fuori del portone di casa, traversò le rotaie del tram, spinto irresistibilmente verso l'acqua. Già afferrava la ringhiera come un affamato prende il cibo. La superò con uno slancio, da quell'eccellente ginnasta ch'era stato da ragazzo, orgoglio dei genitori. Si trattenne ancora con mani che andavano indebolendosi, intravide tra le sbarre della ringhiera un autobus, che molto facilmente avrebbe soverchiato col suo rumore il tonfo della sua caduta, gridò piano: «Cari genitori, pure vi ho sempre amati» e si lasciò poi cadere giù.

In quel momento sul ponte c'era un interminabile andirivieni di persone e di veicoli.

LA METAMORFOSI

(1912)

Titolo originale: *Die Verwandlung*
Traduzione di Rodolfo Paoli

I

Gregor Samsa, svegliandosi una mattina da sogni agitati, si trovò trasformato, nel suo letto, in un enorme insetto immondo. Riposava sulla schiena, dura come una corazza, e sollevando un poco il capo vedeva il suo ventre arcuato, bruno e diviso in tanti segmenti ricurvi, in cima a cui la coperta da letto, vicina a scivolar giù tutta, si manteneva a fatica. Le gambe, numerose e sottili da far pietà, rispetto alla sua corporatura normale, tremolavano senza tregua in un confuso luccichio dinanzi ai suoi occhi.

Cosa m'è avvenuto? pensò. Non era un sogno. La sua camera, una stanzetta di giuste proporzioni, soltanto un po' piccola, se ne stava tranquilla fra le quattro ben note pareti. Sulla tavola, un campionario disfatto di tessuti – Samsa era commesso viaggiatore – e sopra, appeso alla parete, un ritratto, ritagliato da lui – non era molto – da una rivista illustrata e messo dentro una bella cornice dorata: raffigurava una donna seduta, ma ben dritta sul busto, con un berretto e un boa di pelliccia; essa levava incontro a chi guardava un pesante manicotto, in cui scompariva tutto l'avambraccio.

Lo sguardo di Gregor si rivolse allora verso la finestra, e il cielo fosco (si sentivano battere le gocce di pioggia sullo zinco della finestra) lo immalinconì completamente. Che avverrebbe se io dormissi ancora un poco e dimenticassi ogni pazzia? pensò; ma ciò era assolutamente impossibile, perché Gregor era abituato a dormire sulla destra, ma non poteva, nelle sue attuali condizioni, mettersi in quella posizione. Per quanto si gettasse con tutta la sua forza da quella parte, tornava sempre oscillando sul dorso: provò per cento volte, chiuse gli occhi per non veder le sue zampine dimenanti, e rinunciò soltanto quando cominciò a sentire nel fianco un dolore sottile e sordo, ancora non mai provato.

O Dio, pensava, che professione faticosa ho scelto! Ogni giorno su e giù in treno. L'affanno per gli affari è molto più intenso che in un vero e proprio ufficio, e v'è per giunta questa piaga del viaggiare, le preoccupazioni per le coincidenze dei treni, la nutrizione irregolare e cattiva; le relazioni cogli uomini poi cambiano a ogni momento e non possono mai diventare durature né cordiali. Al diavolo ogni cosa! Sentendo un leggero prurito nella parte più alta del ventre, si spinse lentamente sulla schiena verso una colonnetta del letto per poter alzar meglio il capo: il punto che pizzicava era tutto coperto di puntini bianchi, di cui non sapeva che pensare; si provò a toccarlo con una gamba, ma subito la ritrasse perché al primo contatto lo aveva percorso un brivido.

Così sdrucciolò di nuovo nella posizione di prima: queste levatacce, pensava, istupidiscono completamente. L'uomo deve avere il suo sonno. Altri commessi viaggiatori vivono come donne di un harem. Quando io, per esempio, durante la mattinata vado alla trattoria per trascrivere le commissioni avute, quei signori stanno appena facendo colazione. Dovrei provare a farlo io, col mio principale! Volerei via in un baleno. Chi sa, del resto, potrebbe essere un vantaggio per me! Se non mi trattenessi per i miei genitori, mi sarei licenziato da un pezzo: me ne sarei andato dal principale e gli avrei detto il mio parere dal profondo del cuore. Sarebbe sceso allora dalla sua cattedra! Anche quella è una bella invenzione, mettersi in cattedra a parlare dall'alto in basso coll'impiegato, il quale poi gli si deve avvicinare sempre più a causa della sua sordità. Be', ogni speranza non è perduta: una volta che io abbia raccapezzato del denaro per pagargli il debito dei genitori – ancora cinque o sei anni – questo lo farò senz'altro. Allora avverrà il gran distacco. Intanto bisogna che io mi alzi in ogni modo perché il treno parte alle cinque.

E dette un'occhiata alla sveglia, che ticchettava sul cassettone. Dio del Cielo! pensò. Erano le sei e mezzo e le lancette proseguivano tranquillamente il loro cammino, anzi la mezza era quasi passata e si avvicinavano già i tre quarti. La sveglia non aveva dunque funzionato? Si vedeva dal letto una lancetta regolarmente fissata sulle quattro e senza dubbio la sveglia doveva aver suonato. Ma era stato dunque possibile rimanere sordi nel sonno a quel suono che scuoteva i mobili? Certo, non aveva avuto un sonno tranquillo ma, forse perciò, tanto più pesante. E ora che cosa doveva fare? Il prossimo treno partiva alle sette; per riuscire ad acchiapparlo, bisognava che egli si affrettasse in maniera inverosimile; il campionario inoltre non era ancora pronto e del resto egli stesso non si sentiva molto fresco e svelto. Ma anche se fosse riuscito a prendere quel treno, un rimprovero del principale non c'era da evitarlo, perché il fattorino della ditta lo aveva atteso al treno delle cinque, e certamente aveva già riferito la sua trascuratezza. Era una creatura del principale, senza volontà né comprendonio. E se si desse malato? Ma ciò sarebbe stato molto penoso e sospetto, perché Gregor non era stato malato neppure una volta nel suo quinquennio di impiego. Certamente sarebbe venuto il principale col medico della cassa malattie, avrebbe fatto delle rimostranze ai genitori per il figlio pigro, e avrebbe troncato tutte le obiezioni richiamandosi al dottore, per cui del resto non esistono che uomini completamente sani ma poltroni. E avrebbe avuto in questo caso tutti i torti? Gregor si sentiva proprio bene, all'infuori di una sonnolenza veramente inspiegabile dopo un riposo così lungo, e aveva perfino ottimo appetito.

Mentre faceva tutte queste considerazioni in gran furia, senza potersi decidere a lasciare il letto – l'orologio suonò appunto le sei e tre quarti – sentì picchiare con prudenza alla porta a capo del letto.

«Gregor» chiamava una voce (era la mamma) «è già un quarto alle sette. Non volevi partire?»

Oh, la dolce voce! Gregor si spaventò quando sentì la propria risposta: era indiscutibilmente la sua voce di prima, ma vi si mischiava, quasi salisse dal basso, un pigolio incontenibile, doloroso, che lasciava comprendere le parole soltanto in un primo momento, ma le confondeva poi talmente nell'eco da far dubitare di averle intese. Gregor voleva rispondere distesamente e spiegare tutto ma, in queste condizioni, si limitò soltanto a dire: «Sì, sì, grazie mamma, sto già levandomi». La porta di legno impediva certamente che si notasse il cambiamento della sua voce; la madre infatti si tranquillizzò a questa risposta e se ne andò ciabattando. Ma da quel breve colloquio anche gli altri membri della famiglia erano stati avvisati che Gregor, contro ogni aspettativa, era ancora in casa e già il padre bussava debolmente, ma con il pugno.

«Gregor, Gregor,» chiamava «che c'è?» e dopo un piccolo intervallo ripeteva ancora a voce più bassa:

«Gregor, Gregor!»

Dall'altra porta laterale la sorella gemeva piano:

«Gregor? Non ti senti bene? Hai bisogno di qualcosa?»

In tutt'e due le direzioni Gregor rispose: «Sono già pronto» e si affannò a togliere alla sua voce ogni anormalità, con la più accurata dizione e con l'intercalare lunghe pause fra le singole parole. Il padre tornò alla sua colazione, ma la sorella sussurrò:

«Gregor, apri, te ne scongiuro.»

Ma Gregor non ci pensava neanche ad aprire, anzi lodava in cuor suo la precauzione, acquistata col viaggiare, di chiudere a chiave anche a casa tutte le porte durante la notte.

Ora intanto voleva alzarsi tranquillo e indisturbato, vestirsi e soprattutto far colazione; solo allora avrebbe pensato al resto, poiché – se n'era ormai accorto – rimanendo a letto non sarebbe arrivato con le sue riflessioni a una conclusione ragionevole. Si ricordava di aver provato già più volte a letto un doloretto, forse provocato da una incomoda posizione, che poi, appena alzato, si era dimostrato soltanto pura immaginazione: era curioso di vedere come le sue fantasie sarebbero sfumate lentamente quel giorno. Egli non dubitava menomamente che il cambiamento della sua voce fosse soltanto l'annuncio di un forte raffreddore, un malanno professionale dei commessi viaggiatori.

Buttar via la coperta era una cosa molto semplice: bastò ch'egli si gonfiasse un poco per farla cadere da sé. Ma dopo cominciarono le difficoltà, specialmente perché egli era inverosimilmente largo. Avrebbe avuto bisogno di braccia e di mani per levarsi, e invece aveva soltanto tutte quelle zampine, che senza interruzioni si agitavano in ogni senso e che inoltre egli non sapeva comandare. Se provava a piegarne una, subito egli s'irrigidiva, e quando gli riusciva finalmente di far con quella zampina quel che voleva, tutte le altre si muovevano intanto come sfrenate a una altissima e dolorosa intensità. "Basta non trattenersi più così inutilmente a letto!" si diceva Gregor.

Dapprima voleva scendere dal letto con la parte inferiore del corpo, ma era troppo difficile smuoverla e poi egli non l'aveva ancora veduta e non sapeva neanche farsene un'idea esatta: era così lento a muoversi! Quando finalmente, quasi pazzo dalla rabbia e raccogliendo tutte le sue forze, si slanciò senza riguardo in avanti, sbagliò direzione, batté violentemente contro la colonnetta in fondo al letto, e il dolore cocente che provò allora gli insegnò che proprio la parte inferiore del suo corpo era forse momentaneamente la più sensibile.

Cercò perciò di scendere dal letto con la parte superiore, e voltò la testa con prudenza verso l'orlo del letto. Questa manovra riuscì facilmente, e nonostante la sua larghezza e il suo peso tutta la massa del corpo seguì alla fine lentamente il movimento della testa. Ma quando la sporse fuori del letto nel vuoto, ebbe paura di spingersi ancora innanzi: se infatti si lasciava cadere giù così, doveva proprio accadere un miracolo perché la testa non si ferisse. E i sensi, proprio ora, non doveva correre il rischio di perderli a nessun costo; piuttosto sarebbe restato a letto.

Ma quando, dopo altrettanta fatica, egli si ritrovò sospirando nella posizione di prima, e vide le sue zampine che combattevano sempre più furiosamente, se era possibile, l'una contro l'altra, e non trovò nessun modo di portare in quella confusione ordine e calma, si disse ancora una volta che non poteva assolutamente restare a letto, e che l'idea più ragionevole era di fare qualunque sacrificio, se c'era anche la minima speranza di scendere. Nello stesso tempo e quasi a intervalli non si dimenticò che è preferibile una calma, anzi la più calma riflessione, a decisioni disperate. In quei momenti egli volgeva gli occhi con la maggior acutezza possibile verso la finestra, ma purtroppo a veder la nebbia mattutina, che nascondeva perfino le case di fronte nella stretta strada, c'era da acquistare poca fiducia e buon umore. "Già le sette," si disse al nuovo scoccar dell'ora "già le sette e ancora questa nebbia." E per un poco se ne stette tranquillo respirando appena, come se aspettasse da una piena tranquillità il ritorno dei rapporti soliti e naturali.

Ma poi si disse: "Prima delle sette e un quarto bisogna assolutamente che abbia lasciato interamente il letto. Del resto nel frattempo sarà certo venuto qualcuno a domandare di me, poiché l'ufficio si apre prima delle sette". E si mise all'opera per spostare, con una oscillazione sempre uniforme, il corpo in tutta la sua lunghezza fuori del letto. Lasciandosi cadere in questa maniera, il capo, che cadendo voleva tenere ben sollevato, doveva rimanere logicamente illeso. La schiena sembrava essere dura, e cadendo sul tappeto non si sarebbe forse danneggiata. La preoccupazione più grave era per lo schianto che sarebbe avvenuto, e che probabilmente avrebbe destato dietro le porte, se non timori, perlomeno preoccupazioni. Ma bisognava rischiare.

Gregor si sporgeva già a metà del letto – il nuovo metodo era piuttosto un gioco che una fatica: bastava che egli continuasse a oscillare a scatti – quando gli venne in mente come tutto sarebbe semplice, se gli si venisse in aiuto. Due persone robuste – pensava a sua madre e alla donna di servizio – sarebbero bastate; avrebbero dovuto insinuare le braccia sotto la sua schiena arcuata e così farlo sgusciare dal letto; poi chinarsi col peso e permettere soltanto, con la dovuta cautela, che egli completasse la manovra sul pavimento, ove le zampine avrebbero probabilmente acquistato una ragion d'essere. Be', a parte completamente il fatto che le porte erano chiuse a chiave, avrebbe veramente dovuto chiedere aiuto? Nonostante le sue disgraziate condizioni, a questo pensiero non poté reprimere un risolino.

Era già arrivato a un punto che, a una maggior oscillazione, non sarebbe riuscito a mantenere l'equilibrio; doveva dunque decidersi, poiché tra cinque minuti erano le sette e un quarto: in quel momento si suonò alla porta di casa. "È qualcuno dell'ufficio" si disse Gregor e si sentì quasi agghiacciare mentre le sue zampine ballavano ancor più velocemente. Per un attimo tutto rimase quieto. "Non aprono" si disse Gregor preso da una illogica speranza. Ma poi la donna di servizio andò, come sempre, col suo passo pesante verso la porta e aprì. A Gregor bastò intendere la prima parola di saluto del visitatore per capire subito chi fosse: il procuratore in persona. Perché mai Gregor era condannato a lavorare in una ditta, presso la quale la più piccola trascuratezza provocava il maggior sospetto? Gli impiegati, erano dunque tutti quanti dei mascalzoni? Non esisteva dunque tra di loro un uomo affezionato e fidato che, quando non aveva utilizzato un paio d'ore della mattina per il lavoro, diventava come pazzo dal rimorso e non era quindi in condizioni di lasciare il letto? Non sarebbe dunque bastato farsi informare da un apprendista – se pure questa inchiesta era necessaria – ma il procuratore in persona doveva venire, e dimostrare con ciò a tutta l'innocente famiglia che l'esame di questo caso sospetto poteva venire affidato soltanto alla sua intelligenza? E più per l'eccitamento a cui fu portato da queste considerazioni, che per una vera e propria decisione, Gregor si slanciò con tutta la sua forza fuori del letto. Si sentì un colpo forte, ma non un vero schianto. La caduta fu attenuata un poco anche dal tappeto; inoltre la schiena era più elastica di quel che Gregor non credesse; così ne venne fuori un suono cupo che non si notò però molto. Soltanto non era riuscito a tenere il capo abbastanza prudentemente, e lo aveva battuto, lo girò e stropicciò sul tappeto dalla rabbia e il dolore.

«Lì dentro è caduto qualcosa» disse il procuratore nella stanza accanto, a sinistra. Gregor provò a immaginarsi se anche al procuratore non potesse succedere una volta qualcosa di simile a quel che capitava a lui oggi: una tale possibilità veramente bisognava pure ammetterla. Ma quasi per ribattere duramente a questa ipotesi il procuratore faceva ora due passi nella stanza accanto facendo scricchiolare le sue scarpe di vernice. Dalla stanza a destra la sorella, per informarlo, mormorava:

«Gregor, c'è il procuratore.»

«Lo so» disse Gregor tra sé, ma non osò levare la voce tanto che la sorella potesse udirlo.

«Gregor,» diceva ora il padre dalla stanza a sinistra «il signor procuratore è venuto a informarsi perché non sei partito col treno dell'alba. Non sappiamo che cosa dobbiamo dirgli. Del resto vuole parlare personalmente con te. Perciò apri la porta, te ne prego. Egli avrà certo la bontà di scusare il disordine della stanza.»

«Buon giorno, signor Samsa» esclamò intanto amichevolmente il procuratore.

«Non si sente bene,» diceva la mamma al procuratore, mentre il padre stava ancora parlando presso alla porta «non si sente bene, mi creda, signor procuratore. Come avrebbe potuto altrimenti perdere il treno? Il mio figliolo non ha altro per la mente che gli affari. Io m'inquieto quasi perché la sera non esce mai. Ora è stato otto giorni in città, ma la sera restava sempre in casa: si mette accanto a noi a tavola, e legge il giornale o studia l'orario. È già una distrazione per lui quando si occupa con lavori d'intaglio. Così in due o tre sere per esempio ha intagliato una piccola cornice; lei si meraviglierà a vedere quanto è graziosa; è là nella stanza di Gregor; appena apre, la vedrà subito. Io del resto sono contenta che lei è qui, signor procuratore; noi soli non saremmo riusciti a convincere Gregor ad aprire la porta: è così testardo! Certamente non si sente bene, benché stamani l'abbia negato.»

«Vengo subito» disse Gregor lentamente e cautamente, ma non si mosse per non perdere una parola del colloquio.

«Neanch'io, egregia signora, mi so spiegare altrimenti la cosa,» disse il procuratore «speriamo che non sia niente di grave. D'altra parte debbo anche dire che noi, uomini d'affari, dobbiamo – per disgrazia o per fortuna, a piacere – trascurare senz'altro per necessità d'ufficio un piccolo malessere.»

«Può dunque il signor procuratore venire finalmente da te?» domandò il padre impaziente, picchiando alla porta ancora una volta.

«No» rispose Gregor.

Nella stanza a sinistra subentrò un penoso silenzio, nell'altra a destra la sorella cominciò a singhiozzare.

Perché mai la sorella non si univa agli altri? Forse era appena scesa dal letto e non s'era ancora cominciata a vestire. E perché piangeva? Perché egli non si alzava e non lasciava passare il procuratore? Perché egli correva il rischio di perdere il posto e allora il principale avrebbe di nuovo perseguitato i genitori con le antiche richieste? Per ora queste preoccupazioni erano veramente fuori posto. Gregor era ancora lì e non pensava neppure lontanamente ad abbandonare la sua famiglia. Per il momento certo era disteso sul tappeto, e chi avesse conosciuto il suo stato non avrebbe seriamente preteso da lui di lasciare entrare il procuratore. Ma per questa piccola scortesia, per cui più tardi si sarebbe pur trovata una scusa adeguata, Gregor non poteva venir licenziato senz'altro. E gli sembrò che sarebbe stato molto più ragionevole lasciarlo in pace che disturbarlo con pianti e consigli. Ma era appunto l'incertezza che li angustiava e scusava il loro modo di comportarsi.

«Signor Samsa,» disse ora il procuratore con voce più forte «che succede dunque? Lei si barrica nella sua camera, risponde soltanto con sì e no, procura ai suoi genitori dei gravi, inutili pensieri e trascura – questo sia accennato soltanto di passaggio – i suoi doveri d'impiegato in maniera veramente inaudita. Io parlo qui in nome dei suoi genitori e del suo principale, e la prego molto seriamente di una brevissima e chiara spiegazione. Io mi meraviglio, mi meraviglio; credevo di conoscerla come una persona quieta e di buon senso e ora sembra che improvvisamente lei voglia fare sfoggio di capricci eccezionali. Il principale mi accennò veramente stamani una possibile spiegazione della sua negligenza – essa riguardava l'incasso da poco affidatole – ma io stavo quasi per dare la mia parola d'onore che questa spiegazione non poteva essere accettata. Ora io vedo qui la sua incomprensibile testardaggine e perdo proprio ogni voglia di impegnarmi neppure un poco per lei. E la sua posizione non è davvero la più sicura. Io avevo veramente l'intenzione da principio di parlare di tutto ciò a quattr'occhi, ma poiché lei mi fa perdere qui il tempo inutilmente, non vedo perché anche i suoi signori genitori non debbano venire informati. Il suo lavoro dunque in questi ultimi tempi non era veramente molto soddisfacente; non è certo questa la stagione adatta per combinare degli affari straordinari, lo riconosciamo; ma una stagione in cui non si combinano affari, non esiste, signor Samsa, non deve esistere.»

«Ma signor procuratore,» gridò Gregor fuori di sé, dimenticando nell'eccitazione ogni altra cosa «apro subito, immediatamente. Un leggero malessere, un po' di vertigine mi hanno impedito di alzarmi: sono ancora a letto. Ma ora mi sento di nuovo perfettamente a posto. Scendo dal letto subito. Soltanto un attimo di pazienza! Non va ancora così bene come credevo. Ma sto bene. Come questi guai possono cogliere a tradimento! Ieri sera ancora stavo benissimo, i miei genitori lo sanno bene, o meglio già ieri sera ho avuto qualche avvisaglia. Bisognava leggermelo in volto. Come mai non ho mandato un avviso all'ufficio! Ma si spera sempre di vincere ogni malanno senza restare a casa. Signor procuratore! Risparmi i miei genitori! Tutti i rimproveri che lei mi fa ora sono poi senza fondamento e inoltre non se n'è mai fatto parola con me. Lei forse non ha letto le ultime ordinazioni che ho mandato. Del resto anche col treno delle otto mi posso mettere in viaggio, questo paio d'ore di riposo mi ha rinforzato. Non si trattenga più, signor procuratore, io stesso vengo subito in ufficio; abbia la bontà di dirlo e di porgere i miei omaggi al signor principale.»

Mentre buttava fuori tutte queste parole in gran furia e senza quasi saper quel che dicesse, Gregor si era, certo per la pratica acquistata sul letto, facilmente avvicinato all'armadio, e provava ora a rizzarsi attaccandovisi. Egli voleva realmente aprire la porta, realmente farsi vedere e parlare col procuratore; era desideroso di conoscere quel che avrebbero detto, vedendolo, quelli stessi che ora così insistentemente chiedevano di lui. Se si fossero spaventati, allora Gregor non aveva più nessuna responsabilità e poteva starsene tranquillo; se invece avessero accettato tutto pacificamente, neanche lui allora aveva più ragione di preoccuparsi e, affrettandosi, avrebbe potuto effettivamente essere alla stazione alle otto. Dapprima sdrucciolò alcune volte sul liscio armadio, ma finalmente dandosi un ultimo slancio, riuscì a raddrizzarsi, senza badare più affatto, per quanto fossero cocenti, ai dolori della parte inferiore del corpo. Poi si lasciò cadere contro la spalliera d'una seggiola vicina, ai cui orli si tenne attaccato con le zampine. Con ciò aveva anche riacquistato il dominio di sé, e ammutolì per ascoltare il procuratore.

«Hanno capito una sola parola?» domandava questi ai genitori. «Non si farà beffa di noi?»

«Per carità,» gridò la mamma già in lacrime «forse è gravemente ammalato e noi lo tormentiamo. Grete! Grete!» urlò poi.

«Mamma!» rispose la sorella dall'altra stanza (s'intendevano attraverso la camera di Gregor).

«Devi andare subito dal dottore. Gregor è malato. Presto dal dottore. Hai sentito ora parlare Gregor?»

«Questa era la voce di un animale» disse il procuratore così piano da esser notato, in confronto al gridio della mamma.

«Anna! Anna!» chiamò il padre dall'ingresso verso la cucina, battendo le mani «vai subito a chiamare un fabbro.»

E già le due ragazze passavano correndo, con le sottane fruscianti, dall'ingresso (come aveva fatto la sorella a vestirsi così velocemente?) e spalancavano la porta di casa. Non si sentì richiuderla; l'avevano evidentemente lasciata aperta, come s'usa lasciarla nelle case in cui è avvenuta una grave disgrazia.

Ma Gregor era divenuto molto più calmo. Dunque non si comprendevano più le sue parole, benché a lui fossero sembrate abbastanza chiare, anzi più chiare di prima, forse per l'abitudine dell'orecchio. Ma certo si credeva già che non tutto andasse bene e si era pronti ad aiutarlo. La fiducia e la sicurezza con cui erano state eseguite le prime disposizioni, gli fecero bene. Egli si sentiva nuovamente compreso in una cerchia umana e sperava da tutt'e due, il medico e il fabbro, senza veramente distinguerli con precisione, qualcosa di grandioso e di sorprendente. Per procurarsi una voce possibilmente chiara per le prossime decisive conversazioni, tossì un poco, sempre affannandosi a far ciò quasi sottovoce perché forse anche questo rumore suonava diversamente dal tossire degli uomini; egli stesso non si arrischiava più a giudicarlo. Nella stanza accanto tutto era tornato quieto. Forse i genitori sedevano col procuratore presso la tavola e parlottavano, forse erano appoggiati tutti alla porta in ascolto.

Gregor si spinse lentamente con la seggiola verso la porta, lì se ne staccò, si gettò verso quella appoggiandosi a lei per tenersi diritto – la pianta di ogni zampina aveva un po' di sostanza viscosa – e si riposò un momento dello sforzo. Poi si mise a girare con la bocca la chiave della serratura. Sembrava purtroppo che egli non avesse dei veri e propri denti – come afferrare altrimenti la chiave? – ma in compenso le mascelle erano molto robuste, e col loro aiuto mise davvero in movimento la serratura, senza badare che certo si procurava qualche guaio: un liquido bruno gli venne fuori della bocca e scorrendo sopra la chiave gocciolò sul pavimento.

«Sentono?» disse il procuratore nella stanza accanto. «Egli gira la chiave.»

Per Gregor fu un grande incoraggiamento, ma tutti avrebbero dovuto incoraggiarlo, anche il babbo e la mamma:

"Forza Gregor!" avrebbero dovuto gridare "avanti, forza con la serratura!"

Immaginandosi che tutti seguissero ansiosamente i suoi sforzi, si accanì come un pazzo sulla serratura, con tutta la forza che poteva mettere assieme. A seconda di come procedeva il movimento della chiave, ballonzolava intorno alla serratura, si reggeva in piedi solamente con la bocca e volta per volta si teneva sospeso alla chiave e la abbassava con tutto il peso del corpo. Il rumore più chiaro della serratura che finalmente scat tava indietro, riscosse Gregor pienamente. Sollevato, si diceva: "Non ho dunque avuto bisogno del fabbro!" e posava il capo sulla maniglia per aprire completamente la porta

Doveva infatti aprirla in questa maniera, ma la porta veramente si era già ben aperta, mentre Gregor non era ancora visibile. Bisognava ancora rigirarsi lentamente su uno dei battenti e anzi con molta prudenza, se non voleva cadere pesantemente sulla schiena proprio prima di entrare nella stanza. Era ancora occupato in questa difficile manovra e non aveva tempo di badare ad altro, quando udì il procuratore che già mandava fuori un forte «Oh» che suonò come quando sibila il vento; e ora anche Gregor lo vedeva, poiché era il più vicino alla porta, mentre si premeva la mano sulla bocca aperta e si ritirava lentamente come respinto da una forza invisibile, che avanzasse in modo uniforme. La madre – nonostante la presenza del procuratore era ancora coi capelli sciolti per la notte e tutti arricciati – guardò a mani giunte il padre, fece due passi verso Gregor e cadde, poi, in mezzo alle sottane che le si allargavano intorno, con la faccia sprofondata nel petto sin quasi a scomparire. Il padre strinse il pugno con espressione ostile, come se volesse respingere Gregor nella sua stanza, si guardò poi malsicuro intorno, si parò con le mani gli occhi e pianse tanto che il suo petto potente prese a scuotersi.

Gregor allora non entrò più nella stanza, ma si appoggiò di dentro al battente chiuso, in maniera che il suo corpo fosse visibile soltanto per metà, oltre alla testa voltata, con la quale stava spiando gli altri. Il cielo nel frattempo era divenuto più chiaro. Dall'altra parte della strada si delineava nettamente uno spicchio della casa di fronte, che non sembrava aver fine col suo colore grigio scuro (era un sanatorio) e con le sue finestre regolari che ne rompevano duramente la facciata. La pioggia cadeva ancora, ma soltanto a gocce grosse, visibili, gettate addirittura a una a una sulla terra. Il vasellame della colazione stava sparso abbondantemente sulla tavola, poiché per il padre la colazione era il pasto più importante della giornata, ed egli lo tirava in lungo leggendo per ore diversi giornali. Proprio alla parete di faccia era appesa una fotografia di Gregor, sottotenente, al tempo del servizio militare, in una posa – la mano alla spada, un sorriso spensierato – che ispirava rispetto per lui e per l'uniforme. La porta dell'ingresso era aperta, e poiché anche quella di casa era spalancata, si scorgeva il pianerottolo del quartiere e il principio della scala che scendeva.

«Ora» disse Gregor, ed era ben sicuro di esser l'unico che avesse mantenuto la calma «mi vestirò subito, metterò assieme il campionario e partirò. Ma voi, voi mi volete far partire? Ora, signor procuratore, lei vede bene che io non sono testardo e lavoro volentieri; il viaggiare è gravoso, ma senza viaggiare non potrei vivere. Dove va dunque lei, signor procuratore? In ufficio? Sì? Riferirà di tutto, conforme a verità? Si può essere per un momento incapaci di lavorare, ma proprio allora è il momento giusto di ricordarsi del lavoro compiuto prima e di pensare che più tardi, superato l'ostacolo, certamente si lavorerà con tanto maggior entusiasmo e raccoglimento. Io sono già molto obbligato al signor principale – questo lei lo sa benissimo. D'altra parte ho da pensare ai miei genitori e alla sorella. Io sono alle strette, ma me la caverò, non dubiti. Però non mi renda l'impresa più difficile di quel che non sia. In ufficio tenga dalla mia! Non si vuol bene al commesso viaggiatore, lo so. Si pensa che egli guadagni un occhio e faccia nello stesso tempo una bella vita. Non capita facilmente l'occasione di ripensare meglio a questo giudizio. Ma lei, signor procuratore, su tutto ha un colpo d'occhio più sicuro di quello dell'altro personale, anzi – e sia detto in segreto – dello stesso signor principale, che nella sua particolare condizione di imprenditore, si può lasciare facilmente sviare nel suo giudizio, a danno di un impiegato. Lei sa anche molto bene che il commesso viaggiatore, che quasi tutto l'anno è fuori dell'ufficio, può divenire facilmente vittima di pettegolezzi, di combinazioni e di accuse infondate, contro cui gli è assolutamente impossibile difendersi, poiché generalmente non ne sa nulla, e soltanto quando torna stanco dal suo viaggio, ne comincia a sentire sul suo corpo i tremendi effetti, di cui non si possono più indovinare le cause. Signor procuratore, non se ne vada, senza avermi detto una parola per dimostrarmi che lei mi dà ragione, almeno in minima parte!»

Ma il procuratore già alle prime parole di Gregor si era voltato, e soltanto al di sopra della spalla, agitata da scosse, guardava verso di lui con le labbra rovesciate. E durante il suo discorso non stette fermo un minuto ma, senza perderlo di vista, si rifugiò verso la porta, lentamente però, come se ci fosse una segreta proibizione di lasciare la stanza. Era già nell'ingresso e dal brusco movimento col quale ritrasse dalla stanza per l'ultima volta il piede, si sarebbe potuto credere che si fosse bruciata allora la suola della scarpa. Nell'ingresso però distese lontano da sé la mano, verso la scala, come se aspettasse proprio di lì una liberazione soprannaturale.

Gregor comprese che in nessun caso doveva lasciar andar via il procuratore così, se non voleva che la sua posizione in ufficio corresse il massimo dei rischi. I genitori non comprendevano bene tutto ciò; si erano convinti in quei lunghi anni che Gregor sarebbe stato mantenuto a vita in quell'impiego ed erano ora così presi dalle preoccupazioni del momento, da perdere ogni senso di previsione. Ma Gregor aveva questo senso. Il procuratore doveva esser trattenuto, tranquillizzato, e finalmente guadagnato; l'avvenire di Gregor e della sua famiglia dipendeva da ciò. Se almeno ci fosse stata la sorella! Era intelligente lei; aveva già pianto quando Gregor se ne stava quieto sulla schiena. E certamente il procuratore – un donnaiolo – si sarebbe lasciato guidare da lei: Grete avrebbe chiuso la porta di casa, e parlandogli nell'ingresso gli avrebbe cavata ogni paura. Ma la sorella per l'appunto non c'era e Gregor doveva provvedere da sé. Senza pensare che non conosceva ancora per nulla le sue attuali capacità di movimento e neppure che il suo discorso forse (anzi, con ogni probabilità) non era stato capito neanche questa volta, Gregor abbandonò il battente e si cacciò attraverso l'apertura: voleva andare verso il procuratore, che già si appoggiava ridicolmente con tutt'e due le mani alla ringhiera del pianerottolo, ma cadde giù subito con un piccolo grido, cercando un appoggio sulle sue numerose zampine. Appena toccato il suolo egli ebbe per la prima volta in quella mattinata una sensazione di sollievo. Le zampine avevano ora un terreno sicuro sotto di sé e gli obbedivano pienamente, come poté constatare con gioia; tendevano anzi a trasportarlo dove volesse; e già egli credeva che la guarigione definitiva di tutti i suoi mali fosse imminente. Ma nello stesso tempo, mentre se ne stava sull'impiantito, barcollando per trattenere il suo slancio, non lontano da sua madre, anzi proprio di faccia a lei, questa, che pur sembrava così sprofondata in se stessa, saltò d'un colpo in piedi, aprendo le braccia e distendendo le dita, e gridò:

«Aiuto! Per amor di Dio, aiuto!»

Poi tenne chinato il capo come se volesse veder meglio Gregor, ma invece corse insensatamente indietro, dimenticando che c'era la tavola apparecchiata; appena ci arrivò, vi si sedette come distratta, con gran furia e non sembrò accorgersi che accanto a lei dal bricco rovesciato il caffè si versava a tutta canna sul tappeto.

«Mamma, mamma» disse Gregor piano rivolgendo lo sguardo in alto, verso di lei.

Il procuratore gli era per un istante completamente passato di mente; invece non poté fare a meno di chiudere le mascelle a vuoto più volte, alla vista del caffè versato. A questo punto la madre gridò di nuovo, fuggì dalla tavola e cadde nelle braccia del padre, che le correva incontro. Ma Gregor non aveva tempo per i suoi genitori; il procuratore era già sulla scala; col mento sulla ringhiera, per l'ultima volta si volse a guardare indietro. Gregor prese la rincorsa per esser più sicuro di raggiungerlo; il procuratore dovette indovinarlo, poiché saltò parecchi scalini e scomparve strillando: «Uh!». E il suo grido risuonò per le scale di tutta la casa. Purtroppo questa fuga del procuratore sembrò sconvolgere completamente anche il padre, che sino allora si era relativamente contenuto; invece di correre anche lui dietro al procuratore o almeno non ostacolare Gregor nell'inseguimento, afferrò con la destra il bastone, che il procuratore aveva abbandonato col cappello e il pastrano sopra una seggiola; prese con la sinistra un gran giornale dal tavolo e si accinse a respingere Gregor nella sua camera pestando i piedi e agitando il bastone e il giornale. Nessuna preghiera di Gregor ebbe effetto, né fu neppure compresa; per quanto egli continuasse a muover la testa umilmente, il padre pestava con sempre maggior violenza i piedi. Da un'altra parte, la madre, nonostante il tempo fresco aveva spalancato la finestra, e sporgendosi tutta fuori si premeva la faccia tra le mani. Fra la strada e la tromba delle scale si formò una forte corrente le tendine delle finestre si levarono in aria, i giornali sulla tavola frusciavano e alcuni fogli volarono sul pavimento. Senza pietà il padre lo respingeva ed emetteva dei sibili come un selvaggio. Ma Gregor non aveva nessuna pratica nell'andare indietro; il movimento era veramente molto lento. Se soltanto avesse potuto rivoltarsi! Sarebbe subito arrivato nella sua camera. Ma aveva paura di rendere impaziente il padre sprecando il tempo che occorreva per voltarsi; intanto a ogni attimo il bastone in mano al padre gli minacciava un colpo mortale sulla schiena o sulla testa. Infine non gli rimase altro da fare: Gregor s'accorse con terrore che retrocedendo non sapeva neppure mantenere la direzione giusta e così cominciò, volgendosi continuamente e con timore a osservare di sbieco il padre, a voltarsi, presto quanto era possibile ma in realtà molto lentamente. Forse il padre si accorse della sua volontà, poiché non lo disturbò, anzi diresse qua e là il cambiamento di direzione da lontano con la punta del bastone. Se soltanto non ci fosse stato quell'insopportabile sibilo! Gregor ci perdeva completamente la testa. S'era quasi voltato interamente, quando, sempre ascoltando quel sibilo, si sbagliò di nuovo e si dovette voltare un poco ancora. Ma allorché si trovò finalmente con la testa dinanzi all'apertura della porta, vide che il suo corpo era troppo largo per poterci passare senz'altro. Al padre, nella sua attuale disposizione d'animo, non passò neppur lontanamente per la testa di aprire l'altro battente per procurare a Gregor un passaggio sufficiente. La sua idea fissa era soltanto che Gregor ritornasse in ogni modo nella sua stanza al più presto possibile. In nessuna maniera avrebbe favorito i preparativi minuziosi di cui Gregor aveva bisogno per rizzarsi e passare così dalla porta. Il padre spingeva ora Gregor innanzi con ancor maggior fracasso, come se non ci fosse nessun ostacolo; dietro di lui non sembrava più risuonare solamente la voce del padre: non c'era più da scherzare e Gregor si buttò – accada quel che voglia – sulla porta. Una parte del suo corpo si sollevò e si stese poi tutto attraverso l'apertura della porta; un fianco s'era tutto scorticato e sulla porta bianca rimasero delle brutte macchie; tra poco sarebbe stato incastrato lì dentro e non avrebbe più potuto muoversi da solo: le zampine da una parte erano sospese, tremanti, nell'aria, dall'altra erano schiacciate dolorosamente sul pavimento. In quel momento il padre gli dette di dietro un forte colpo veramente liberatore, ed egli fu lanciato, sanguinando copiosamente, nella sua stanza. La porta venne sbattuta ancora col bastone, poi finalmente tutto fu silenzio.

II

Soltanto sull'imbrunire Gregor si svegliò da quel suo sonno pesante simile a un deliquio. Si sarebbe certo dopo poco svegliato anche da sé – si sentiva infatti sufficientemente riposato e tranquillo – pure gli sembrò che l'avesse invece svegliato un passo veloce e un prudente chiudersi della porta che menava all'ingresso. La luce delle lampade stradali si rifletteva pallida qua e là sul soffitto e sulle parti superiori dei mobili, ma in terra, dove giaceva Gregor, era buio. Piano piano per vedere cos'era avvenuto si spinse verso la porta, tastando ancora maldestro con certe antenne che aveva e che soltanto ora imparava ad apprezzare. Il suo fianco sinistro sembrava una sola lunga cicatrice, che gli tirava dolorosamente; a ogni passo egli doveva zoppicare sulla doppia fila delle sue zampine. Una di queste – era già un miracolo che fosse una sola – era stata gravemente ferita nel corso degli avvenimenti della mattina e si strascicava senza vita dietro alle altre.

Solo quando fu vicino alla porta, si accorse di quel che veramente lo aveva attirato: era stato l'odore di qualche cosa da mangiare. C'era infatti una scodella piena di latte fresco, in cui nuotavano alcuni pezzi di pane bianco. Avrebbe quasi riso dalla gioia – aveva più fame della mattina – ma senza perder tempo tuffò la testa fin quasi sopra agli occhi nel latte. Presto però la ritirò fuori deluso, non solo perché il mangiare gli restava difficile col suo fianco così delicato – e non ci riusciva se tutto il corpo non l'aiutava stronfiando – ma perché poi il latte, di solito la sua bevanda preferita e perciò appunto messo lì dalla sorella, non gli piaceva più affatto, anzi si allontanò quasi con disgusto dalla scodella, e strisciò di nuovo nel mezzo della stanza.

Nel salotto, come Gregor vide attraverso una fessura della porta, era acceso il gas, ma mentre di solito a quell'ora il padre leggeva ad alta voce il giornale del pomeriggio alla madre e a volte anche alla sorella, in quel momento non si sentiva volare una mosca. Forse quella lettura, di cui la sorella gli aveva sempre parlato e scritto, era negli ultimi tempi caduta in disuso. Ma anche tutto all'intorno c'era un gran silenzio, benché di certo la casa non fosse vuota. "Che vita tranquilla fa la famiglia" si diceva Gregor, e si sentiva, guardando fisso dinanzi a sé nel buio, veramente orgoglioso di aver procurato ai suoi genitori e alla sorella una tale vita in una casa così bella. Ma che sarebbe accaduto se ora invece ogni tranquillità, ogni benessere, ogni contentezza doveva rovinare paurosamente? Per non perdersi in tali pensieri, Gregor preferì mettersi in moto e si trascinò per la stanza su e giù.

L'una e l'altra porta laterale, durante tutta la lunga serata, si aprirono una volta sola sino a formare un breve spiraglio, ma si chiusero subito rapidamente: qualcuno aveva certo sentito il bisogno di entrare, ma s'era poi trattenuto. Gregor si fermò allora senz'altro presso la porta principale, deciso a trascinare dentro in qualche modo il visitatore esitante, o almeno a conoscere chi fosse; ma invece la porta non si aprì più e Gre gor attese invano. La mattina, quando le porte erano serrate, tutti avevano voluto entrar da lui, ora che egli aveva aperto la porta e le altre erano certo già state schiuse durante il giorno, non veniva più nessuno, benché anche le chiavi fossero infilate dal di fuori.

Solo a tarda ora della notte fu spenta la luce nel salotto, e s'indovinava facilmente che i genitori e la sorella erano restati alzati fino allora, perché, come si poteva ben udire, tutt'e tre si allontanavano adesso in punta di piedi. Certamente ormai sino alla mattina nessuno sarebbe venuto da Gregor, che aveva perciò un lungo spazio di tempo per meditare indisturbato sulla maniera di ordinare la sua nuova vita. Ma la stanza alta e ariosa, in cui era costretto a star disteso sul pavimento, gli fece paura senza che riuscisse a trovarne la ragione, poiché era la stanza abitata da lui già da cinque anni. Con un impulso semi incosciente e non senza un po' di vergogna, si affrettò verso il canapè, sotto il quale, benché la schiena fosse un po' compressa e il capo non potesse più sollevarsi, si sentì subito a suo agio, rimpiangendo solo che il suo corpo fosse troppo largo per potersi riparare completamente.

Rimase lì tutta la notte: in parte la passò immerso in un dormiveglia, da cui la fame lo scuoteva sempre di nuovo, in parte tra preoccupazioni e incerte speranze, le quali portavano però tutte alla conclusione di mantenersi momentaneamente tranquillo e di render sopportabili alla famiglia, con pazienza e con riguardo, tutte le noie, che nella sua attuale condizione era ormai costretto a procurarle.

Già la mattina presto – era ancora quasi notte – Gregor ebbe modo di misurare la forza delle decisioni prese, quando dall'ingresso la sorella, quasi completamente vestita, aprì la porta e guardò dentro con ansia. Non lo trovò subito, ma quando lo scoprì sotto al canapè – Dio mio, in qualche posto doveva pur essere, non era mica potuto volar via! – ne ebbe tanto spavento che senza riuscire a dominarsi, scappò via, sbattendo la porta. Ma subito, quasi pentita del suo gesto, riaprì ed entrò dentro in punta di piedi, come se fosse presso un malato grave o addirittura un estraneo. Gregor aveva allungato il capo proprio sull'orlo del canapè e la osservava. Si sarebbe accorta ch'egli non aveva toccato il latte, e non già per mancanza d'appetito? Gli avrebbe portato un'altra pietanza più adatta? Se non l'avesse indovinato da sé, Gregor avrebbe preferito morir di fame, piuttosto che richiamare la sua attenzione su ciò, benché sentisse un desiderio irrefrenabile di scappar fuori di colpo dal canapè e di strisciare ai piedi della sorella, pregandola di portargli qualcosa di buono da mangiare.

Ma Grete si avvide subito con stupore che dalla scodella ancora piena si era versata intorno appena qualche goccia di latte; la prese subito, non già con le mani, ma con un cencio, e la portò via. Gregor era straordinariamente curioso di vedere quello che la sorella gli avrebbe portato invece del latte, e ne faceva le più diverse congetture. Ma non avrebbe mai potuto indovinare ciò che la sorella, nella sua bontà, veramente fece. Essa portò, per provare i suoi gusti, un'intera scelta di cibi, tutti sparsi sopra un vecchio giornale. C'erano dei vecchi legumi, mezzi andati a male, ossi avanzati dalla cena dentro una salsa bianca divenuta quasi solida, due chicchi d'uva passa e qualche mandorla, del formaggio, che Gregor due giorni prima aveva dichiarato immangiabile, un po' di pan secco, una fetta di pane imburrato e un'altra di pane, burro e sale. Inoltre Grete riportò la scodella, che probabilmente era stata destinata una volta per sempre a lui e in cui aveva versato dell'acqua. E per delicatezza, ben sapendo che Gregor non avrebbe mangiato dinanzi a lei, si allontanò in fretta e girò anche la chiave, perché egli comprendesse di potersi prendere ormai tutte le libertà che voleva. Le zampine di Gregor ronzavano quasi, quando si avviò a mangiare. Le sue ferite dovevano del resto esser già rimarginate poiché non sentiva più nessun impedimento; n'era anzi stupito, e si ricordò che un mese prima si era fatto con il coltello un piccolo taglio al dito, e che ancora due giorni innanzi la ferita gli doleva abbastanza. Sarei dunque ora meno sensibile? pensò, e già stava succhiando ingordamente il formaggio, verso il quale s'era sentito attrarre con violenza più che verso tutti gli altri cibi. A rapide boccate e con lacrime di soddisfazione divorò i legumi e la salsa; i cibi freschi invece non gli piacevano: non poteva neppure sopportarne l'odore e anzi trascinava un po' lontano quelli che preferiva. Aveva già finito da un pezzo e se ne stava disteso pigramente nello stesso posto, quando la sorella girò lentamente la chiave, come per fargli segno di ritirarsi. Egli si riscosse subito, benché stesse già sonnecchiando e si affrettò a nascondersi di nuovo sotto il canapè. Ma per restarvi anche quel po' di tempo che la sorella rimase nella stanza, dovette fare un grande sforzo per dominarsi, perché dal gran mangiare il ventre gli s'era un po' arrotondato, e stretto com'era lì, riusciva appena a respirare. Tra piccoli attacchi di soffocazione e cogli occhi un po' fuori dell'orbita, vide la sorella che senza sospettare i suoi guai spazzava via con una granata non solo i resti del suo pranzo ma anche i cibi non toccati, come se anche quelli non fossero più buoni: rovesciò tutto in un secchio; lo chiuse con un coperchio di legno e quindi portò via ogni cosa. S'era appena voltata che Gregor scappava fuori di sotto il canapè stirandosi e gonfiandosi.

In questa maniera Gregor veniva nutrito ogni giorno, una

volta la mattina, quando i genitori e la donna di servizio dormivano ancora, e la seconda volta dopo il solito pranzo del mezzogiorno, poiché anche allora i genitori dormivano un poco e la donna di servizio veniva allontanata dalla sorella con qualche commissione. Certo neanche loro volevano farlo morire di fame, ma forse non avrebbero sopportato di conoscere il suo pasto più che per sentito dire; o forse la sorella voleva risparmiare loro un dolore, per quanto piccolo, ché veramente soffrivano già abbastanza.

Con quali scuse quella prima mattina erano stati allontanati dalla casa il dottore e il fabbro, Gregor non poté saperlo; dal fatto che non veniva compreso, tutti, anche la sorella, deducevano che non potesse comprendere gli altri e così egli doveva accontentarsi, quando la sorella entrava nella sua stanza, di ascoltare soltanto qualche sospiro e le invocazioni ai Santi. Solo più tardi, quando si fu un po' abituato a tutto – di un'abitudine completa non era certo il caso di parlare – Gregor afferrava a volte un'osservazione che rivelava una disposizione di simpatia, o perlomeno poteva essere così interpretata. «Oggi gli è proprio piaciuto!» diceva quando Gregor aveva fatto veramente piazza pulita del mangiare, mentre nel caso contrario, che si ripeteva ogni giorno più spesso, soleva dire quasi tristemente: «Anche questa volta non ha toccato nulla».

Mentre però Gregor non poteva sapere direttamente nulla di nuovo, qualcosa gli riusciva d'intendere dalle stanze accanto, e quando sentiva delle voci da una parte, subito correva alla porta corrispondente, e vi si pigiava contro con tutto il corpo. Specialmente nei primi tempi non c'era discorso che in qualche maniera, anche nascosta, non lo riguardasse. Per due giorni di seguito a ogni pasto poteva ascoltare come gli altri si consultavano sulla maniera di comportarsi ora; ma anche nell'intervallo dei pasti si discuteva sullo stesso tema poiché perlomeno due membri della famiglia erano sempre in casa; nessuno ci voleva restare solo, né si poteva in nessun caso abbandonarla completamente. Inoltre la donna di servizio il primo giorno – non era ben chiaro cosa e quanto avesse raccapezzato di quel che era accaduto – aveva pregato in ginocchio la madre di licenziarla subito, e quando dopo un quarto d'ora si era congedata, aveva ringraziato, piangendo, per il licenziamento, come per la maggior prova di bontà che le era stata data in casa e aveva promesso con uno spaventoso giuramento, che non le era stato chiesto, di non svelare mai niente a nessuno.

Bisognava che ora la sorella e la madre facessero da mangiare da sole; del resto ciò non costava molta fatica poiché in casa si mangiava ora assai poco. Gregor ascoltava sempre di nuovo come l'uno esortasse invano l'altro a mangiare, per non ricevere altra risposta che: «Grazie, ne ho abbastanza» o qualcosa di simile. Forse non si beveva neanche più. Spesso la sorella chiedeva al padre se volesse della birra, e si offriva premurosamente di andarla a prendere; quando il padre taceva, ripeteva, per levargli ogni scrupolo, che poteva mandare anche la portinaia; ma allora il padre finalmente diceva un gran «No» e non se ne parlava più.

Già durante il primo giorno il padre aveva esposto tanto alla madre quanto alla sorella l'intera situazione finanziaria e le prospettive per il futuro. Ogni tanto si alzava da tavola per prendere dalla sua piccola cassaforte Wertheim, salvata dalla rovina del suo commercio cinque anni prima, un qualche documento o libretto d'appunti. Lo si sentiva aprire la complicata serratura e riserrarla, dopo averne preso quello che cercava. Queste spiegazioni del padre erano forse in parte la prima impressione piacevole che Gregor avesse avuto durante la sua prigionia. Credeva che al padre non fosse rimasto nulla del suo commercio: questi perlomeno non gli aveva mai detto il contrario. Gregor del resto non lo aveva neanche mai interrogato in proposito. Il solo suo pensiero era stato allora di fare il possibile perché la famiglia potesse dimenticare al più presto quel disastro finanziario, che aveva portato tutti a una completa disperazione. Così aveva cominciato a lavorare con foga, e quasi da un giorno all'altro da un piccolo impiegato era divenuto un commesso viaggiatore, che naturalmente aveva tutt'altre possibilità di guadagno e i cui successi si cambiavano, sotto forma di provvigione, in denari sonanti che potevano venire sparsi sulla tavola dinanzi alla famiglia stupita e felice. Erano stati bei tempi che non si erano più ripetuti almeno in quello splendore, benché Gregor più tardi guadagnasse sempre tanto da permettersi – come infatti si permetteva – di coprire le spese dell'intera famiglia. Tutti si erano ormai abituati a questo, la famiglia come lui; con gratitudine si accettava il suo denaro, ed egli lo rimetteva volentieri nelle loro mani, ma l'affettuosa confidenza di una volta non c'era più. Soltanto la sorella gli era rimasta vicina e Gregor, senza badare alle gravi spese che ciò avrebbe causato e che si sarebbero in altra maniera risarcite, aveva il segreto proposito di mandarla il prossimo anno al Conservatorio, poiché, a differenza di lui, essa amava molto la musica e sapeva suonare in maniera commovente il violino. Spesso durante i suoi brevi soggiorni in città parlava con la sorella del Conservatorio, ma sempre come di un bel sogno, alla cui realizzazione non c'era da pensare; i genitori veramente non ascoltavano volentieri queste innocenti confidenze; ma Gregor ci pensava molto seriamente e aveva intenzione di annunciarlo solennemente la sera di Natale.

Questi pensieri, veramente fuori luogo nella sua attuale condizione, passavano per la sua testa mentre se ne stava ritto e appiccicato alla porta ascoltando. Qualche volta non poteva più stare a sentire per la grande stanchezza, e allora lasciava sbadatamente battere la testa contro il legno, ma subito doveva raddrizzarla, poiché anche quel piccolo rumore era stato notato nella stanza accanto e aveva fatto ammutolire tutti. «Cosa combinerà ancora!» diceva il padre dopo un momento, volgendosi certamente verso la porta, e soltanto allora il discorso interrotto veniva pian piano ripreso.

Gregor seppe dunque con piena sicurezza – il padre aveva cura di ripetersi spesso nelle sue spiegazioni, sia perché da molto tempo non s'era occupato di queste cose, sia anche perché la madre non riusciva a comprendere tutto alla prima – che nonostante tutte le disgrazie esisteva ancora dai primi tempi un patrimonio certamente piccolo, ma aumentato un poco nel frattempo dagli interessi mai toccati. Inoltre il denaro che Gregor portava ogni mese a casa – teneva per sé soltanto qualche fiorino – non era mai stato consumato interamente e si era raccolto in un piccolo capitale. Gregor dietro la porta approvava energicamente con la testa, rallegrandosi di questa inaspettata prudenza ed economia. Veramente con quei denari che avanzavano si sarebbe potuto diminuire anche il debito verso il suo principale, e avvicinare così il giorno in cui avrebbe potuto liberarsi dal suo impiego, ma ormai era senza dubbio meglio così come l'aveva pensata il babbo.

Però questo denaro non sarebbe certo bastato a far vivere la famiglia cogli interessi: era forse appena sufficiente per mantenerla un anno, al massimo due; non più. Era dunque soltanto un capitale, da toccarsi appena in un caso estremo; e il denaro per vivere bisognava guadagnarselo. Ma il padre era certamente un uomo sano, però vecchio, che già da cinque anni viveva inoperoso, e che del resto non si poteva fidare troppo di sé; in quei cinque anni, che erano stati i primi di ozio nella sua vita piena di fatiche ma anche d'insuccessi, era ingrassato molto e perciò era divenuto parecchio più pesante. Doveva forse guadagnare la vecchia madre, che soffriva d'asma, si affatica va soltanto a traversar la casa, e un giorno sì e uno no lo pas sava ansimando sul sofà con la finestra aperta? E la sorella? Era ancora una bambina, coi suoi diciassette anni, e la si vedeva volentieri vivere come aveva vissuto fino allora: vestirsi a modo, dormire a lungo, aiutare nelle faccende di casa, partecipare a qualche modesto divertimento e soprattutto suonare il violino. Ogni volta che la conversazione cadeva sulla necessità del guadagno, Gregor abbandonava la porta e si gettava, oppresso dalla vergogna e dalla tristezza, sopra il fresco canapè di cuoio, che si trovava lì vicino.

Spesso se ne stava lì intere e lunghe notti, senza dormire un minuto e raschiando per delle ore il cuoio. Oppure, senza spaventarsi della fatica, spingeva una seggiola verso la finestra, si arrampicava sul davanzale puntellandosi sulla sedia e vi si affacciava poi, evidentemente per un vago ricordo del senso di liberazione che provava una volta a spaziare fuori con lo sguardo. Giorno per giorno distingueva con sempre minore chiarezza gli oggetti anche poco distanti: l'ospedale di faccia, la cui continua vista lo aveva prima spesso irritato, non riusciva più neanche a scorgerlo; se non avesse saputo che abitava nella Charlottenstrasse – una via tranquilla ma tutta centrale – avrebbe anche potuto credere di guardare dalla sua finestra in un deserto, il cui cielo grigio e la terra grigia si riunivano senza lasciarsi distinguere. Bastò che la sorella, sempre attenta, vedesse due sole volte la seggiola presso la finestra perché ogni volta, dopo aver ripulito la stanza, la spingesse di nuovo presso la finestra e anzi lasciasse d'allora in poi anche l'imposta aperta.

Gregor avrebbe accettato le premure della sorella più facilmente se soltanto avesse potuto parlare con lei e ringraziarla di quanto doveva fare per lui; ma così ne soffriva. Grete cercava naturalmente di nascondere, per quanto era possibile, il lato penoso della situazione, e ogni giorno ci riusciva di più, ma anche Gregor osservava tutto sempre più acutamente. Già la maniera di entrare della sorella gli era insopportabile. Appena entrava, senza neanche preoccuparsi di chiudere la porta e per quanto, di solito, stesse attenta a risparmiare a chiunque la vista della stanza di Gregor, correva dritta alla finestra e la spalancava di colpo, con mani frettolose, come se stesse per soffocare; anche quand'era molto freddo ci rimaneva un poco, respirando affannata. Con queste corse e con quel chiasso Grete lo spaventava due volte al giorno; durante tutto quel tempo egli rimaneva tremando sotto il canapè, pur sapendo bene che la sorella gli avrebbe volentieri risparmiato ciò, se soltanto le fosse stato possibile trattenersi a finestra chiusa nella stanza in cui si trovava lui.

Una volta – era passato già un mese dalla sua metamorfosi e non c'erano dunque più ragioni speciali per stupirsi tanto del suo aspetto – la sorella venne un po' più presto del solito e lo sorprese mentre guardava ancora dalla finestra, immobile, e proprio nella posa più adatta per incutere spavento. Non ci sarebbe stato da stupirsi che non entrasse, poiché, così come stava, Gregor le impediva di aprire subito la finestra; Grete invece non solo non entrò, ma si ritrasse con un salto e richiuse la porta: un estraneo avrebbe proprio potuto credere ch'egli le avesse teso un agguato per volerla mordere. Si nascose naturalmente subito sotto il canapè, ma dovette aspettare sino a mezzogiorno per vedere tornare la sorella che sembrava molto più inquieta del solito. Comprese da ciò che la sua vista le era ancora insopportabile e che tale sarebbe rimasta anche in avvenire: forse la sorella doveva già fare un grande sforzo per non scappar via alla sola vista di quella piccola parte del suo corpo che sporgeva dal divano. Per risparmiarle anche questo, Gregor trasportò un giorno sulla schiena – ci vollero quattro ore – il lenzuolo sopra il canapè, e lo dispose in maniera da restarne completamente coperto sicché la sorella, anche chinandosi, non l'avrebbe visto. Se quel lenzuolo fosse stato a suo giudizio inutile, allora avrebbe potuto levarlo, poiché era abbastanza chiaro che non poteva essere divertente per Gregor il rinserrarsi così completamente: ma lei lasciò il lenzuolo come lo trovò, Gregor anzi credette di sorprendere un'occhiata riconoscente, quando una volta lo sollevò prudentemente con la testa per vedere come la sorella avesse accolta la novità.

Nelle prime due settimane i genitori non erano riusciti a vincersi tanto da entrare nella stanza, ed egli ascoltava spesso come riconoscevano pienamente il merito attuale della sorella, mentre sino allora si erano spesso irritati con lei, perché appariva loro come una ragazzina in un certo senso buona a nulla. Ora però tutt'e due, il padre e la madre, aspettavano spesso dinanzi alla camera di Gregor mentre la sorella la metteva in ordine; appena uscita, doveva raccontare con la massima precisione come si presentava la stanza, cosa Gregor avesse mangiato, come si era comportato quella volta, e se forse non c'era da notare un piccolo miglioramento. La madre per altro volle venire a trovarlo relativamente presto, ma il padre e la sorella la trattennero con prudenti osservazioni che Gregor ascoltò molto attentamente e approvò in pieno. Più tardi però la si dovette trattenere con la forza e quando gridava: «Lasciatemi andare da Gregor: è il mio figlio infelice! Non lo capite che io devo andare da lui?», allora, pensava Gregor, sarebbe forse stato meglio lasciarla passare, non tutti i giorni naturalmente, ma almeno una volta alla settimana; la madre doveva capir tutto meglio della sorella che, nonostante il suo coraggio, era in fondo una bambina e si era assunto quel compito grave, forse solo per una certa leggerezza infantile.

Il desiderio di Gregor di vedere la madre fu presto soddisfatto. Durante il giorno non si voleva più lasciar vedere alla finestra, non fosse altro che per riguardo ai genitori; non potendo strisciare molto su quei due metri quadri del pavimento (sopportava già a fatica di starsene fermo in un punto durante la notte, e presto anche il mangiare non gli procurò più la minima soddisfazione), per distrarsi prese l'abitudine di muoversi in lungo e in largo sulle pareti e sul soffitto. Lì specialmente se ne stava appeso con piacere: era così diverso dallo starsene sull'impiantito! Si respirava più liberamente, un leggero oscillamento faceva vibrare tutto il corpo, e nella distrazione quasi felice in cui si trovava lassù, poteva capitare che, con sua stessa sorpresa, si lasciasse andare e battesse sul pavimento. Ma ora naturalmente aveva acquistato un dominio ben diverso di prima sul suo corpo, e anche in una caduta così grave non si danneggiava per nulla. La sorella osservò subito il nuovo divertimento scoperto da Gregor, poiché camminando lasciava sempre qua e là tracce della sua sostanza viscosa, e subito si mise in testa di rendergli possibile nella massima misura quello strisciare, portando via i mobili che glielo impedivano, il cassettone e la scrivania. Questo però non lo poteva fare da sola; al padre non ebbe il coraggio di chiedere aiuto; la donna di servizio non l'avrebbe poi certamente aiutata, poiché questa ragazza di circa sedici anni continuava a servire da brava dopo il licenziamento della vecchia cuoca, ma aveva chiesto il favore di poter tenere la cucina sempre chiusa a chiave e di aprire soltanto quando la chiamavano; così non rimase alla sorella che rivolgersi una volta alla madre, durante l'assenza del padre. Con esclamazioni di gioia la madre si avvicinò alla stanza di Gregor, ma giunta sulla soglia ammutolì. La sorella aveva naturalmente osservato prima bene che tutto fosse in ordine nella stanza; allora soltanto lasciò passare la madre. Gregor aveva tirato in gran furia il lenzuolo ancora più giù e con maggiori pieghe; l'impressione dell'insieme era soltanto quella di un lenzuolo gettato a caso sul canapè. Egli rinunciò anche questa volta a spiare sotto la coperta per vedere la mamma fin da quella sua prima visita, e fu soltanto felice che fosse venuta.

«Vieni pure, non si vede» diceva la sorella, tenendo evidentemente per la mano la madre. Gregor ascoltava ora come le due deboli donne smuovessero dal suo posto il vecchio e pur sempre pesante cassettone, e come la sorella si riservasse sempre la parte più gravosa della fatica, senza badare agli avvertimenti della madre, che temeva si affaticasse troppo. Durò parecchio. Già dopo un quarto d'ora di fatica la madre disse che forse era meglio lasciar stare: prima di tutto il cassettone era troppo pesante – prima dell'arrivo del padre non sarebbero riuscite a finire, e lasciandolo in mezzo alla stanza avrebbero sbarrato la via – in secondo luogo non era poi assolutamente sicuro che a Gregor facesse davvero piacere l'allontanamento dei mobili. A lei invece sembrava proprio il contrario; le si stringeva il cuore a veder la parete così vuota, e perché Gregor non doveva avere la stessa impressione, lui che era già da tempo abituato al mobilio della stanza e perciò si sarebbe sentito abbandonato nella camera vuota? «E non è forse,» concluse la madre sottovoce, bisbigliando quasi, come per impedire che Gregor, di cui ignorava la precisa ubicazione, sentisse il suono della sua voce (quanto alle parole era più che convinta che non le capisse) «e non è forse come se noi dimostrassimo, allontanando i mobili, di aver perduto ogni speranza di miglioramento e lo si abbandonasse ormai a se stesso senza nessun riguardo? Io credo che sarebbe meglio lasciar la sua stanza proprio nello stato di prima; così Gregor, quando tornerà a noi, troverà tutto immutato e potrà dimenticare tanto più facilmente l'intervallo.»

Ascoltando queste parole della madre, Gregor riconobbe che la mancanza di una diretta conversazione umana e insieme la vita uniforme della famiglia dovevano aver completamente sviato la sua intelligenza in quei due mesi; altrimenti non si sarebbe potuto spiegare di aver potuto desiderare seriamente che la sua stanza fosse vuotata. Davvero aveva voglia di trasformare la sua camera, calda e arredata così comodamente col vecchio mobilio di famiglia, in una tana in cui avrebbe certo potuto strisciare indisturbato verso ogni direzione, ma a costo di dimenticare anche presto e completamente il suo passato umano? Era stato già vicino a dimenticarlo, quando lo aveva riscosso la voce della madre, già da tempo non udita. Niente doveva essere allontanato; tutto doveva rimanere al suo posto: alle influenze benefiche dei mobili sul suo stato egli non poteva rinunciare; e se i mobili gli impedivano quel continuo e pazzo strisciare intorno, non era un danno, bensì un grande guadagno.

La sorella purtroppo era d'un altro parere: si era abituata ormai, e non senza ragione, a intervenire come particolarmente esperta nelle discussioni che riguardavano Gregor; così anche ora il consiglio della madre le sembrava una ragione di più per insistere non soltanto per l'allontanamento del cassettone e della scrivania, a cui solamente aveva pensato da principio, ma di tutto il mobilio, a eccezione dell'indispensabile canapè. Non era naturalmente soltanto l'ostinazione infantile e quella fiducia in se stessa che così inaspettatamente e penosamente aveva acquistata in quegli ultimi tempi, a indurla a questa richiesta: Grete aveva effettivamente osservato che Gregor aveva bisogno di molto spazio per strisciare, ma che i mobili, per quanto si poteva vedere, non gli servivano a nulla. Forse non era estraneo a tutto ciò quel senso di esaltazione, particolare alle ragazze della sua età che cerca sfogo in ogni occasione, e dal quale Grete ora si lasciava trascinare a rappresentare ancor più spaventosa la condizione di Gregor, per poter poi fare per lui più di quel che non avesse fatto fino allora. In un ambiente, in cui Gregor solo dominava da padrone su tutte le pareti vuote, certo nessuno avrebbe osato entrare all'infuori di Grete.

Così non si lasciò distogliere dalla sua decisione neppure dalla madre, che in quella camera sembrava malsicura per troppa inquietudine, e presto tacque, aiutando la sorella secondo le sue forze a portar via il cassettone. Ora di questo, in fondo, Gregor poteva anche far a meno, ma la scrivania doveva restare in tutti i modi. Le donne avevano appena lasciata la stanza col cassettone, e ci si appoggiavano ansimando, che Gregor spinse la testa di sotto il canapè, per vedere cosa avrebbe potuto fare, con la prudenza e il riguardo dovuto. Ma per disgrazia la madre fu la prima a tornare indietro, mentre Grete, sola nella stanza accanto, aveva stretto fra le braccia il cassettone e lo faceva barcollare qua e là senza naturalmente riuscire a smuoverlo. La madre però non era abituata a vederlo: egli l'avrebbe potuta danneggiare nella salute e così si affrettò, spaventato, a indietreggiare fino all'altra estremità del canapè, senza poter impedire che il lenzuolo si muovesse un poco davanti.

Ciò bastò per rendere attenta la madre, che si fermò di colpo, si trattenne un momento, e ritornò poi da Grete.

Benché Gregor si ripetesse a ogni istante che non accadeva niente di straordinario – erano soltanto un paio di mobili che venivano cambiati di posto – questo andirivieni delle donne, i loro piccoli richiami, il grattar dei mobili sul pavimento, avevano su di lui l'effetto, come dovette presto confessarsi, di una confusione alimentata da ogni parte. Doveva ormai dirsi senza incertezze – per quanto si rannicchiasse tutto con la testa e le gambe schiacciando il ventre sul pavimento – che non avrebbe sopportata questa storia più a lungo. Esse gli vuotavano la stanza: gli prendevano tutto quello che gli era caro: il cassettone, che racchiudeva la sua sega da traforo e altri arnesi, era già stato portato via; stavano ora smovendo la sua scrivania, così saldamente piantata sul pavimento, sulla quale egli aveva un tempo scritto i suoi compiti, come studente dell'istituto superiore di commercio, delle medie e perfino delle elementari; ormai non aveva davvero più il tempo di apprezzare le buone intenzioni delle due donne, e del resto s'era quasi dimenticato di loro, poiché dalla stanchezza lavoravano già in silenzio, e si sentivano solo i loro passi pesanti.

Così egli fece un'irruzione. Le donne nella stanza accanto si appoggiavano in quel momento sulla scrivania per riprendere un po' di fiato. Cambiò quattro volte direzione al suo cammino, non sapendo veramente quale era la prima cosa da salvare, quando lo colpì il quadro della dama vestita di pelliccia, che pendeva alla parete già del tutto spoglia; ci si arrampicò in gran furia e si appiccicò al vetro che lo tratteneva e faceva bene al suo ventre caldo. Questo quadro, almeno, che Gregor ora ricopriva completamente, nessuno l'avrebbe portato via.

Girò la testa verso la porta della sala, per osservare le donne al loro ritorno.

Non s'erano concesse un gran riposo e stavano già tornando; Grete aveva messo il braccio intorno alla vita della madre e la portava quasi.

«Be', che prendiamo ora?» disse voltandosi e in quel momento il suo sguardo s'incrociò con quello di Gregor alla parete. Certamente, solo per la presenza della madre riuscì a dominarsi, chinò la faccia verso di lei per impedirle di guardare intorno e disse, tremando un poco e senza pensarci troppo:

«Vieni, vogliamo tornare piuttosto un momento ancora nella sala da pranzo?» L'interruzione di Grete fu chiara a Gregor: voleva portare al sicuro la madre per scacciarlo poi dalla parete. Eh, poteva ben provarsi! Stava sul suo quadro e non avrebbe ceduto. Piuttosto sarebbe saltato in faccia alla sorella.

Ma proprio le sue parole avevano reso ancor più inquieta la madre che si fece da parte, scoprì la gigantesca macchia bruna sopra la carta forata della tappezzeria e, prima ancora di avere esatta coscienza che quello che vedeva era Gregor, gridò a voce altissima e rauca:

«O Dio, o Dio!»

E cadde con le braccia spalancate sul canapè, quasi in un gesto di completa e disperata rinuncia, né si mosse più.

«Ah, Gregor!» gridò la sorella col pugno levato e lo sguardo penetrante. Dalla sua metamorfosi erano le prime parole che gli rivolgeva direttamente. Corse nella stanza accanto per prendere una qualunque essenza, con cui far riavere la madre dal suo svenimento. Anche Gregor voleva aiutare (per salvare il quadro c'era ancora tempo), ma si era appiccicato forte al vetro e si dovette strappar di lì con violenza; corse anche lui nella stanza accanto quasi potesse dare, come in passato, un qualche consiglio alla sorella, ma dovette stare senza far nulla dietro a lei, anzi la spaventò, quando frugando fra le diverse bottiglie, tornò a voltarsi. Una bottiglia cadde e si spezzò; una scheggia ferì Gregor in faccia e un liquido corrosivo si sparse intorno a lui; Grete prese allora, senza più trattenersi, quante bottiglie poteva e corse con quelle dalla madre, richiudendo la porta col piede. Gregor dunque era ormai diviso dalla madre, che forse per colpa sua era vicina alla morte: la porta non doveva aprirla, se non voleva allontanare Grete dal suo posto presso la madre: non c'era più altro da fare e così, pieno di rimorsi e di pensieri, cominciò a girare passando dappertutto, su pareti, mobili e soffitto, e quando già tutta la stanza cominciava a girargli attorno cadde finalmente, pieno di disperazione, in mezzo alla gran tavola.

Passò un po' di tempo; Gregor se ne stava lì fiaccato, e tutto all'intorno era silenzio; forse era un buon segno. Allora suonò il campanello; la donna di servizio era chiusa in cucina e Grete dovette andare ad aprire. Era arrivato il padre.

«Che è successo?» furono le sue prime parole; l'aspetto di Grete gli aveva certo rivelato tutto. La sorella rispose con voce soffocata, evidentemente premendo la faccia al petto del padre: «La mamma è svenuta, ma ora sta già meglio. Gregor è scappato fuori.»

«Me l'aspettavo,» disse il padre «io ve l'ho sempre detto, ma voi donne non volete starmi a sentire.»

A Gregor fu chiaro che il padre aveva interpretato in senso cattivo l'informazione troppo breve di Grete e credeva ch'egli si fosse reso colpevole di qualche violenza. Perciò bisognava che cercasse di placare in qualche modo il padre, dato che non aveva né il tempo né il modo di spiegarsi con lui. Si rifugiò presso la porta della sua stanza e vi si premé contro perché il padre, entrando dall'ingresso, potesse vedere subito che egli aveva la migliore intenzione di rientrare nella sua stanza e che non era necessario spingercelo: bastava soltanto aprirgli la porta e subito egli sarebbe scomparso.

Ma il padre non era in una disposizione d'animo tale da notare certe finezze.

«Ah!» gridò appena entrato, in un tono che rivelava insieme rabbia e gioia. Gregor levò il capo dalla porta verso il padre; non se l'era davvero immaginato come gli stava davanti ora: veramente negli ultimi tempi aveva trascurato, con quella sua nuova maniera di passeggiare attorno, di occuparsi come prima degli avvenimenti che riguardavano il resto della casa, e doveva quindi esser preparato a trovare dei mutamenti: ma davvero, davvero era quello ancora suo padre? Lo stesso uomo che prima sembrava come seppellito nel letto dalla stanchezza, quando Gregor partiva per un viaggio d'affari? Che la sera, al suo ritorno lo riceveva in poltrona, in veste da camera, e non era proprio capace di levarsi in piedi, ma si contentava di alzar le braccia in segno di gioia? Che in occasione delle rare passeggiate in comune – due domeniche forse all'anno e i giorni delle feste più importanti – si trascinava innanzi sempre più lentamente tra Gregor e la madre, che già di loro andavano piano? Avvolto nel suo vecchio mantello, puntellandosi sempre prudentemente con una specie di gruccia, quando voleva dir qualcosa, quasi sempre si fermava, chiamandoli intorno a sé. Ma ora se ne stava ben diritto con un'attillata uniforme blu, ornata di bottoni d'oro, come le portano gli uscieri delle banche: sopra il colletto alto e duro della giubba sporgeva il suo grosso doppio mento; dalle folte sopracciglia lo sguardo degli occhi neri usciva vivace e attento; i suoi capelli bianchi sempre in disordine erano costretti in una pettinatura a divisa, penosamente precisa e lucente. Facendogli traversare con un lancio tutta la stanza, il padre gettò sul canapè il berretto su cui figurava un monogramma dorato, certo quello d'una banca, e si diresse solo verso Gregor, con le falde della sua uniforme rigettate all'indietro, le mani nelle tasche dei pantaloni e lo sguardo irritato. Non sapeva forse neppure lui con precisione quel che voleva fare, in ogni modo alzò i piedi in maniera eccezionale e Gregor fu stupito della grossezza gigantesca della suola dei suoi stivali; ma non a lungo: sapeva ormai bene dal primo giorno della sua nuova vita che il padre riteneva indicata per lui soltanto la maggiore severità. Così cominciò a fuggire dinanzi al padre, fermandosi quando quello si arrestava e affrettandosi subito a muoversi quando l'altro accennava solo un movimento. Fecero più volte il giro della stanza, senza che avvenisse qualcosa di decisivo, anzi senza che tutto l'insieme per il suo ritmo lento avesse neppure l'aspetto di un inseguimento. Perciò anche Gregor rimase per allora sul pavimento, tanto più per timore che il padre avesse potuto interpretare una fuga sulla parete o sul soffitto come una malignità speciale; in ogni modo Gregor si dovette confessare che non avrebbe potuto sopportare a lungo quel continuo inseguimento, poiché mentre il padre faceva un passo egli doveva compiere un'infinità di movimenti. S'accorse che cominciava a perder fiato e del resto anche in passato non aveva mai avuto dei polmoni di cui fidarsi pienamente. Mentre dunque sbandava qua e là raccogliendo tutte le sue forze per la corsa, con gli occhi semichiusi e senza pensare più, nel suo torpore, a una salvezza diversa da quella della fuga, e dimenticando quasi che le pareti, per quanto fossero occupate da mobili accuratamente intagliati e pieni di angoli e di punte, erano a sua disposizione – proprio in quel momento, accanto a lui, quasi senza forza, volò qualcosa, e cascando gli rotolò davanti. Era una mela; subito ne seguì un'altra. Gregor rimase impietrito dalla paura; era ormai inutile correre, poiché il padre s'era deciso a bombardarlo. Dalla fruttiera sulla credenza s'era riempito le tasche, e tirava ora, senza per il momento mirare troppo, una mela dietro l'altra. Queste piccole mele rosse rotolavano come elettrizzate sul pavimento e si scontravano insieme. Una mela gettata debolmente, strisciò sulla schiena di Gregor scivolando via senza danneggiarlo. Ma una subito dopo si conficcò invece letteralmente nella sua schiena; lui voleva trascinarsi avanti, come se l'improvviso e incredibile dolore potesse passare col mutare della posizione; ma si sentiva come inchiodato e si allungò in una piena confusione dei sensi. Soltanto con l'ultimo sguardo vide ancora aprirsi con uno strappo la porta della sua stanza: dinanzi alla sorella che urlava, si precipitava fuori la madre in camicia (la sorella l'aveva spogliata per procurarle nello svenimento maggior libertà di respiro), correva verso il padre, mentre in quel tratto le sottane slacciate scivolavano una dopo l'altra sul pavimento, e inciampando sulle vesti si buttava su di lui, pregandolo di risparmiare la vita al figlio, e l'abbracciava in un pieno amplesso – ma qui la vista veniva già a mancare a Gregor – stringendogli le mani dietro la testa.

III

La grave ferita fece soffrire Gregor per più d'un mese. La mela era rimasta dentro alla carne come un ricordo visibile, perché nessuno aveva il coraggio di levarla, ma sembrò aver rammentato anche al padre che, nonostante la sua forma attuale, purtroppo abominevole, Gregor era rimasto un membro della famiglia e non doveva esser trattato come un nemico; il dovere familiare anzi imponeva di vincere ogni ripugnanza e di sopportare, nient'altro che sopportare.

Con la sua ferita Gregor aveva perduto probabilmente per sempre la pienezza dei movimenti e aveva bisogno per il momento di lunghi, lunghi minuti per attraversare come un vecchio invalido la stanza (ad arrampicarsi sulle pareti non c'era più da pensare); ma il peggioramento della sua condizione ebbe un compenso che gli sembrava pienamente adeguato e consisteva in questo: ogni sera la porta del salotto, che egli osservava attentamente già un'ora e anche due prima, veniva aperta così da lasciare a lui, sepolto nell'oscurità della sua camera e invisibile dal salotto, il modo di vedere l'intera famiglia presso il tavolo illuminato e di ascoltarne i discorsi col consenso di tutti, per così dire, e cioè in maniera ben diversa da prima.

Certo non erano più le conversazioni animate di un tempo, alle quali Gregor aveva pensato sempre con un certo rimpianto, nelle piccole stanze d'albergo, quando si infilava stanco fra le lenzuola ancor umide. Ora quasi sempre il tempo passava in silenzio. Il padre s'addormentava nella sua poltrona, poco dopo la cena, la madre e la sorella si sorvegliavano fra di loro per tacere: l'una cuciva, chinandosi molto sotto la luce, della biancheria fine per un negozio di mode; l'altra, che aveva trovato un posto di commessa, imparava la sera la stenografia e il francese, con la speranza di raggiungere forse, più tardi, una posizione migliore. A volte il padre si svegliava, e, come se non si fosse accorto d'aver dormito, diceva alla madre: «Quanto cuci anche oggi!» e subito si riaddormentava, mentre le due donne si sorridevano stanche.

Il padre con una specie di caparbietà, rifiutava di levarsi in casa la montura di servizio, e mentre la veste da camera restava inutilmente appesa all'attaccapanni, sonnecchiava ancor tutto vestito nella sua poltrona; come se fosse sempre pronto al servizio e aspettasse anche lì la voce del superiore. Così l'uniforme, che fin dal principio non era nuova, nonostante tutte le cure della madre e della sorella perdé presto il suo lustro e Gregor guardava per intere serate quel vestito, che pur essendo tutto macchiato riluceva ancora coi suoi bottoni d'oro sempre puliti, e nel quale il vecchio dormiva molto scomodamente, ma tranquillo.

Appena l'orologio suonava le dieci la madre cercava di svegliarlo sottovoce, e poi di convincerlo ad andare a letto: non era un vero sonno quello e il padre, che alle sei doveva entrare in servizio, ne aveva moltissimo bisogno. Ma con quella testardaggine che s'era impadronita di lui da quando s'era impiegato, egli insisteva sempre per rimanere più a lungo a tavola, benché si addormentasse regolarmente: soltanto a gran fatica era possibile convincerlo a cambiare la poltrona col letto. La madre e la sorella avevano un bel sollecitarlo con piccole esortazioni; per interi quarti d'ora egli scuoteva lentamente la testa, tenendo gli occhi chiusi, e non si alzava. La madre lo tirava per la manica, gli diceva qualche parola affettuosa all'orecchio, la sorella abbandonava il lavoro per aiutarla; tutto era inutile. Il padre sprofondava ancor più nella sua poltrona, e solo quando le donne lo prendevano sotto le ascelle apriva gli occhi, gettava uno sguardo ora sulla madre, ora sulla sorella, senza mancar mai di dire: «Che vita! Ecco la pace dei miei ultimi anni!» e appoggiandosi a loro si levava con fastidio, come se il suo corpo fosse per lui il peso più opprimente. Si lasciava condurre sino alla porta, ove accennava loro di lasciarlo e se ne andava poi solo, mentre la madre buttava via in gran furia il lavoro e la sorella la penna, per correre dietro al padre e aiutarlo ancora.

Chi aveva tempo d'occuparsi di Gregor più dello stretto necessario in questa famiglia troppo affaticata e stanca? Il tenore di vita si riduceva sempre più; la cameriera fu finalmente licenziata; una donna gigantesca, ossuta, coi capelli bianchi svolazzanti intorno al capo, veniva la mattina e la sera per i lavori più faticosi; al resto pensava la mamma, oltre ai molti lavori di cucito. Anche alcuni gioielli di famiglia, che prima la madre e la figlia avevano portato felici durante ricevimenti e feste, furono venduti, come Gregor veniva a sapere quando la sera discutevano in comune sul prezzo ricavato. La preoccupazione maggiore era per il momento costituita dal fatto che non si poteva lasciare quell'appartamento, divenuto, nelle condizioni attuali, troppo grande; non si riusciva a immaginare come poter trasportare Gregor. Egli però si convinse che non era soltanto un riguardo verso di lui a ostacolare lo sgombero – lo si sarebbe potuto facilmente trasportare in una cassa adatta, con due buchi per respirare –, ciò che tratteneva più di ogni altra cosa la famiglia da un cambiamento di casa era piuttosto un'immensa disperazione, e il pensiero ch'essa fosse colpita da una disgrazia come nessun'altra in tutta la cerchia dei parenti e dei conoscenti. Ciò che il mondo pretendeva dalla povera gente, essi lo compivano senza dubbio: il padre andava a prendere la colazione ai piccoli impiegati della banca, la madre si sacrificava per la biancheria di persone estranee, la sorella correva su e giù dietro il banco, secondo le richieste degli avventori; non c'era da pretendere di più dalle forze della famiglia. La ferita nella schiena cominciava a dolere a Gregor come se fosse ancora fresca, quando vedeva la madre e la sorella che dopo aver portato a letto il padre, lasciando stare il lavoro, si accostavano, e già stavano guancia a guancia. La madre, accennando alla stanza di Gregor diceva: «Chiudi dunque quella porta, Rita» e Gregor tornava nell'oscurità, mentre lì vicino le due donne mescolavano le loro lacrime oppure fissavano, addirittura senza piangere, il tavolo.

Giorni e notti passavano ormai per Gregor senza sonno. A volte pensava che al prossimo aprirsi della porta avrebbe ripreso nelle sue mani le faccende della famiglia; durante le sue meditazioni riapparvero di nuovo, dopo lungo tempo, il principale e il procuratore, i commessi e gli apprendisti, il fattorino, così duro di comprendonio, due o tre amici di altre ditte, una cameriera di un albergo di provincia (un caro, fuggevole ricordo), una cassiera di un negozio di cappelli, per cui si era interessato seriamente, ma senza troppo impegno. Tutta questa gente gli appariva mescolata con estranei e altre persone già dimenticate, ma invece di mostrarsi ben disposti verso di lui e la famiglia, sembravano tutti inavvicinabili ed egli era felice quando scomparivano. Ma poi di nuovo non era più in vena di preoccuparsi della famiglia, e si sentiva soltanto pieno di rabbia per il cattivo trattamento; benché non sapesse immaginare cosa gli avrebbe destato ancora appetito, faceva dei piani per penetrare nella dispensa e prendere ciò che gli spettava, anche se non aveva fame. Senza più preoccuparsi di quel che gli poteva ancora particolarmente piacere, la sorella, prima di correre al negozio, la mattina e il dopopranzo spingeva in gran furia col piede una qualsiasi pietanza nella sua stanza, per spazzarla via alla sera con un colpo di granata, perfettamente indifferente se il cibo fosse stato appena assaggiato o – come era più probabile – neppure toccato. La pulizia della stanza a cui Grete provvedeva, ora, sempre la sera, non poteva esser fatta più velocemente. Degli ammassi di sudicio si allungavano lungo le pareti, polvere e immondizie giacevano agglomerate qua e là. Nei primi tempi, all'arrivo della sorella Gregor si metteva proprio nei punti più sporchi, per farle in certo senso un rimprovero con la sua stessa posizione. Ma avrebbe potuto starsene lì per delle settimane, senza che la sorella si fosse migliorata: vedeva il sudicio proprio come lui, ma s'era evidentemente decisa a lasciarvelo. D'altra parte teneva a che fosse riservata a lei sola la pulizia della stanza di Gregor con una suscettibilità veramente nuova in lei, ma che del resto s'era impadronita di tutta la famiglia. Una volta la madre si era sobbarcata alla fatica di una completa pulizia e ci era riuscita solo dopo aver adoperato alcuni secchi d'acqua; la grande umidità aveva irritato anche Gregor, che se ne stava disteso sul canapè, amareggiato e immobile; ma la punizione non era mancata. Appena la sorella, la sera, si era accorta del cambiamento nella stanza di Gregor, era corsa in salotto profondamente offesa, e nonostante la madre avesse levato le mani implorando, era stata presa da una crisi di pianto, a cui i genitori – il padre s'era levato spaurito dalla sua poltrona – assistettero dapprima stupiti e inerti; ma poi cominciarono a muoversi; il padre faceva a destra dei rimproveri alla madre, perché non aveva lasciato alla sorella la pulizia della stanza di Gregor; a sinistra invece urlava a Grete di non occuparsene più. La madre intanto cercava di trascinare nella camera da letto il padre, che dall'eccitazione non si teneva più; Rita, scossa dai singhiozzi, tormentava coi suoi piccoli pugni la tavola, e Gregor fischiava forte dalla rabbia, perché a nessuno veniva in mente di chiudere la porta e risparmiargli così quella scena e quel chiasso.

Ma anche se la sorella, esaurita dal lavoro di ufficio, era ormai stanca di provvedere a Gregor come prima, non era affatto necessario che la madre la sostituisse o che altrimenti egli venisse trascurato. C'era la donna di servizio: questa vecchia vedova, che nella sua lunga vita, grazie alle sue salde ossa, doveva averne sopportate di ogni specie, non aveva un vero e proprio orrore di Gregor. Senza essere veramente curiosa, aveva aperto una volta per caso la porta della sua stanza, e alla vista di lui che, sorpreso così d'improvviso, s'era messo a correre qua e là senza essere inseguito da nessuno, era rimasta stupita a guardare con le mani in grembo. Da quella volta non mancava, mattina e sera, d'aprire un poco la porta così di passata, e di dargli un'occhiata. Da principio essa lo chiamava con parole che le sembravano evidentemente amichevoli: «Vieni un po' qua, vecchio scarafaggio!», oppure: «Guardalo un po', questo vecchio scarafaggio!». A questi inviti Gregor non rispondeva nulla, anzi rimaneva immoto al suo posto come se la porta non si fosse neppure aperta. Se a quella donna avessero almeno dato l'ordine di pulire giornalmente la stanza, invece di permettere che lo disturbasse così senza scopo, secondo il suo umore!

Una volta, di mattina presto – una pioggia violenta, forse già un segno della vicina primavera, batteva sui vetri – Gregor fu talmente irritato dalle solite chiacchiere della serva, che si diresse su di lei come per assalirla – ma sempre lentamente e a dire il vero con poco slancio. Ma la serva invece d'impaurirsi sollevò solo una seggiola per aria vicino alla porta e aprì la sua gran bocca, come per far intendere che l'avrebbe richiusa unicamente per sbattere sulla sua schiena la sedia che aveva in mano. «Tutto qui?» domandò poi quando Gregor si fu ritirato, e rimise tranquillamente a posto la sedia.

Non mangiava quasi più nulla. Soltanto quando passava per caso dinanzi al cibo preparato, afferrava per gioco un boccone, lo teneva per delle ore tra le mascelle e lo risputava poi quasi sempre: da principio pensava che fosse la tristezza per le condizioni della sua stanza a trattenerlo dal mangiare, ma invece col nuovo assetto egli s'era ben presto riconciliato. Avevano preso ormai l'abitudine di mettere in quella stanza tutto ciò che non si poteva tenere nelle altre e che certo non scarseggiava, tanto più che una camera dell'appartamento era stata affittata a tre signori, tipi molto seri – tutti e tre avevano una gran barba, come Gregor poté assicurarsi una volta attraverso una fessura dell'uscio – i quali erano penosamente preoccupati del buon ordine, non solo della loro stanza, ma anche, dal momento che ci erano entrati, di tutta la casa, specie della cucina. Le cianfrusaglie inutili o addirittura sudice non le sopportavano. Inoltre avevano portato con sé gran parte del loro mobilio; perciò erano divenuti inutili molti oggetti, che non si potevano vendere, ma che d'altra parte non si voleva neanche buttar via. Passarono tutti nella stanza di Gregor, e così pure la cassetta della cenere e il secchio della spazzatura. Quel che per il momento era inutile veniva gettato senz'altro dalla donna di servizio, che aveva sempre una gran furia, nella stanza di Gregor, che di solito vedeva soltanto un oggetto e la mano che lo teneva. La serva aveva forse l'intenzione di riprendere – a tempo e luogo – tutta quella roba e di buttarla fuori, ma intanto restava dove l'aveva scaraventata il primo lancio, a meno che Gregor non la voltasse e smuovesse in quell'arsenale, dapprima per necessità – non gli rimaneva altrimenti libero il posto per passeggiare – poi con sempre maggior divertimento, per quanto dopo quelle giostre, stanco morto e triste, non si muovesse più per delle ore.

Poiché i pensionanti cenavano a volte in casa nel salotto comune, la porta restava qualche sera chiusa, ma Gregor rinunciava volentieri a vederla aperta, anzi qualche sera in cui era rimasta così, non solo non ne aveva approfittato, ma senza che la famiglia se ne fosse accorta, s'era nascosto nell'angolo più scuro della sua stanza.

Una volta la serva aveva lasciato la porta un po' aperta e così rimase anche quando i pensionanti alla sera rientrarono e fu accesa la luce. Essi si misero a tavola, dove prima sedevano il padre, la madre e Gregor, spiegarono i tovaglioli e misero mano alla forchetta e al coltello. Subito apparve sulla soglia la madre con un piatto di carne, e immediatamente dietro a lei la sorella, con uno di patate ammonticchiate. I vassoi fumavano abbondantemente. I pensionanti ci si piegarono sopra, come se prima di mangiare volessero esaminare il cibo, e difatti quello che stava nel mezzo e sembrava avesse una certa autorità sugli altri due, tagliò un pezzo di carne ancora sul vassoio, evidentemente per assicurarsi che fosse morbida o se non fosse piuttosto il caso di rimandarla in cucina. Ma restò soddisfatto, e la madre e la sorella che stavano ansiose a osservare, cominciarono a sorridere con un respiro di sollievo.

La famiglia mangiò in cucina. Nonostante ciò il padre, prima di andarvi, passò dalla sala e girò intorno alla tavola col berretto in mano, facendo un unico inchino. I pensionanti si alzarono insieme, mormorando qualcosa nelle loro barbe. Quando poi restarono soli mangiarono in un silenzio quasi completo. Sembrò strano a Gregor che in mezzo ai diversi rumori del mangiare si distinguessero sempre i loro denti che masticavano, come per dimostrare a lui che occorrevano dei denti per mangiare, e che, con le più belle mascelle prive di denti, non si poteva concludere nulla. "Io ho appetito" si disse Gregor preoccupato "ma non per questi cibi. Come si riempiono, questi pensionanti, e io mi sto consumando dalla fame!"

Proprio quella sera – Gregor non si ricordava di averlo mai udito durante tutto quel tempo – il violino risuonò dalla cucina. I pensionanti avevano già finito la cena; il signore che stava in mezzo aveva tirato fuori un giornale e ne aveva distribuito un foglio agli altri due; ora, appoggiati alla spalliera, stavano tutti leggendo e fumando. Quando si cominciò a sentire il violino, divennero attenti, si alzarono, e in punta di piedi, andarono verso la porta dell'ingresso, fermandosi e stringendosi l'uno all'altro. Si doveva averli notati dalla cucina poiché il padre gridò:

«Forse la musica a loro dispiace? Si può subito smettere.»

«Anzi,» disse il signore di mezzo «la signorina non potrebbe piuttosto venire a suonare qui nella nostra stanza, che è tanto più comoda e simpatica?»

«Diamine» rispose il padre, come se fosse lui il violinista.

I signori tornarono nella sala aspettando. Ben presto arrivò il padre col leggio, la madre con la musica e la sorella col violino, preparando tutto tranquillamente per suonare; i genitori, che prima non avevano mai dato stanze in affitto, e perciò esageravano la loro gentilezza verso i pensionanti, non s'arrischiavano a sedersi sulle loro sedie: il padre s'appoggiò alla porta, infilando la mano destra fra due bottoni dell'uniforme; alla madre fu offerta da uno dei signori una poltrona; ma ella la lasciò dove questi l'aveva messa a caso, e restò lontana in un angolo.

La sorella cominciò a suonare; il padre e la madre seguivano attentamente, ciascuno dalla propria parte, i movimenti delle sue mani.

Gregor, attirato dalla musica, s'era arrischiato un po' più avanti, ed era già con la testa nel salotto. Non si stupiva più di avere in questi ultimi tempi così pochi riguardi per gli altri, mentre prima se ne era fatto un vanto. E sì che proprio ora avrebbe avuto maggior ragione di nascondersi, perché a causa della polvere che s'era posata in tutta la stanza e che si sollevava al minimo movimento, era tutto sporco; fili, capelli, resti del mangiare venivano strascicati da lui sulla schiena o sui fianchi: la sua indifferenza verso ogni cosa era troppo grande perché, come faceva prima parecchie volte al giorno, si fosse messo a pancia all'aria per pulirsi, stropicciandosi al tappeto. Nonostante queste sue considerazioni non si vergognava di procedere un tratto innanzi sull'immacolato pavimento della sala.

Del resto nessuno badava a lui. La famiglia era tutta assorta nel violino, i pensionanti invece, che da principio s'erano messi tutt'e tre con le mani in tasca dietro il leggio così vicini da poter veder le note – ciò che certo disturbava la sorella – si erano ritirati poi, parlottando sottovoce a capo chino, verso la finestra, e lì erano restati, sotto lo sguardo preoccupato del padre. Era ormai anche troppo evidente che essi erano stati delusi nel loro calcolo di ascoltare un po' di musica da violino bella o almeno divertente, e che erano già stanchi di tutto, e solo per cortesia si lasciavano ancora disturbare nella loro tranquillità. Specialmente la maniera, con cui buttavano fuori dal naso e dalla bocca il fumo dei loro sigari, lasciava indovinare un gran nervosismo. Eppure la sorella suonava così bene! La sua faccia era piegata da una parte, i suoi occhi seguivano le righe della musica con profonda attenzione e tristezza. Gregor strisciò ancora un poco avanti e tenne la testa sempre più vicina al pavimento per incontrare possibilmente i suoi sguardi. Era davvero una bestia, se la musica lo commuoveva tanto? Gli sembrava che gli si chiudesse una via, verso un nutrimento sconosciuto e sempre desiderato.

Era risoluto a spingersi ancora avanti sino alla sorella, a tirarla per la sottana e a farle comprender così di venire col tavolino nella sua camera, poiché nessuno lì apprezzava la sua musica come lui. Non l'avrebbe più lasciata uscire, almeno finché era vivo; il suo aspetto pauroso doveva per la prima volta essergli utile: a tutte le porte della sua stanza ci sarebbe stato lui e avrebbe stronfiato contro gli assalitori; la sorella però doveva restare nella sua camera non per forza, ma liberamente; accanto a lui, sul canapè, doveva mettersi e chinarsi tanto ch'egli le avesse potuto confidare in un orecchio che aveva avuto la ferma intenzione di mandarla al Conservatorio e che questo, se non fosse avvenuta la disgrazia, l'avrebbe annunciato a tutti l'ultimo Natale – era già passato Natale? – senza preoccuparsi di nessuna obiezione. Dopo questa spiegazione la sorella sarebbe scoppiata in lacrime di commozione e Gregor si sarebbe sollevato sino alla sua spalla per baciarla sul collo, che ora, da quando andava all'ufficio, lei lasciava libero sen za sciarpa o colletto.

«Signor Samsa!» gridò il signore di mezzo al padre, e accennò senza perdersi in altre parole, coll'indice verso Gregor, che lentamente si avanzava. Il violino ammutolì, il signore di mezzo prima sorrise una volta, scuotendo la testa verso i suoi amici, poi guardò di nuovo Gregor. Il padre, invece di respingere Gregor, credette piuttosto necessario di rassicurare i pensionanti, che del resto non sembravano affatto impressionati, ma anzi più divertiti da quell'apparizione che dal violino. Il padre si affrettò verso di loro e cercò di spingerli nella loro stanza allargando le braccia, per nascondere nello stesso tempo, col suo corpo, la vista di Gregor. Allora si arrabbiarono un poco, non si sapeva bene se per il contegno del padre o perché soltanto ora venivano a sapere d'aver avuto, senza esserne informati, un vicino di camera come Gregor. Chiesero spiegazioni al padre, sollevando a loro volta le braccia e tirandosi inquieti la barba, e solo a poco a poco cedettero verso la loro stanza; la sorella intanto aveva superato lo smarrimento in cui era caduta dopo l'improvvisa interruzione della musica; aveva tenuto ancora un poco il violino e l'arco nelle mani, che pendevano negligentemente, continuando a guardare sulle note come se ancora suonasse; poi si era riscossa tutt'a un tratto, aveva posato lo strumento in grembo alla madre, ancora seduta ansimante sulla sedia, coi polmoni che tiravano a tutta forza, ed era corsa nella stanza vicina, a cui i pensionanti si avvicinavano sempre di più sotto la spinta del padre. Sotto le sue mani pratiche, le coperte e i cuscini volavano in aria sui letti per rimettersi subito in ordine. Prima ancora che i tre signori avessero raggiunto la stanza, Grete aveva finito di preparare i letti e se ne scappava via. Il padre, preso di nuovo da un accesso di caparbietà, dimenticava quel tanto di rispetto che in ogni modo doveva ai suoi pensionanti: li spingeva e li spingeva, sinché, sulla porta della stanza, il signore di mezzo s'impuntò con un tonante colpo dei piedi, costringendo così il padre a star fermo: «Io le annuncio» disse levando la mano e cercando con lo sguardo anche la madre e la sorella «che in vista delle disgustanti condizioni esistenti in questa famiglia e in questa casa» qui sputò improvvisamente sul pavimento «io disdico subito la mia stanza. Per i giorni che ho passato qui dentro non intendo naturalmente pagare un soldo; al contrario vedrò piuttosto se non sia il caso di avanzare contro di lei qualche richiesta che si può motivare, mi creda, molto facilmente». Qui tacque e guardò diritto innanzi a sé, come se aspettasse qualcosa, e difatti subito i suoi due amici gli fecero eco con queste parole: «Anche noi vi diamo subito disdetta». Allora egli afferrò la maniglia della porta e la chiuse tutta d'un colpo.

Il padre, vacillando cercò con le mani la sua poltrona, e ci si lasciò cadere pesantemente: sembrava quasi che ci si allungasse per il solito sonnellino serale, ma i forti cenni della sua testa continuamente in moto, mostravano che non dormiva affatto.

Gregor se n'era stato tutto il tempo fermo nel punto in cui l'avevano sorpreso i pensionanti. La delusione per il cattivo esito del suo piano, ma forse anche la debolezza causata dal continuo digiuno gli rendevano impossibile ogni movimento. Sentiva con una certa sicurezza e con timore che nell'attimo seguente tutta la famiglia avrebbe cercato di sfogare le sue pene su di lui, e aspettava. Neppure il violino lo riscosse quando, di sotto alle dita tremanti della madre, le cadde dal grembo con suono rimbombante.

«Cari genitori» disse la sorella battendo come per un'introduzione la mano sulla tavola «così non si va avanti. Voi forse non lo capite; io sì. Non voglio fare il nome di mio fratello dinanzi a questo mostro, e perciò dico solo: bisogna cercare di liberarsene. Abbiamo cercato di fare ciò che era umanamente possibile, l'abbiamo curato e sopportato. Io credo che nessuno ci possa fare il minimo rimprovero.»

«Ha mille volte ragione» disse il padre fra sé. La madre, che ancora non era riuscita a trovar fiato sufficiente, cominciò a tossire con la mano sulla bocca e una pazza espressione negli occhi.

La sorella s'affrettò verso la madre e le tenne la fronte con la mano. Il padre sembrava portato dalle parole di Grete verso pensieri suoi particolari; si era raddrizzato e giocava col berretto di servizio fra i piatti che erano restati sul tavolo da pranzo dei pensionanti e guardava ogni tanto verso l'immobile Gregor.

«Bisogna cercare di liberarsene» disse ancora la sorella definitivamente al padre, giacché la madre, tossendo, non poteva sentire nulla. «Vi porta alla tomba tutt'e due, lo vedo. Quando si lavora così faticosamente come noi tutti, non si può sopportare poi a casa anche questo eterno martirio. Anch'io non lo sopporto più» e ruppe in un pianto così violento che le sue lacrime scorrevano anche sulla faccia della madre, prima d'esser asciugate da lei con un movimento meccanico delle mani.

«Bambina mia,» disse il padre impietosito e con un insolito senso di comprensione «ma cosa dobbiamo fare?»

La sorella si strinse soltanto nelle spalle per dimostrare lo sgomento che s'era impadronito ora di lei da che piangeva, in contrasto con la sicurezza di prima.

«Se almeno ci comprendesse» disse il padre, come se domandasse; ma Grete, in mezzo alle lacrime, scosse energicamente la mano per dire che non c'era neppure da pensarci.

«Se almeno ci comprendesse,» ripeté il padre, e chiudendo gli occhi dimostrò di accettare l'opinione della sorella sull'impossibilità di questa ipotesi «allora forse sarebbe possibile un'intesa. Ma così...»

«Via, deve andare,» gridò la sorella «questo è l'unico mezzo, babbo. Tu devi soltanto cercare di liberarti dal pensiero che sia Gregor. La nostra vera disgrazia è che noi l'abbiamo creduto così a lungo. Ma come può essere Gregor? Se lo fosse, egli avrebbe da tempo ben compreso che non è possibile una vita comune di esseri umani con una simile bestia, e se ne sarebbe andato via spontaneamente. Noi non avremmo più un fratello, ma potremmo continuare a vivere e onorare la sua memoria. Così invece questa bestia ci perseguita, scaccia i pensionanti, vuole evidentemente occupare tutta la casa e mandarci a dormire nella strada. Vedi, babbo,» urlò d'improvviso «ricomincia da capo!» E con uno spavento per Gregor veramente incomprensibile, la sorella abbandonò perfino la madre, saltando letteralmente dalla seggiola, come se volesse piuttosto sacrificare la mamma, che rimanere in vicinanza di Gregor. Si rifugiò dietro al padre, che impressionato unicamente dal suo contegno si levò anche lui, e alzò a metà le braccia dinanzi alla sorella come per proteggerla.

Ma a Gregor non passava affatto per la mente di spaventare nessuno, tanto meno sua sorella. Aveva soltanto cominciato a voltarsi per ritornare nella sua stanza e ciò fece una certa impressione perché, in seguito alle sue dolorose condizioni, egli doveva aiutarsi in quei rivolgimenti difficili con la testa, la quale veniva perciò spesso sollevata e battuta contro il pavimento. Si trattenne un poco per guardarsi intorno: la sua buona intenzione sembrava venir riconosciuta; era stato soltanto uno spavento passeggero. Tutti ora lo guardavano in silenzio tristemente. La madre stava nella sua poltrona, con le gambe allungate e unite, e gli occhi che dalla debolezza quasi si chiudevano; il padre e la sorella sedevano l'uno accanto all'altra, e Grete aveva messo la mano intorno al collo del padre.

Ora forse mi posso voltare, pensò Gregor ricominciando la sua manovra. Non riusciva a soffocare un respiro affannoso per la fatica, e ogni tanto doveva anche riposarsi un po'. Del resto nessuno lo spingeva; tutto era lasciato a lui. Quando ebbe terminata la manovra del voltarsi, cominciò subito a trascinarsi diritto verso la sua stanza. Stupì della distanza che lo separava, e non comprendeva come, con tutta la sua debolezza, avesse potuto compiere quasi senza accorgersene, poco tempo prima, lo stesso cammino. Sempre preoccupato di procedere rapidamente, non si accorse che non una parola, non un richiamo della famiglia lo disturbava. Solo quando fu sulla soglia della stanza voltò il capo, non completamente, perché sentiva indurirsi il collo, ma sempre tanto da vedere che dietro di lui niente s'era mutato e che soltanto la sorella si era levata. La sua ultima occhiata sfiorò la madre, ormai caduta in un profondo sopore.

Appena entrato nella stanza, sentì chiudersi la porta con gran furia: il chiavistello fu tirato e la chiave girata. All'improvviso fragore dietro di lui, Gregor si spaventò tanto che le sue zampine si piegarono. Era stata la sorella ad aver tanta furia. In piedi l'aveva aspettato, poi camminando leggera aveva fatto un salto. Gregor non l'aveva neanche sentita arrivare, ma quando ebbe girata la chiave nella toppa Grete gridò ai genitori: «Finalmente!».

"E ora?" si domandò Gregor, guardandosi intorno al buio. Ben presto scoprì che non si poteva più muovere affatto. Non se ne stupì, piuttosto gli sembrò innaturale che fino allora si fosse potuto trascinare avanti con quelle esili zampine. Del resto si sentiva relativamente bene. Aveva – è vero – dei dolori in tutto il corpo, ma gli sembrava che lentamente divenissero sempre più tenui e che sarebbero finalmente scomparsi del tutto. La mela marcita nella sua schiena e la parte infiammata intorno, tutta coperta di un sottile strato di polvere, la sentiva appena. Alla sua famiglia ripensava con commozione e amore. La sua convinzione sul fatto che doveva scomparire, era forse ancora più decisa di quella della sorella. Rimase in questo stato di meditazione vuota e tranquilla sinché l'orologio della torre non scoccò le tre di notte. Visse ancora tutto il tempo che il cielo mise a rischiararsi fuori della finestra, poi il suo capo senza volere si chinò, e debolmente gli sfuggì dalle narici il suo ultimo respiro.

Quando la mattina presto venne la serva – chiudeva tutte le porte, per quanto fosse stata spesso pregata del contrario, con tanta forza e furia che in tutta la casa, da quando era arrivata, non era più possibile dormire tranquilli – non trovò da principio nella sua visita, di solito breve, a Gregor, niente di straordinario. Pensava che se ne stesse apposta così immobile e facesse le viste di essere offeso, giacché gli attribuiva ogni possibile facoltà. Aveva per caso nelle mani una lunga scopa, e cercò dalla porta di stuzzicare Gregor con quella. Quando anche questo non ebbe effetto, si arrabbiò e dette qualche colpo contro di lui, ma quando l'ebbe smosso dal suo posto senza nessuna ribellione, si fece attenta. Appena riconobbe il vero stato delle cose, spalancò gli occhi, fischiò, ma non si trattenne a lungo, anzi aprì con uno strappo la porta della camera da letto e gridò a voce alta nel buio:

«Guardate un po', è crepato; eccolo là, è veramente crepato!»

I due vecchi s'erano messi a sedere nel letto matrimoniale ed ebbero da superare lo spavento provocato dalla serva prima di rendersi conto della notizia. Poi tutti e due, ciascuno dalla sua parte, scesero in furia dal letto: il signor Samsa si gettò la coperta sopra le spalle, la signora venne avanti in camicia da notte e così entrarono nella stanza di Gregor. Nel frattempo s'era aperta anche la porta della stanza in cui Grete dormiva da quando erano venuti i pensionanti: era già vestita come se non avesse dormito punto, e anche la sua faccia pallida sembrava confermarlo.

«Morto?» disse la signora Samsa guardando interrogativamente la serva, benché potesse esaminare tutto da sé, anzi constatarlo senza nessun aiuto.

«Lo credo bene» disse quella, e per dimostrarlo spinse ancora un bel po' da parte con la scopa il cadavere di Gregor.

La signora Samsa fece un movimento come per trattenere la scopa, ma non lo portò a compimento.

«Ora,» disse il signor Samsa «ora possiamo ringraziare Dio» e si segnò.

Le due donne seguirono il suo esempio. Grete, che non staccava gli occhi dalla salma, disse:

«Guardate com'era magro! Infatti già da tanto tempo non mangiava più nulla. Dalla sua stanza usciva tanto cibo quanto ne entrava.»

E veramente il corpo di Gregor era completamente appiattito e secco; lo si poteva notare soltanto ora che non era più sostenuto dalle zampine, e niente più stornava lo sguardo.

«Grete, vieni un momento da noi» disse la signora Samsa con un sorriso mesto, e la sorella, non senza voltarsi verso la salma, seguì i genitori nella camera da letto.

La serva chiuse la porta e spalancò la finestra. Nonostante l'ora mattutina, all'aria fresca era già mescolato un po' di tepore. Si era già alla fine di marzo.

Dalla loro stanza uscirono i tre pensionanti e guardarono intorno, cercando la colazione; erano stati dimenticati.

«Dov'è la colazione?» domandò alla serva, accigliato, il signore di mezzo. Questa però si mise un dito sulla bocca, accennando frettolosamente e in silenzio, di venire nella stanza di Gregor. I tre signori vennero infatti, e si fermarono attorno alla salma, nella stanza già tutta rischiarata, con le mani nelle tasche delle loro giacche un po' consumate. In quel momento si aprì la porta della camera da letto, e il signor Samsa apparve nella sua uniforme, con la moglie a un braccio, la figlia all'altro. Tutt'e tre dovevano aver pianto; Grete premeva ogni tanto la faccia sul braccio del padre.

«Lasciate immediatamente la mia casa» disse il signor Samsa e accennò alla porta senza staccarsi dalle due donne.

«Cosa intende dire?» disse il signore di mezzo un po' perplesso, e sorrise dolcemente.

Gli altri due avevano messo le mani dietro la schiena e le stropicciavano ininterrottamente una contro l'altra, come in una piacevole attesa di una gran discussione, che si doveva concludere però a loro favore.

«Io intendo proprio quello che ho detto» rispose il signor Samsa e, mantenendosi sulla stessa linea con le sue due compagne, avanzò verso il signore di mezzo, il quale stette dapprima zitto cogli occhi a terra, come se le cose avessero preso un nuovo ordine nella sua testa, ma poi disse:

«E allora ce ne andiamo» guardando il signor Samsa come se, in un'improvvisa effusione d'umiltà, chiedesse il suo gradimento anche per questa decisione. Questi gli accennò soltanto di sì parecchie volte, cogli occhi spalancati. Allora il signore andò subito effettivamente a gran passi nell'ingresso; i suoi due amici avevano ascoltato già da un pezzetto con le mani tranquille, e saltarono immediatamente dietro di lui, come se temessero che il signor Samsa potesse entrare nell'ingresso prima di loro, interrompendo così il contatto con la loro guida. Nell'ingresso presero tutti e tre il cappello dall'attaccapanni, i bastoni dal portaombrelli, si inchinarono in silenzio, e lasciarono la casa. In un improvviso accesso di sfiducia – completamente infondata, come si dimostrò – il signor Samsa con le due donne uscì sul pianerottolo; appoggiati alla ringhiera guardarono i tre signori che lentamente, ma sicuramente scendevano per la lunga scala, scomparendo a ogni piano a un dato giro delle scale, e ricomparendo di nuovo dopo pochi secondi; quanto più in fondo arrivavano tanto più diminuiva l'interesse della famiglia Samsa per loro, e quando un garzone di macellaio col suo carico sulla testa salì incontro a loro con arroganza e li ebbe superati, il signor Samsa lasciò la ringhiera con le due donne, e tutti insieme ritornarono in casa come sollevati.

Quel giorno decisero di passarlo a riposare e passeggiare; essi avevano non solo meritato questa interruzione di lavoro, ma ne avevano assolutamente bisogno. Così si misero al tavolino e scrissero tre lettere di scusa, il signor Samsa alla sua direzione, la signora al suo committente e Grete al suo principale. Mentre stavano scrivendo, venne la serva a dire che se ne andava, giacché il lavoro della mattina era finito. Tutti e tre fecero appena un cenno d'assenso, senza levare lo sguardo, ma poiché la serva sembrava non volersi allontanare ancora, la guardarono irritati:

«Ebbene?» domandò il signor Samsa.

La serva stava sorridendo sulla porta come se avesse da annunciare alla famiglia una gran buona notizia, ma l'avrebbe data soltanto se fosse stata interrogata a fondo. La piccola penna di struzzo quasi diritta sul suo cappello, per cui il signor Samsa si era già arrabbiato durante il suo servizio, oscillava leggera in ogni direzione.

«Ma cosa vuole dunque?» domandò la signora Samsa, di cui la serva aveva ancor maggior rispetto che degli altri.

«Già,» rispose la serva con una risatina amichevole che le impedì di continuare subito «dunque, per quel che riguarda la maniera di portare via quell'affare là, non c'è bisogno che si preoccupino. È già tutto fatto.»

La madre e Grete si chinarono sulle loro lettere come se volessero continuare a scrivere, ma il signor Samsa, accorgendosi che la serva voleva cominciare a raccontare tutti i particolari, le impedì ciò risolutamente con la mano tesa. Non potendo raccontare, la serva si ricordò della gran furia che aveva, ed evidentemente offesa, gridò:

«Arrivederci a tutti.» Poi si voltò con stizza, e sbatacchiando fragorosamente la porta lasciò la casa.

«Stasera verrà licenziata» disse il signor Samsa, ma non ottenne risposta, né dalla moglie né dalla figlia, poiché la serva sembrava aver rotto di nuovo la tranquillità appena conquistata. Le due donne si levarono, si avvicinarono alla finestra e restarono lì abbracciate. Il signor Samsa si girò sulla seggiola verso di loro e le osservò un poco in silenzio. Poi disse:

«Venite un po' qua. Lasciate ormai una buona volta le vecchie storie, e abbiate anche un po' cura di me.»

Subito gli ubbidirono, affrettandosi verso di lui, lo carezzarono, e terminarono in furia le loro lettere.

Poi lasciarono tutti e tre insieme la casa – ciò che non avevano fatto già da mesi – e andarono col tram fuori città in aperta campagna. La vettura in cui si trovarono soli, era tutta traversata da caldi raggi di sole. Comodamente appoggiati, esaminarono le possibilità per l'avvenire, le quali a un esame più accurato non si mostrarono punto cattive, perché tutti e tre i loro impieghi – e di questo non avevano mai parlato insieme – erano veramente buoni e promettevano molto, specialmente per il futuro. Il momentaneo maggior vantaggio della situazione sarebbe facilmente venuto da un trasloco: volevano prendere ora un'abitazione più piccola e meno cara, ma meglio situata e più pratica dell'attuale, che era stata scelta da Gregor. Mentre conversavano così fra di loro, quasi allo stesso momento il signore e la signora Samsa, guardando la loro figlia, che si animava sempre più, si accorsero che negli ultimi tempi, nonostante tutte le preoccupazioni che avevano fatto impallidire le sue guance, essa era diventata una bella e florida ragazza. Divenuti sempre più silenziosi e comprendendosi quasi inconsciamente a occhiate, pensavano che sarebbe stato tempo fra poco di cercare per lei un bravo marito. E fu per loro come una conferma ai nuovi sogni e alle buone speranze, quando alla fine del tragitto la figlia si levò per prima in piedi, stirando il suo giovane corpo.

UN MEDICO DI CAMPAGNA

(1914-1917)

A mio padre

Titolo originale: *Ein Landarzt*
Traduzione di Rodolfo Paoli

Il nuovo avvocato
(1917)

Abbiamo un nuovo avvocato, il dottor Bucefalo. Il suo aspetto esteriore ricorda poco il tempo in cui era ancora il cavallo di battaglia di Alessandro il Macedone. Chi però ha confidenza con certe situazioni, può osservare alcuni particolari. Eppure, poco tempo fa, vidi sullo scalone come perfino un semplice usciere di tribunale guardasse stupito, con l'occhio di intenditore che può avere un fedele ma modesto frequentatore delle corse al galoppo, l'avvocato che, sollevando alte le gambe, saliva un gradino dopo l'altro con passo sonante sul marmo.

In generale il foro accetta l'ammissione di Bucefalo. Con perspicacia stupefacente ci si dice che egli, dato l'ordinamento attuale della società, si trova in una situazione difficile e perciò, oltre che per il posto che occupa nella storia del mondo, merita comunque una certa benevolenza. Oggi – non lo si può negare – non esiste alcun Alessandro Magno. Ci sono molti che sanno uccidere; e c'è anche chi ha l'abilità di colpire con la lancia l'amico al di là della tavola del banchetto; e per molti la Macedonia è troppo piccola, ragione per cui maledicono Filippo, il padre – ma nessuno, nessuno sa guidare verso l'India. Già allora le porte dell'India non si potevano raggiungere, ma la direzione in cui si trovavano era segnata dalla spada regale. Oggi quelle porte sono in tutt'altra parte, rimosse più lontano e più in alto; nessuno segna la direzione giusta; molti impugnano spade; ma solo per agitarle, e lo sguardo che vorrebbe seguire, si perde.

Forse perciò è meglio far come ha fatto Bucefalo, sprofondandosi nei codici. Libero, senza più sentire sui fianchi i lombi del cavaliere, sotto una quieta lampada, lontano dal clamore della battaglia di Alessandro, egli legge e volta le pagine dei nostri antichi libri.

Un medico di campagna
(1916-1917)

Ero in grande imbarazzo; c'era un viaggio urgente da fare: un malato grave mi attendeva in un villaggio distante dieci miglia; un fitto nevischio riempiva tutto lo spazio esistente fra me e lui; avevo una carrozza, leggera, dalle ruote grandi, proprio come ci voleva per le nostre strade di campagna; avvolto nella pelliccia, con la borsa degli strumenti in mano, me ne stavo già nel cortile pronto per la partenza; il cavallo però mancava, proprio il cavallo. Il mio era morto la notte prima, esausto dalle fatiche compiute in quell'inverno gelido; la mia domestica correva da ogni parte per il villaggio per avere un cavallo in prestito. Ma non c'era da sperarlo, lo sapevo e sempre più carico di neve, sempre più intirizzito me ne stavo lì senza scopo. Sul portone apparve la donna, sola, oscillando la lanterna; è naturale, chi presta il suo cavallo a quest'ora per una tale gita? Percorsi ancora una volta il cortile; non mi riusciva di trovare alcuna soluzione; distratto, tormentato, urtai col piede la porta sconnessa del porcile che già da anni non serviva più. La porta si aprì oscillando sui cardini in qua e in là. Ne uscì un fiato d'aria tiepida e un odore come di cavalli. Dentro una lanterna affumicata oscillava da una corda. Un uomo, rannicchiato in quel basso stanzino, mostrava il suo viso aperto, dagli occhi azzurri. «Devo attaccare?» mi domandò, avanzando carponi. Non sapevo che rispondere e mi chinai solo per vedere cosa ci fosse ancora nella stalla. La domestica mi era accanto. «Non si sa mai quel che si ha in casa propria» disse, e ridemmo entrambi. «Olà fratello, olà sorella!» gridò lo stalliere e due cavalli, due bestie dai fianchi poderosi, si spinsero, uno dopo l'altro, con le gambe strette al corpo, piegando le belle teste come cammelli, facendo forza soltanto col tronco, fuori dell'apertura della porta, e la riempivano tutta. Ma subito si rizzarono in piedi, alti sulle gambe, e dai loro corpi si sprigionava un denso vapore.

«Aiutalo» dissi, e la ragazza accorse volonterosa a porgere allo stalliere i finimenti della carrozza. Ma appena vicina a lui egli l'afferrò e accostò il suo viso a quello di lei che gettò un urlo rifugiandosi presso di me: due file di denti eran impresse, rosse, sulla sua guancia. «Bestia,» gridai furibondo «vuoi che ti frusti?» Ma subito mi torna a mente che è un estraneo; che non so donde venga e che mi aiuta spontaneamente quando tutti gli altri mi lasciano in asso. Come se indovinasse i miei pensieri, egli non si risente della mia minaccia, si volta soltanto, sempre occupandosi dei cavalli, per un momento verso di me. «Salite» mi dice poi e infatti tutto è pronto. Mi rendo conto di non aver mai viaggiato con un attacco così bello e salgo su tutto contento. «Guiderò io però, non conosci la via» dico. «Certo,» risponde «non penso neanche di venire, resto con Rosa.» «No» grida Rosa, che di corsa si rifugia in casa, presentendo giustamente l'ineluttabilità del suo destino; sento il tintinnio della catena messa alla porta, lo scatto della serratura; osservo inoltre che passando di corsa dall'atrio in tutte le altre stanze spegne tutti i lumi per rendersi introvabile. «Vieni con me,» dico allo stalliere «altrimenti rinuncio alla gita per quanto sia urgente. Non mi vien neanche in mente di pagarla con la ragazza.» «Su allegri!» dice lui e batte le mani; la carrozza vien strappata via come un tronco nella corrente; sento ancora come la porta della mia casa schianti e vada in pezzi sotto l'assalto dello stalliere, poi occhi e orecchi mi si riempiono di un sibilo che penetra allo stesso modo tutti i miei sensi.

Ma anche questo dura solo un istante, perché come se proprio di faccia al mio portone si presentasse la casa colonica del mio malato, eccomi già arrivato; i cavalli sono fermi; non nevica più; il chiaro di luna è tutt'intorno; i genitori del malato s'affrettano a venirmi incontro, seguiti dalla sorella; mi sollevano quasi di peso dalla carrozza; dai loro discorsi sconnessi non riesco a capire niente; nella camera del malato l'aria è quasi irrespirabile; la stufa, trascurata da tutti, fuma; aprirò la finestra; prima però voglio vedere il malato. Magro, senza febbre, non freddo né caldo, con gli occhi spenti, senza camicia, il ragazzo si solleva sotto il piumino, mi si attacca al collo sussurrandomi: «Dottore, lasciami morire». Mi guardo intorno; nessuno ha udito; i genitori se ne stanno in silenzio, protesi ad aspettare il mio parere; la sorella ha portato una sedia per la mia borsa. Io l'apro e cerco tra i miei strumenti; il giovane continua, sporgendosi dal letto, a cercarmi a tastoni per ricordarmi la sua preghiera; prendo una pinzetta, l'esamino alla luce della candela e la rimetto a posto. Sì, penso, maledicendo, in questi casi gli dèi aiutano, mandano il cavallo che manca, ne aggiungono anzi, data l'urgenza, un altro, ti regalano perfino lo stalliere.

Ora soltanto mi ritorna in mente Rosa; che fare, come salvarla, come strapparla alle grinfie di quello stalliere, a dieci miglia lontano da lei, con una pariglia indomabile dinanzi alla mia carrozza? Questi cavalli che hanno allentato in qualche modo le cinghie, spalancano, non so proprio come, le finestre dal di fuori; affacciano ognuno da una finestra la testa, senza lasciarsi impressionare dal grido di spavento della famiglia, per vedere l'infermo. Torno subito indietro, penso, come se i cavalli m'avessero invitato al viaggio di ritorno, ma intanto lascio che la sorella, credendomi stordito dal calore, mi tolga la pelliccia. Mi si prepara un bicchiere di rum, il vecchio mi batte sulla spalla, questa familiarità è giustificata dall'avermi offerto il suo tesoro. Scuoto la testa; mi sentirei a disagio nell'angusto mondo del vecchio, soltanto per questa ragione rifiuto di bere. La madre è vicino al letto e mi ci attira; obbedisco e appoggio, mentre uno dei cavalli nitrisce forte verso il soffitto, il capo sul petto del ragazzo, che rabbrividisce a contatto della mia barba bagnata. Vien confermato quel che già sapevo: il giovane è sano, la circolazione del sangue è un po' scarsa, la madre premurosa gli ha dato un po' troppo caffè, ma è sano e la miglior cosa sarebbe buttarlo fuor del letto con uno spintone. Non essendo un riformatore del mondo lo lascio. Sono un impiegato del distretto e faccio il mio dovere fino all'estremo, fin quasi all'eccesso. Pagato male, son generoso e pietoso coi poveri. Ho ancora da provvedere a Rosa, poi avrà ragione il giovane e anch'io voglio morire. Che faccio qui in quest'inverno senza fine? Il mio cavallo è morto e non c'è nessuno nel paese che mi presti il suo. Dal porcile devo tirar fuori il mio attacco; se non fossero per caso dei cavalli, dovrei farmi trainare da maiali. È così. E faccio un cenno con la testa alla famiglia. Non sanno nulla loro, e se anche lo sapessero non lo crederebbero. A scrivere ricette ci vuol poco, ma intendersi poi in tutto il resto con questa gente è difficile. La mia visita sarebbe dunque finita; mi hanno chiamato anche questa volta senza ragione, ci sono abituato; ricorrendo al mio campanello notturno tutto il distretto mi tortura, ma che questa volta debba sacrificare anche Rosa, questa bella ragazza che per degli anni è vissuta, senza che quasi la notassi, in casa mia – questo sacrificio è troppo grande e occorre che con qualche cavillo mi entri in testa in qualche modo, altrimenti mi verrebbe voglia di scagliarmi contro questa famiglia, che anche con la migliore buona volontà non può rendermi Rosa.

Quando però sto per chiudere la mia borsa, accennando che mi si porga la pelliccia, e la famiglia s'è radunata, il padre aspirando l'odore di rum del bicchiere che ha in mano, la madre, probabilmente delusa – e che si aspetta da me la gente? –, che si morde le labbra con le lacrime agli occhi e la sorella che agita un pesante asciugamano intriso di sangue, mi sento in qualche modo pronto ad ammettere anche che il giovane è forse davvero malato. Mi avvicino a lui, egli mi attende sorridendo, come se gli portassi quasi un brodo ristretto – ah, ecco che tutti e due i cavalli nitriscono; questo chiasso predisposto certo in alto luogo, ha lo scopo di facilitare la mia visita medica – e ora ho trovato: sì, il ragazzo è malato. Sul fianco destro, verso l'anca è aperta una ferita grande come il palmo di una mano; di color rosa, in diverse gradazioni, scura in fondo, più chiara verso gli orli, leggermente granulosa, col sangue raggrumato a chiazze, aperta come la bocca d'una miniera. Vista da lontano è così. Ma da vicino appare ancor più grave. E come guardarla senza ansar lievemente? Dei vermi lunghi e grossi come il mio dito mignolo, rosei di suo, spruzzati anche di sangue, brulicano, trattenuti nell'interno della ferita, con le testine bianche e le numerose zampine tendenti verso la luce. Povero ragazzo, nessuno ti può aiutare. Ho scoperto la sua orrenda ferita; questo fiore nel tuo fianco ti farà morire. La famiglia è felice, perché mi vede all'opera; la sorella lo dice alla madre, questa al padre, il padre ad alcuni ospiti che entrano, in punta di piedi, tenendosi in bilico con le braccia distese, dalla porta rischiarata dal lume di luna.

«Mi salverai?» sussurra singhiozzando il giovane, abbagliato dalla vita che ferve nella sua ferita. Così è la gente del mio paese. Chiedono dal medico sempre l'impossibile. La vecchia fede l'hanno perduta; il parroco se ne sta a casa a sfilare le sue pianete, una dopo l'altra; ma il medico deve provvedere a tutto con la sua leggera mano di chirurgo. E va bene, come volete: io non mi sono offerto; se anche volete abusare di me per altri fini non mi oppongo: che può capitare di buono ancora a me vecchio medico condotto, privato della mia domestica? E vengono i familiari e gli anziani del villaggio e mi spogliano; un coro di scolari col maestro in testa sta davanti alla casa intonando una melodia molto semplice su queste parole:

Spogliatelo, e sanerà,
Se non lo fa, ammazzatelo!
Non è che un medico, non è che un medico.

Eccomi spogliato; con le dita nella mia barba, la testa piegata da una parte, guardo tranquillo questa gente. Mi sento perfettamente calmo e superiore a tutti e lo rimango anche, benché non mi serva a nulla perché già mi prendono per la testa e per i piedi e mi mettono a letto. Verso il muro, dalla parte della ferita mi mettono. Poi tutti se ne vanno dalla camera; la porta vien chiusa; il canto cessa. Delle nubi oscurano la luna; sento il tepore delle coperte intorno a me; come ombre si vedono oscillare le teste dei cavalli nei vani delle finestre.

«Sai,» mi sento dire all'orecchio «la mia fiducia in te è molto scarsa. Anche tu sei capitato chissà da dove, non sei venuto di tua volontà. Invece di soccorrermi mi togli un po' di spazio perfino nel mio letto di morte. Ti caverei volentieri gli occhi.» «È giusto,» dico io «è una vergogna. Ma io sono un medico, cosa devo fare? Credimi, la vita non è facile neanche per me.» «Di questa scusa mi devo contentare? Ahimè, lo farò. Sempre mi devo accontentare. Son venuto al mondo con una bella ferita; è stato tutto il mio corredo.» «Mio giovane amico» gli dissi «il tuo errore è di non aver il colpo d'occhio che ci vuole: io, che sono stato già in tutte le camere di malati, dappertutto, ti dico: la tua ferita non è poi tanto brutta, è prodotta con due colpi d'accetta ad angolo acuto. Molti offrono il fianco e sentono appena l'accetta nel bosco, tanto meno quando si avvicina.» «È proprio così, o nella febbre tu m'inganni?» «È proprio così, prendi con te la parola d'onore di un medico condotto.» Ed egli se la prese e non fiatò più.

Ma ora era tempo di pensare alla mia salvezza. I cavalli stavano ancora, fedeli, al loro posto. Afferrai in furia vestiti, pelliccia e borsa; non volevo perder tempo a vestirmi; se i cavalli si fossero affrettati come all'andata, sarei per così dire saltato da quel letto nel mio. Uno dei cavalli si ritirò, docile, dalla finestra; gettai l'involto nella carrozza; la pelliccia volò troppo lontano e rimase attaccata soltanto con una manica a un gancio. Bastava. Saltai in groppa al cavallo: le redini erano allentate e strascicavano, un cavallo era appena legato all'altro, la carrozza veniva dietro, traballando, la pelliccia, per ultima, nella neve. «Su, allegri!» dissi, ma non c'era allegria!; lentamente, come dei vecchi, si avanzava nel deserto di neve; a lungo echeggiò dietro di noi il nuovo, ma errato coro dei bambini:

Rallegratevi, o pazienti,
Il medico è con voi nel vostro letto!

In questo modo non tornerò mai a casa; la mia florida clientela è perduta; un successore mi deruba, ma senza profitto, perché non mi può sostituire; nella mia casa fa da padrone lo schifoso stalliere; Rosa è la sua vittima; non ci posso neanche pensare. Nudo, esposto al gelo di questa maledettissima epoca, su una carrozza realmente esistente, tirata da cavalli irreali, vado attorno vagando, povero vecchio. La mia pelliccia penzola dietro la carrozza, ma io non la posso raggiungere, e neanche uno fra la gentaglia inquieta dei pazienti muove un dito. Sono stato ingannato! Ingannato! Una volta dato retta al falso allarme del campanello notturno... non c'è più rimedio.

In loggione

(1916-1917)

Se un'acrobata a cavallo, fragile, tisica venisse spinta per mesi interi senza interruzione in giro nel maneggio sopra un cavallo vacillante dinanzi a un pubblico instancabile da un direttore di circo spietato sempre con la frusta in mano, continuando a frullare sul cavallo, gettando baci, oscillando sulla vita, e se questo spettacolo proseguisse in mezzo al fracasso dell'orchestra e dei ventilatori nel grigio futuro che continua a spalancarsi sempre, accompagnato dall'applauso, che si estingue e poi torna a ingrossare, di mani che son veri martelli a vapore – forse un giovane frequentatore del loggione si precipiterebbe per la lunga scala, traversando tutti gli ordini di posti, nel maneggio, e griderebbe: Basta! tra le fanfare dell'orchestra sempre pronta a seguir gli ordini.

Ma non è così: una bella dama bianca e rossa, entra lieve dal velario che due orgogliosi servitori in livrea sollevano per lei; il direttore, cercando ossequioso i suoi occhi, le sospira incontro con devozione bestiale, la solleva cauto sul cavallo pomellato, come se fosse la sua nipote preferita che parte per un viaggio pericoloso; né riesce a decidersi a dar il segno con la frusta; ma alla fine lo dà con uno schiocco, facendo forza a se stesso;

e corre accanto al cavallo con la bocca aperta; seguendo con sguardo attento i salti della donna; e non par quasi comprendere la sua abilità; comincia a metterla in guardia con parole inglesi; richiama con voce furente alla massima attenzione gli stallieri che tengono i cerchi; scongiura con le mani levate l'orchestra di tacere prima del grande salto mortale; infine solleva la piccola acrobata dal cavallo tremante, la bacia sulle guance e nessun omaggio del pubblico gli par adeguato; mentre la donna sostenuta da lui, sulla punta dei piedi, circonfusa di polvere, allargando le braccia e inclinando indietro la testa vuol dividere con tutto il circo la sua felicità –, quando questo avviene il frequentatore del loggione posa il viso sul parapetto, e, naufragando nella marcia finale come in un grave sogno, piange senza saperlo.

Un vecchio foglio
(1917)

Parrebbe che molte cose siano state trascurate nella difesa della nostra patria. Non ce ne siamo occupati, sinora, per tener dietro al nostro lavoro; ma gli eventi di questi tempi ci danno pensiero.

Ho un laboratorio da calzolaio nella piazza di fronte al palazzo imperiale. Appena apro, al primo albore, il mio negozio, vedo l'ingresso di tutte le strade che qui sboccano già pieno di armati. Non sono però i nostri soldati, ma come si vede bene, nomadi che vengono dal Settentrione. Sono riusciti a entrare – e non riesco a capir come – perfino nella capitale, che pure è lontana dal confine. Comunque, ci sono; e pare che ogni giorno aumentino.

Seguendo le loro abitudini, si sono accampati all'aperto perché detestano le abitazioni. Passano il tempo ad affilar le spade, ad aguzzar le frecce, a esercitarsi a cavallo. Hanno fatto di questa piazza tranquilla, sempre scrupolosamente linda, una vera stalla. Ci proviamo, è vero, a uscir fuori dei nostri negozi per toglier di mezzo il peggior sudiciume, ma sempre più di rado, perché è una fatica inutile e inoltre si corre il rischio di capitare sotto quei cavalli selvaggi o di venir colpiti da una frusta.

Coi nomadi non si può parlare. Non conoscono la nostra

lingua, anzi non ne hanno neppure una propria. Tra loro s'intendono come le cornacchie. Di continuo risuona il loro gracchiare. Il nostro modo di vivere, le nostre istituzioni sono loro incomprensibili quanto indifferenti. Perciò rifiutano anche qualsiasi tentativo d'intendersi a segni. Puoi slogarti le mascelle e lussarti le mani, ma loro non ti capiscono, né mai ti comprenderanno. Spesso fanno delle smorfie, si muove allora il bianco degli occhi, mentre la bocca si gonfia di bava; ma con questo non voglion né dir qualcosa e neanche spaventare; ma fanno così, perché è loro abitudine. Prendono quello di cui hanno bisogno. Non si può dire che usino violenza. Dinanzi a un loro intervento ci si fa da parte e si cede tutto.

Anche tra i miei prodotti hanno preso qualche oggetto di valore. Ma non me ne posso lamentare quando, per esempio, guardo quel che capita al macellaio di faccia. Non fa a tempo a portare la sua merce, che gli vien già tutta strappata e divorata subito dai nomadi. Anche i loro cavalli si nutrono di carne; spesso un cavaliere se ne sta disteso accanto al suo cavallo e ambedue mangiano lo stesso pezzo di carne, ognuno a una estremità. Il macellaio s'è impaurito e non osa smettere di portar la carne. Noi ce ne rendiamo conto, abbiamo raccolto del denaro per aiutarlo. Se i nomadi non avessero più carne, chissà cosa verrebbe loro in mente; e chissà poi, cosa salterà loro in capo anche avendo ogni giorno la carne.

Poco tempo fa il macellaio pensò che poteva almeno risparmiarsi la fatica di macellare una bestia e la mattina portò un bove vivo. Non deve più farlo un'altra volta. Sono stato almeno un'ora tutto disteso sul pavimento nell'angolo più nascosto del mio laboratorio, tirandomi addosso tutti i vestiti, le coperte e i guanciali uno sull'altro per non sentire il muggito del bove, assalito da ogni parte dai nomadi, che gli strappavano coi denti di dosso brani di carne viva. Era già subentrato un gran silenzio, quando mi arrischiai a uscire; come bevitori intorno a una botte, i nomadi se ne stavano stanchi intorno ai resti del bove.

Proprio quella volta mi parve di veder l'imperatore stesso a una finestra del palazzo; non viene mai, di solito, in queste stanze che confinano con l'esterno, vive sempre nel giardino più lontano dall'ingresso; ma questa volta – così almeno mi parve – era a una finestra e guardava con la testa china quel che succedeva dinanzi al suo castello.

«Come andrà a finire?» ci chiediamo tutti. «Quanto sopporteremo ancora questo peso e tormento? Il palazzo imperiale ha attirato i nomadi, ma non riesce ad allontanarli. Il portone resta chiuso; la guardia che prima entrava e usciva marciando solennemente, se ne sta dietro le inferriate. A noi artigiani e commercianti è affidata la difesa della patria, ma non siamo all'altezza della situazione; né ci siamo mai vantati di esserlo. È un malinteso, ed è quello che ci manda in rovina.»

Davanti alla legge

(1914)

Davanti alla legge c'è un guardiano. Davanti a lui viene un uomo di campagna e chiede di entrare nella legge. Ma il guardiano dice che ora non gli può concedere di entrare. L'uomo riflette e chiede se almeno potrà entrare più tardi. «Può darsi,» risponde il guardiano «ma per ora no.» Siccome la porta che conduce alla legge è aperta come sempre e il custode si fa da parte, l'uomo si china per dare un'occhiata, dalla porta, nell'interno. Quando se ne accorge, il guardiano si mette a ridere: «Se ne hai tanta voglia prova pure a entrare nonostante la mia proibizione. Bada, però: io sono potente, e sono soltanto l'infimo dei guardiani. Davanti a ogni sala sta un guardiano, uno più potente dell'altro. Già la vista del terzo non riesco a sopportarla nemmeno io». L'uomo di campagna non si aspettava tali difficoltà; la legge, pensa, dovrebbe pur essere accessibile a tutti e sempre, ma a guardar bene il guardiano avvolto nel cappotto di pelliccia, il suo lungo naso a punta, la lunga barba tartara, nera e rada, decide di attendere piuttosto finché non abbia ottenuto il permesso di entrare. Il guardiano gli dà uno sgabello e lo fa sedere di fianco alla porta. Là rimane seduto per giorni e anni. Fa nu merosi tentativi per passare e stanca il guardiano con le sue richieste. Il guardiano istituisce più volte brevi interrogatori, gli chiede notizie della sua patria e di molte altre cose, ma sono domande prive di interesse come le fanno i gran signori, e alla fine gli ripete sempre che ancora non lo può far entrare. L'uomo che per il viaggio si è provveduto di molte cose dà fondo a tutto per quanto prezioso sia, tentando di corrompere il guardiano. Questi accetta ogni cosa, ma osserva: «Lo accetto soltanto perché tu non creda di aver trascurato qualcosa». Durante tutti quegli anni l'uomo osserva il guardiano quasi senza interruzione. Dimentica gli altri guardiani e solo il primo gli sembra l'unico ostacolo all'ingresso della legge. Egli maledice il caso disgraziato, nei primi anni ad alta voce, poi quando invecchia si limita a brontolare tra sé. Rimbambisce e siccome studiando per anni il guardiano conosce ormai anche le pulci del suo bavero di pelliccia, implora anche queste di aiutarlo e di far cambiare opinione al guardiano. Infine il lume degli occhi gli si indebolisce ed egli non sa se veramente fa più buio intorno a lui o se soltanto gli occhi lo ingannano. Ma ancora distingue nell'oscurità uno splendore che erompe inestinguibile dalla porta della legge. Ormai non vive più a lungo. Prima di morire tutte le esperienze di quel tempo si condensano nella sua testa in una domanda che finora non ha rivolto al guardiano. Gli fa un cenno poiché non può ergere il corpo che si sta irrigidendo. Il guardiano è costretto a piegarsi profondamente verso di lui, poiché la differenza di statura è mutata molto a sfavore dell'uomo di campagna. «Che cosa vuoi sapere ancora?,» chiede il guardiano «sei insaziabile.» L'uomo risponde: «Tutti tendono verso la legge, come mai in tutti questi anni nessun altro ha chiesto di entrare?». Il guardiano si rende conto che l'uomo è giunto alla fine e per farsi intendere ancora da quelle orecchie che stanno per diventare insensibili, grida: «Nessun altro poteva entrare qui perché questo ingresso era destinato soltanto a te. Ora vado a chiuderlo».

Sciacalli e arabi
(1917)

Eravamo accampati nell'oasi. I compagni dormivano. Un arabo, alto e bianco, mi passò accanto; aveva governato i cammelli e andava verso il suo giaciglio.

Io mi gettai indietro sull'erba, volevo dormire ma non potevo; c'era l'urlio lamentoso di uno sciacallo lontano: mi drizzai. E quello che era stato così lontano mi fu improvvisamente vicino: un brulichio di sciacalli intorno a me; occhi splendenti di un oro sbiadito e subito spenti; corpi snelli, agitati regolarmente e velocemente come sotto una frusta.

Uno di loro mi venne dietro e si spinse, sotto il mio braccio, proprio accanto a me come se avesse bisogno del mio calore, mi si parò poi dinanzi parlandomi, quasi con gli occhi negli occhi:

«Io sono il più vecchio sciacallo qui intorno in lungo e in largo. Sono lieto di poterti ancora salutare qui. Io ne avevo quasi già perduta la speranza, perché noi ti aspettiamo da un'infinità di tempo: mia madre e sua madre e ancora tutte le loro madri fino alla madre di tutti gli sciacalli. Credilo!»

«Ciò mi stupisce» dissi io dimenticando di accendere la catasta di legna che era pronta per tener lontani col suo fumo gli sciacalli. «Mi stupisce molto di sentirlo. Soltanto per caso vengo dal lontano Settentrione e sto facendo un breve viaggio. E cosa volete, o sciacalli?»

Quasi incoraggiati da questo discorso forse troppo amichevole, essi strinsero un cerchio più chiuso intorno a me: tutti respiravano affannati soffiando.

«Noi sappiamo,» cominciò il più anziano «che tu vieni dal Nord e appunto su questo riposa la nostra speranza. Là c'è la comprensione che qui fra gli arabi non si può trovare. Da questa fredda superbia – sappilo – non c'è da cavar neppure una scintilla di comprensione. Essi uccidono le bestie per mangiarle e disprezzano le carogne.»

«Non parlar così forte,» dissi io «degli arabi dormono qui vicino.»

«Tu sei veramente uno straniero,» rispose lo sciacallo «altrimenti sapresti che ancora mai nella storia del mondo uno sciacallo ha temuto un arabo. Dovremmo temerli? Non è una disgrazia sufficiente esser capitati sotto un tale popolo?»

«Può essere, può essere,» dissi «io non mi arrischio a giudicare di cose che mi sono così estranee; deve essere una lotta molto antica; probabilmente è nel sangue; e così finirà forse soltanto col sangue.»

«Tu sei molto intelligente» disse il vecchio sciacallo, e tutti respirarono più svelto; coi polmoni affannati benché stessero fermi: un fiato amaro, sopportabile solo a denti stretti, ogni tanto sfuggiva dalle mascelle aperte. «Tu sei molto intelligente; ciò che tu dici corrisponde al nostro antico insegnamento. Noi prendiamo infatti il loro sangue e la lotta è finita.»

«Oh,» dissi io, più violentemente di quel che non volessi «essi si difenderanno; vi abbatteranno a frotte coi loro fucili.»

«Tu ci fraintendi» fu la risposta «secondo la maniera umana, che dunque anche nel lontano Nord non si perde. Noi non li uccideremo. Tanta acqua non avrebbe il Nilo per purificarci. Noi fuggiamo via alla sola vista del loro corpo, in aria più pura, nel deserto, che perciò è la nostra patria.»

E tutti gli sciacalli intorno, a cui nel frattempo s'erano aggiunti ancora molti da lontano, chinarono le teste fra le gambe anteriori e le pulivano con le zampe; era come se avessero voluto nascondere una avversione così tremenda da farmi preferire di sfuggire con un gran salto dal loro cerchio.

«Cosa avete dunque intenzione di fare?» domandai e volevo alzarmi; ma non potei. Due giovani bestie avevano affondato i loro denti dietro nella mia giacca e nella mia camicia; dovevo restar seduto.

«Essi tengono il tuo strascico,» disse il vecchio sciacallo spiegandosi seriamente «un segno di stima.»

«Mi devono lasciare andare!» gridai io rivolgendomi al vecchio e un po' ai giovani.

«Lo faranno naturalmente» disse il vecchio «se tu lo pretendi. Ma ci vorrà un po' di tempo, poiché secondo l'uso essi hanno affondato bene i loro denti e solo lentamente devono sciogliere il morso. Intanto ascolta la nostra preghiera.»

«La vostra maniera di comportarsi non mi ha preparato molto ad accettarla» dissi io.

«Non farci scontare il nostro malgarbo,» disse egli e prese ora per la prima volta il tono lamentoso della sua voce naturale «noi siamo povere bestie, abbiamo soltanto i denti; per tutto quello che vogliamo fare, il bene come il male, ci rimangono unicamente i denti.»

«Cosa vuoi tu dunque?» chiesi io appena un poco addolcito.

«Signore,» gridò egli e tutti gli sciacalli ululavano sicché nella più lontana distanza sembrò suonare come una melodia «signore, tu devi chiudere la lotta che divide il mondo. I nostri antenati hanno descritto colui che lo farà, così, come sei tu. Dobbiamo aver pace dagli arabi; aria respirabile; che lo sguardo intorno all'orizzonte sia purificato da loro; che non s'intenda più il gridar lamentoso del montone scannato dall'arabo; ogni bestia deve crepare tranquillamente: senza noie il suo sangue deve essere bevuto fino all'ultima goccia, il suo corpo deve essere ripulito da noi fino alle ossa. Purezza, soltanto purezza vogliamo noi.» E qui tutti piangevano e singhiozzavano. «Come puoi sopportarlo in questo mondo soltanto tu, nobile cuore e tenera carne? Sudicio è il loro bianco; sudicio il loro nero; un orrore è la loro barba; bisogna sputare alla vista dell'angolo dei loro occhi; e se sollevano il braccio, nel cavo dell'ascella si apre l'inferno. Perciò signore, prezioso signore, con l'aiuto delle tue mani onnipossenti, sgozza con queste forbici i loro colli!» e ubbidendo a un cenno della sua testa mi si avvicinò uno sciacallo che portava col dente canino una piccola forbice da cucito, coperta di vecchia ruggine.

«Finalmente ecco le forbici e con questo basta!» gridò il capo arabo della nostra carovana che controvento si era accostato di nascosto a noi e che sollevava ora la sua gigantesca frusta.

Tutti gli sciacalli si misero in fuga in gran furia ma rimasero a una certa distanza accovacciati strettamente l'uno all'altro e così fitti e fermi da sembrare uno stabbio cui volassero intorno dei fuochi fatui.

«Così, signore, tu hai visto e ascoltato anche questo spettacolo» disse l'arabo ridendo così allegramente come lo consentiva la riservatezza della sua stirpe.

«Tu sai dunque cosa vogliono quelle bestie?» domandai io.

«Naturalmente, signore,» rispose «è cosa nota dappertutto; finché esiste un arabo queste forbici girano per il deserto e gireranno con noi sino alla fine dei tempi. A ogni europeo vengono offerte per la grande impresa e ogni europeo sembra quello invocato da loro. Questi animali hanno una incomprensibile speranza; pazzi, sono veramente pazzi. Noi li amiamo per questo: sono i nostri cani e più belli dei vostri. Ma bada, un cammello è morto durante la notte e l'ho fatto trasportare qui.»

Quattro portatori vennero e gettarono il pesante cadavere dinanzi a noi. Era appena steso per terra che gli sciacalli levarono le loro voci; come se fossero trascinati da corde in maniera irresistibile essi si avvicinavano a scatti strisciando col corpo sulla terra. Avevano dimenticato gli arabi e il loro odio: la presenza del cadavere che esalava un odore così forte li incantava cancellando ogni altra cosa. Già uno sciacallo s'era attaccato al collo della bestia e col primo morso aveva trovato l'arteria. Come una piccola pompa frenetica, che senza ragione e senza speranza vuole spegnere un immenso incendio, ogni muscolo del suo corpo al suo posto si tendeva e si contraeva. E già tutti gli altri erano allo stesso lavoro ammonticchiati sul cadavere.

Allora il capo carovana passò violentemente e in tutti i sensi la frusta affilata sopra di loro: essi levarono il capo mezzo inebriati e svenuti; videro gli arabi in piedi dinanzi a loro, cominciarono a sentire la frusta coi musi e si tirarono con un salto indietro correndo per un pezzo. Ma il sangue del cammello era già sparso in pozzanghere e fumava; il suo corpo aveva già dei larghi strappi in più parti: non poterono resistere: erano di nuovo lì e di nuovo il capo carovana levò la frusta. Ma io lo trattenni per il braccio.

«Tu hai ragione, signore,» disse egli «lasciamoli al loro ufficio; del resto è tempo di levare il campo. Tu li hai visti. Che bestie meravigliose, nevvero? E come ci odiano!»

Una visita nella miniera
(1917)

Oggi sono scesi giù da noi i capi ingegneri. La direzione ha emanato un qualche ordine di scavare nuove gallerie, e perciò sono scesi gli ingegneri per le misurazioni preliminari. Come sono giovani e pur così diversi! Si sono potuti sviluppare tutti liberamente e disinvolta si dimostra sin dai primi anni la loro natura così chiaramente determinata.

Uno di loro, dai capelli scuri, vivace, ha gli occhi dappertutto.

Un altro, camminando, prende appunti sopra un taccuino, guarda intorno, confronta, annota.

Un terzo, con le mani in tasca, in modo che tutto il vestito aderisca al suo corpo, cammina diritto; mantiene un contegno dignitoso; soltanto nel continuo mordicchiarsi delle labbra tradisce la sua gioventù irrequieta, prepotente.

Un quarto dà spiegazioni al terzo, che questo però non ha chieste; più piccolo, gli trotterella al lato come un tentatore, e par quasi recitargli, coll'indice sempre levato in aria, una litania su tutto quel che c'è da vedere qui.

Un quinto, forse il più alto di grado, non sopporta compagni; ora è avanti, ora indietro; la compagnia adatta il passo al suo; egli è pallido e debole; la responsabilità ha scavato delle fosse nei suoi occhi; spesso preme, sopra pensiero, la mano sulla fronte.

Il sesto e settimo se ne vanno un po' curvi, a braccetto, con le teste vicine, in intimo colloquio; se non si fosse qui, com'è sicuro, nella nostra miniera di carbone e al nostro posto di lavoro nella galleria più profonda, verrebbe da credere che quei signori, ossuti, sbarbati, dai nasi bitorzoluti, fossero dei giovani sacerdoti. Uno ride quasi sempre, tra sé e sé, come un gatto che fa le fusa; l'altro parla invece sempre, sorridendo anche lui e battendo quasi il tempo con la mano libera. Come devon esser sicuri, questi due signori, del loro posto! Quali meriti si devono esser anzi già acquistati, nonostante la loro giovane età, per la nostra miniera, per potersi occupare qui, senza nessuna soggezione, durante una ispezione così importante, sotto gli occhi del loro superiore, dei propri affari, o almeno di cose che non hanno diretta attinenza col loro compito attuale! Potrebbe darsi forse che, nonostante le risate e la disattenzione, si rendano conto benissimo di quel che occorre? Su questi signori non ci si può davvero arrischiare a dare un giudizio preciso.

D'altra parte però non c'è dubbio che, per esempio, l'ottavo è molto più interessato alla questione di questi due, anzi di tutti gli altri signori. Tocca tutto e batte un po' dappertutto con un martellino che tira fuori continuamente di tasca, per poi rimettercelo ogni volta. S'inginocchia a volte, nonostante il suo vestito elegante, nel fango, per battere sul fondo, e poi, strada facendo, sulle pareti o sulla volta sopra la sua testa. Una volta si è perfino disteso quant'era lungo al suolo, e vi è rimasto a lungo immobile: si pensava già a una disgrazia; ma di colpo rieccolo in piedi con uno scatto del suo agile corpo. Aveva dunque compiuto solo un'altra indagine. Crediamo di conoscere la nostra miniera e le sue pietre, ma quel che questo ingegnere continuamente esamina a quel modo, ci risulta incomprensibile.

Il nono spinge davanti a sé una specie di carrozzina da bambini, con dentro gli apparecchi di misurazione, veramente preziosi, su soffice ovatta. Questa carrozzina la dovrebbe spingere l'inserviente, ma non ci si fida di lui; ci voleva un ingegnere, ed egli lo fa, evidentemente, volentieri. Sarà il più giovane, forse non conosce neppure tutti gli apparecchi, ma il suo sguardo è sempre fisso su di essi; a volte corre perciò il rischio di battere con la carrozzina contro una parete.

Ma un altro ingegnere cammina al lato della carrozzina e impedisce che questo avvenga. Egli evidentemente s'intende degli apparecchi a fondo e sembra essere il loro vero custode. Di tanto in tanto, senza fermare la carrozzina, tira fuori un pezzo dell'apparecchio, ci guarda attraverso, allenta o serra una vite, lo scuote o gli dà dei colpetti, lo avvicina all'orecchio e ascolta; infine rimette con ogni precauzione nella carrozzina – mentre l'altro ingegnere di solito sta fermo – un arnese piccolissimo, appena visibile da lontano. È un po' autoritario questo ingegnere, ma soltanto per amor degli apparecchi. A dieci passi dalla carrozzina dobbiamo, a un tacito cenno del suo dito, farci da parte, anche dove non c'è posto.

Dietro a questi due signori viene l'inserviente che non ha nulla da fare. Gli ingegneri, com'è logico quando si è scienziati come loro, hanno deposto da tempo, naturalmente, ogni superbia, l'inserviente invece sembra averla raccolta tutta in sé. Con una mano dietro la schiena, l'altra davanti che striscia sul panno finissimo della sua livrea e sui bottoni dorati, fa spesso cenno col capo a destra e a sinistra, come se rispondesse a un nostro saluto o supponesse che noi l'avessimo salutato, ed egli non si sentisse di abbassarsi a controllarlo. Naturalmente noi non lo si saluta, ma ci sarebbe quasi da credere, a vederlo, che sia un fatto prodigioso l'essere inserviente negli uffici di direzione della miniera. Gli si ride dietro, naturalmente, ma poiché neanche una cannonata riuscirebbe a farlo voltare, finisce col restare nella nostra considerazione come qualcosa di incomprensibile.

Oggi non si lavorerà più molto; l'interruzione è stata troppo lunga; una visita simile si porta via tutta la voglia di lavorare. È troppo allettante guardare dietro a quei signori, che scompaiono tutti nell'oscurità della galleria di prova. Siamo del resto alla fine del nostro turno di lavoro; non faremo più a tempo a vedere il ritorno degli ingegneri.

Il prossimo villaggio
(1916-1917)

Mio nonno soleva dire: «La vita è straordinariamente corta. Ora, nel ricordo, mi si contrae a tal punto che, per esempio, non riesco quasi a comprendere come un giovane possa decidersi ad andare a cavallo sino al prossimo villaggio senza temere (prescindendo da una disgrazia) che perfino lo spazio di tempo, in cui si svolge felicemente e comunemente una vita, possa bastare anche lontanamente a una simile cavalcata».

Un messaggio dell'imperatore
(1917)

L'imperatore – così si racconta – ha inviato a te, a un singolo, a un misero suddito, minima ombra sperduta nella più lontana delle lontananze dal sole imperiale, proprio a te l'imperatore ha inviato un messaggio dal suo letto di morte. Ha fatto inginocchiare il messaggero al letto, sussurrandogli il messaggio all'orecchio; e gli premeva tanto che se l'è fatto ripetere all'orecchio. Con un cenno del capo ha confermato l'esattezza di quel che gli veniva detto. E dinanzi a tutti coloro che assistevano alla sua morte (tutte le pareti che lo impediscono vengono abbattute e sugli scaloni che si levano alti e ampi son disposti in cerchio i grandi del regno) dinanzi a tutti loro ha congedato il messaggero. Questi s'è messo subito in moto; è un uomo robusto, instancabile; manovrando or con l'uno or con l'altro braccio si fa strada nella folla; se lo si ostacola, accenna al petto su cui è segnato il sole, e procede così più facilmente di chiunque altro. Ma la folla è così enorme; e le sue dimore non hanno fine. Se avesse via libera, all'aperto, come volerebbe! e presto ascolteresti i magnifici colpi della sua mano alla tua porta. Ma invece come si stanca inutilmente! ancora cerca di farsi strada nelle stanze del palazzo più interno; non riuscirà mai a superarle; e anche se gli riuscisse non si sarebbe a nulla; dovrebbe aprirsi un varco scendendo tutte le scale; e anche se gli riuscisse, non si sarebbe a nulla: c'è ancora da attraversare tutti i cortili; e dietro a loro il secondo palazzo e così via per millenni; e anche se riuscisse a precipitarsi fuori dell'ultima porta – ma questo mai e poi mai potrà avvenire – c'è tutta la città imperiale davanti a lui, il centro del mondo, ripieno di tutti i suoi rifiuti. Nessuno riesce a passare di lì e tanto meno col messaggio di un morto.

Ma tu stai alla finestra e ne sogni, quando giunge la sera.

Il cruccio del padre di famiglia
(1917)

C'è chi dice che la parola Odradek derivi dallo slavo e cerca, in conseguenza, di spiegarne l'etimologia. Altri invece pensano che la parola provenga dal tedesco, e sia solo influenzata dallo slavo. L'incertezza delle due interpretazioni consente, con ragione, di concludere che nessuna delle due dà nel segno, tanto più che né con l'una né con l'altra si riesce a dare un senso preciso alla parola.

Naturalmente nessuno si darebbe la pena di studiare la questione, se non esistesse davvero un essere che si chiama Odradek. Sembra, dapprima, una specie di rocchetto da refe piatto, a forma di stella, e infatti par rivestito di filo; si tratta però soltanto di frammenti, sfilacciati, vecchi, annodati, ma anche ingarbugliati fra di loro e di qualità e colore più diversi. Non è soltanto un rocchetto, perché dal centro della stella sporge in fuori e di traverso una bacchettina, a cui se ne aggiunge poi ad angolo retto un'altra. Per mezzo di quest'ultima, da una parte, e di uno dei raggi della stella dall'altra, quest'arnese riesce a stare in piedi, come su due gambe.

Si sarebbe tentati di credere che quest'oggetto abbia avuto un tempo una qualche forma razionale e che ora si sia rotto. Ma non sembra che sia così; almeno non se ne ha alcun indizio; in nessun punto si vedono aggiunte o rotture, che dian appiglio a una simile supposizione; l'insieme appare privo di senso ma, a suo modo, completo. E non c'è del resto da aggiungere qualche notizia più precisa, poiché l'Odradek è mobilissimo e non si lascia prendere.

Si trattiene a volta a volta nei solai, per le scale, nei corridoi o nell'atrio. A volte scompare per mesi interi; probabilmente si è trasferito in altre case; ma ritorna poi infallibilmente in casa nostra.

A volte, uscendo di casa, a vederlo così appoggiato alla ringhiera della scala, viene voglia di rivolgergli la parola. Naturalmente non gli si possono rivolgere domande difficili, lo si tratta piuttosto – e la sua minuscola consistenza ci spinge da sola a farlo – come un bambino. «Come ti chiami?» gli si chiede. «Odradek» risponde lui. «E dove abiti?» «Non ho fissa dimora» dice allora ridendo; ma è una risata come la può emetter solo un essere privo di polmoni. È un suono simile al frusciar di foglie cadute. E qui la conversazione di solito è finita. Del resto anche queste risposte non sempre si ottengono; spesso se ne sta a lungo silenzioso, come il legno di cui sembra fatto.

E mi domando invano cosa avverrà di lui. Può morire? Tutto quel che muore ha avuto una volta una specie di meta, di attività e in conseguenza di ciò si è logorato; ma non è questo il caso di Odradek. Potrebbe dunque darsi che un giorno ruzzolasse ancora per le scale, trascinandosi dietro quei fili, fra i piedi dei miei figli e dei figli dei miei figli? Certo non nuoce a nessuno; ma l'idea ch'egli possa anche sopravvivermi quasi mi addolora.

Undici figli
(1917)

Ho undici figli.

Il primo è fisicamente poco appariscente, ma serio e intelligente, pure non ho molta stima di lui, benché, come figlio, lo ami come tutti gli altri. Il suo modo di pensare mi sembra troppo semplice. Non guarda né a destra né a sinistra, né in lontananza, compie continuamente il periplo della ristretta cerchia delle sue idee o meglio vi si aggira dentro.

Il secondo è bello, snello, ben fatto: è un piacere vederlo in posizione da schermitore. Anche lui è intelligente ma, inoltre, esperto della vita; ha girato molto, e perciò par che perfino la natura del paese natio parli a lui con più confidenza che a quelli che non se ne sono allontanati. Questo merito non è però da attribuirsi soltanto, e neppure esclusivamente, all'aver viaggiato, ma fa piuttosto parte di quel che è inimitabile in questo figliolo e che viene, per esempio, riconosciuto da chiunque vuol imitare i suoi magistrali tuffi pieni di salti mortali ripetuti eppur regolati da un violento dominio di sé. Sino alla punta del trampolino chi vuol imitarlo ha coraggio e voglia, arrivato a quel punto però invece di saltare si ferma, si siede d'improvviso alzando le braccia per scusarsi. – Eppure, malgrado tutto (dovrei pur esser felice di un tale figlio!) i miei rapporti con lui non sono sereni. Il suo occhio sinistro è un po' più piccolo del destro e lo strizza spesso; è un piccolo difetto, certo, che rende il suo volto ancor più tracotante, di quel che non sia già, e nessuno, di fronte alla riservatezza inaccessibile della sua natura, noterebbe come un difetto quest'occhio più piccolo che ammicca, ma io, come padre, sì. Non è certo il difetto fisico che mi affligge, ma piuttosto una piccola irregolarità del suo spirito che vi corrisponde in qualche modo, un qualche veleno che circola nel suo sangue, una qualche incapacità di condurre a pieno compimento quella disposizione della sua vita, che io solo intravedo. Ma, d'altra parte, proprio questo fa di lui il mio vero figlio, poiché questo suo difetto è comune a tutta la nostra famiglia, e in lui è soltanto più evidente.

Il terzo figlio è bello anche lui, ma non di quella bellezza che mi piace. È la bellezza del cantante: bocca sinuosa; occhi sognanti; una testa che, per spiccar bene, ha bisogno di un drappeggio dietro di sé; petto che si gonfia esageratamente; mani che facilmente si levano in alto e troppo facilmente ricadono in basso; gambe che si muovono con ricercatezza, perché non sanno portare. Inoltre il tono della sua voce non è pieno: per un momento inganna; fa tender l'orecchio all'intenditore; ma subito dopo si spegne. – Per quanto tutto possa spingermi a mettere in mostra questo figlio, preferisco tenerlo nascosto; egli stesso non si fa avanti, non già perché conosca i suoi difetti, ma per ingenuità. E poi si sente estraneo al nostro tempo; come se appartenesse sì alla mia famiglia, ma insieme anche a un'altra, perduta per sempre; egli è spesso di cattivo umore e nulla riesce a rasserenarlo.

Il mio quarto figlio è forse il più socievole di tutti. Vero figlio del suo tempo, si fa comprendere da tutti, si muove sopra un terreno comune a tutti e ognuno è tentato di fargli un cenno di consenso. Forse questo generale riconoscimento conferisce alla sua natura una certa lievità, ai suoi movimenti una certa disinvoltura, ai suoi giudizi una certa noncuranza. Alcuni suoi detti verrebbe voglia di ripeterli spesso, solo alcuni però, poiché nel loro complesso peccano ancora di troppa superficialità. È come uno che spicca un salto in maniera meravigliosa, fende l'aria come una rondine, ma finisce poi miseramente nella squallida polvere, ormai ridotto a un nulla. Simili pensieri mi amareggiano la vista di questo figliolo.

Il quinto figlio è buono e caro; prometteva molto meno di quanto ha mantenuto; era così insignificante che insieme a lui ci si sentiva proprio soli; eppure è riuscito a guadagnarsi una certa stima. Se mi si chiedesse come ciò sia avvenuto, non saprei proprio come rispondere. Forse l'innocenza si fa ancora strada con la massima facilità nell'infuriare degli elementi, in questo mondo; ed egli è innocente. Forse anche troppo. Gentile con tutti. Forse anche troppo. Lo confesso: mi sento a disagio quando lo si loda, in mia presenza. Vuol dire rendersi troppo facile una lode, quando si loda chi ne è così palesemente degno, come mio figlio.

Il mio sesto figlio sembra, almeno a prima vista, il più meditabondo di tutti. È malinconico e insieme un chiacchierone. Perciò non è facile con lui spuntarla. Se sta per aver la peggio cade in una invincibile tristezza; se invece conquista il sopravvento cerca di conservarlo chiacchierando. Tuttavia non gli nego una certa passione che lo rende dimentico di se stesso; spesso, in pieno giorno, si dibatte nei suoi pensieri come in sogno. Senz'esser malato – gode anzi di un'ottima salute – barcolla a volte, specialmente sull'imbrunire, ma non occorre aiutarlo, non cade. Forse di questo fenomeno ha colpa il suo sviluppo fisico: egli è troppo alto, per la sua età. Questo nel complesso non lo rende bello, nonostante la bellezza eccezionale di singole parti del corpo, per esempio delle mani e dei piedi. Non bella è, poi, anche la sua fronte: ha un che d'incartapecorito, tanto nella pelle come nella conformazione delle ossa.

Il settimo figlio mi appartiene forse più di tutti gli altri. Il mondo non sa apprezzarlo; non capisce la particolarità del suo umorismo. Non che io lo sopravvaluti; so bene che è piuttosto comune; se il mondo non avesse altro difetto che quello di non saperlo apprezzare, sarebbe ancora puro. Ma non vorrei che questo figlio mancasse in seno alla mia famiglia. Egli vi porta inquietudine e insieme rispetto per la tradizione, e sa fondere questi due elementi, almeno a mio parere, in una perfetta unità. Vero è che da questo fatto lui, meno degli altri, sa trarre qualche conclusione; né sarà certo lui a metter in moto la ruota dell'avvenire; ma questa sua disposizione è così consolante e fiduciosa; vorrei che avesse dei figli e questi ancora figli. Purtroppo questo desiderio sembra non si debba avverare. Per quanto a me sia comprensibile e insieme dispiaccia ch'egli sia così soddisfatto di sé, in profondo contrasto inoltre con l'opinione di quanti lo circondano, se ne va sempre solo in giro, senza occuparsi delle ragazze, e senza perder mai perciò il suo buon umore.

Il mio ottavo figlio è la mia croce, e non so in fondo perché. Mi guarda come fossi un estraneo, eppure io, come padre, mi sento strettamente legato a lui. Il tempo ha rimediato molte cose; prima però mi coglieva a volte un tremore soltanto a pensare a lui. Egli va per la sua strada; ha rotto con me tutti i rapporti; con la sua testa dura, il suo piccolo corpo atletico – soltanto le gambe erano da bambino, molto deboli, ma questo difetto si dev'esser già cancellato nel frattempo – saprà sempre farsi strada dove gli piacerà. Spesso m'è venuta la voglia di richiamarlo, di chiedergli come andassero le cose, perché si tenesse così lontano dal padre e cosa in fondo avesse in mente, ma ormai è così lontano ed è passato già tanto tempo; è meglio che le cose rimangano come sono. Ho sentito dire che – unico tra i miei figli – porta la barba; a un uomo così piccolo non starà certo bene.

Il mio nono figlio è molto elegante e ha il dolce sguardo che ci vuole per le donne. Così dolce che a volte riesce a sedurre anche me, che so bene come basti un solo colpo di spugna bagnata per cancellare tutto quello splendore soprannaturale. La caratteristica di questo ragazzo è però ch'egli non cerca affatto di sedurre; si contenterebbe di star tutta la vita sdraiato sopra un canapè, lasciando scorrere lo sguardo sul soffitto, o meglio ancora riposare sotto le palpebre. Quando si trova in quella posizione, da lui prediletta, parla volentieri e neanche male; conciso e chiaro, ma sempre in limiti molto stretti; appena li supera – e, data la loro ristrettezza, è inevitabile – il suo discorso diventa completamente vuoto. Gli si farebbe volentieri cenno di smettere, se si avesse la minima speranza che il suo sguardo pieno di sonno se ne accorgesse.

Il mio decimo figlio passa per un carattere poco sincero. Non voglio né contestare e neppure confermare completamente questo difetto. Certo, chi lo vede arrivare con quell'aria solenne, molto superiore alla sua età, con quel suo giacchettone tutto abbottonato, col cappello nero, vecchio ma scrupolosamente spolverato, con quel suo viso impassibile, il mento un po' sporgente, le palpebre che s'inarcano pesantemente sugli occhi, e due dita spesso appuntate alle labbra – chi lo vede così pensa: ecco un autentico ipocrita! Ma lo si ascolti prima! Assennato, parla con prudenza, conciso, è pronto a risponder a tutto con maligna vivacità; in sorprendente, naturale e allegro accordo col mondo intero; un accordo che necessariamente gli fa irrigidire il collo ed ergere il corpo. Molti, che si ritengono molto furbi e che perciò, secondo loro, si sentono respinti dal suo aspetto, sono stati fortemente attirati dalla sua parola. C'è anche chi rimane indifferente dinanzi al suo aspetto ma ritiene ipocrita la sua parola. Io, come padre, non voglio giudicare ciò, ma devo ammettere che gli ultimi giudici sono comunque più degni di essere presi in considerazione dei primi.

Il mio undicesimo figlio è gracile, certo è il più debole di tutti; ma la sua debolezza inganna, perché a volte sa esser forte e risoluto; ma anche allora la sua debolezza è in qualche modo determinante. Non è però una debolezza di cui s'abbia a vergognare, ma qualcosa che sembra tale soltanto su questa nostra terra. Non è per esempio anche la disposizione al volo una debolezza, trattandosi di un vacillare incerto, di uno svolazzare a caso? Qualcosa di simile appare nel mio figliolo. Il padre, di tali qualità non può certo rallegrarsi, perché tendono evidentemente alla disgregazione della famiglia. A volte mi guarda quasi mi volesse dire: Ti prenderò con me, babbo. E io penso allora: Saresti l'ultimo a cui mi affiderei. E il suo sguardo sembra rispondere: Ebbene, ch'io sia almeno l'ultimo.

Questi sono i miei undici figli.

Un fratricidio
(1916-1917)

È stato accertato che l'assassinio fu commesso nel seguente modo:

Schmar, l'assassino, si appostò verso le nove di sera nella chiara notte lunare alla cantonata a cui Wese, la vittima, doveva svoltare nella strada dove abitava, da quella in cui era il suo ufficio.

C'era l'aria della notte, fredda da far venire i brividi a chiunque. Schmar aveva addosso soltanto un leggero abito blu, con la giacchetta anche sbottonata. Ma non sentiva freddo; e poi era sempre in movimento. La sua arma mortale, qualcosa tra la baionetta e il coltello da cucina, la teneva snudata, saldamente in pugno. Osservava il coltello alla luce della luna; la lama balenava; non bastava a Schmar; la batteva contro le pietre del selciato sinché non sprizzavano scintille; se ne pentiva forse e per rimediarvi la affilava sulla suola del suo stivale come un arco di violino mentre, ritto su una gamba, proteso in avanti, tendeva l'orecchio e al rumore della lama sullo stivale e alla fatale via laterale.

Come mai tutto ciò veniva tollerato dal possidente Pallas, un uomo che osservava tutto da vicino, stando alla sua finestra del secondo piano? Chi sa com'è fatta la natura umana? Col bavero alzato, la veste da camera stretta all'ampio corpo, guardava nella strada, scuotendo la testa.

E cinque casamenti più in là, trasversalmente di faccia a lui la signora Wese, con la pelliccia di volpi sulla camicia da notte, spiava il ritorno del marito, che oggi tardava insolitamente.

Finalmente si sente suonare, troppo forte per quello che è, il campanello dell'ufficio di Wese, e l'eco si diffonde sulla città, perdendosi nel cielo, mentre Wese, il diligente lavoratore notturno, esce dall'ufficio, ancora invisibile in quella strada, annunziato soltanto dal segnale del campanello; e già il selciato conta i suoi passi tranquilli.

Pallas si sporge molto dalla finestra; non vuole che nulla gli sfugga. La signora Wese, tranquillizzata dal campanello, chiude la finestra che tintinna. Schmar invece s'inginocchia; non avendo in quel momento nessun'altra parte del corpo scoperta, preme il viso e le mani sulla pietra; dove tutto gela, Schmar arde.

Proprio sul limite che divide le due strade, Wese si arresta, e si appoggia soltanto con il bastone sulla via che sta per imboccare. È un capriccio. Il cielo notturno l'ha distratto un attimo col suo azzurro cupo e il chiaror dorato. Ignaro lo contempla, ignaro si passa la mano sui capelli sollevando il cappello; e lassù nulla si muove per accennargli l'immediato futuro; tutto rimane assurdamente, imperturbabilmente al suo posto. In sé è molto ragionevole che Wese prosegua per la sua via, ma va diritto sul coltello di Schmar.

«Wese,» urla Schmar, alzandosi sulla punta dei piedi, col braccio levato, abbassando con violenza il coltello «Wese, invano attende Julia!» E lo colpisce nel collo a destra e poi a sinistra e infine profondamente nel ventre. I talponi, se sgozzati, emettono un suono simile a quello di Wese.

«Fatto» dice Schmar gettando il coltello, ormai inutile zavorra insanguinata, verso la facciata della casa di fronte. «Oh voluttà dell'assassinio! Che sollievo, che esaltazione a veder scorrere il sangue altrui. Wese, vecchia ombra notturna, amico, compagno di bevute alla birreria, che ti stai dissanguando sul fondo oscuro della via! Perché non sei una vescica piena di sangue su cui mi possa seder sopra per farti scomparire del tutto? Non tutto si avvera, non tutti i fiorenti sogni maturano, la tua spoglia greve giace qui, ormai inaccessibile a chiunque. A che serve la muta domanda che tu così poni?»

Pallas, soffocando tutto il veleno che ha in corpo, compare dietro ai due battenti spalancatisi della sua porta di casa. «Schmar! Schmar! Ho osservato tutto, nulla mi è sfuggito!» Pallas e Schmar si misurano con un'occhiata, Pallas è soddisfatto, Schmar non ne conclude nulla.

La signora Wese, con ai due lati una gran folla, accorre col viso invecchiato dal terrore. La pelliccia si apre, e lei si precipita su Wese, il corpo, vestito della camicia da notte, appartiene a lui, la pelliccia che copre, come l'erba di un tumulo, i due sposi, appartiene alla folla.

Schmar contiene a fatica un ultimo impulso di nausea premendo la bocca alla spalla del poliziotto che lo conduce via con passo leggero.

Un sogno
(1914-1915)

Joseph K. sognò:

Era una bella giornata e K. voleva andare a spasso. Appena fatti due passi si trovò nel cimitero. C'erano dei sentieri artificiosamente disposti, inutilmente tortuosi, ma egli vi scivolava sopra come mantenendosi su di una rapida corrente, stabilmente sospeso per aria. Già da lontano aveva adocchiato un tumulo scavato di fresco, presso cui voleva fermarsi. Questo tumulo esercitava su di lui come una specie di attrazione e non gli pareva l'ora di arrivarci. A volte però non lo vedeva quasi più, perché si nascondeva dietro a dei vessilli che sventolavano coi loro drappi, sbattendo forte l'uno contro l'altro; i portabandiera non si vedevano, ma sembrava regnasse fra loro gran giubilo.

Mentre stava ancora volgendo lo sguardo lontano, vide d'improvviso proprio quel tumulo accanto a sé sul viottolo, anzi quasi dietro a sé. Saltò svelto sull'erba, e poiché il viottolo, mentre il suo piede saltava, aveva continuato la sua rapida corsa, vacillò cadendo poi in ginocchio proprio dinanzi al tumulo. Dietro a questo c'eran due uomini che tenevano sollevata tra di loro una lapide; appena comparve K. la confissero nel suolo dove rimase come murata. Ed ecco un terzo uomo uscire da un cespuglio, in cui K. riconobbe subito un artista. Indossava solo un paio di pantaloni e una camicia male abbottonata; sul capo aveva un berretto di velluto, in mano una matita comune, con cui tracciava nell'aria, già avvicinandosi, dei segni.

Cominciò il suo lavoro con questa matita al sommo della pietra; essendo molto alta non occorreva ch'egli si curvasse, doveva però sporgersi in avanti, poiché il tumulo, ch'egli non voleva calpestare, lo separava dalla lapide. Stava dunque sulla punta dei piedi appoggiandosi con la mano sinistra al piano della pietra. Maneggiando con particolare abilità una comune matita, gli riuscì perfino di scrivere delle lettere in oro; egli scrisse: «Qui giace...». Ogni lettera appariva nitida e bella, incisa profondamente, e tutta d'oro. Quando ebbe scritto queste due parole si voltò verso K.; questi ch'era smanioso di vedere come continuasse l'iscrizione, non badava tanto all'uomo, ma fissava soltanto la lapide. E l'uomo riprese infatti a scrivere, ma non vi riusciva più, c'era qualche intoppo; abbassò la mano con la matita e si volse ancora verso K.; ora anche K. guardò l'artista e si accorse che questi mostrava d'essere in un grande imbarazzo, senza potersene spiegar però la ragione. Tutta la vivacità di poco prima era scomparsa in lui. Anche K. restò perplesso; si scambiavano degli sguardi smarriti; c'era evidentemente uno spiacevole malinteso di mezzo, e nessuno dei due poteva eliminarlo. Molto a sproposito anche la campanina della cappella mortuaria cominciò a suonare, ma l'artista gesticolò con la mano intensamente, e quella smise. Dopo un poco ricominciò da capo, questa volta pian piano, smettendo poi subito, senza una speciale richiesta, quasi volesse provare soltanto il suo timbro. K. era desolato di vedere l'artista in quella situazione; si mise a piangere e singhiozzò a lungo col volto nascosto tra le mani. L'artista aspettò finché K. si fu calmato e si decise, poiché non c'era da far altro, a continuare a scrivere. Il primo piccolo segno che tracciò fu per K. di gran sollievo, ma era chiaro che l'artista riusciva a compierlo solo con gran riluttanza; anche la scrittura non era più così bella, pareva soprattutto che mancasse l'oro; il segno si profilava pallido e incerto, però la lettera risultò molto grande. Era una G; ma ecco che quando era per finirla l'artista, furibondo, pestò con un piede il tumulo, sì da farne schizzar intorno le zolle di terra. Finalmente K. comprese; per chieder scusa non c'era più tempo; con tutte le dita cominciò a scavare la terra, che non opponeva quasi resistenza; tutto sembrava già preparato; solo in apparenza era stato lasciato un sottile strato di terra, sotto a cui immediatamente s'apriva una gran buca dalle pareti scoscese, in cui K., come voltato sul dorso da una dolce corrente, sprofondò. Mentre laggiù, con la testa ancora sollevata sul collo, veniva già accolto dalla impenetrabile profondità, in alto il suo nome si disegnava rapido, con grandi svolazzi, sulla pietra.

Incantato da quella vista si svegliò.

Una relazione per un'Accademia
(1917)

Illustri signori dell'Accademia!

Mi avete fatto l'onore d'invitarmi a presentare all'Accademia una relazione sulla mia trascorsa vita di scimmia. Non posso purtroppo soddisfare completamente in questo senso la richiesta. Quasi cinque anni mi separano dalla mia vita di scimmia, un periodo breve forse, se misurato sul calendario, infinitamente lungo però a passarlo a galoppo, come ho fatto io, accompagnato a tratti da persone eccellenti, da consigli, applausi e musica orchestrale, in fondo però solo, perché ogni accompagnamento si teneva, per restar nell'immagine, ben lontano dalla barriera. Questa evoluzione non sarebbe stata possibile, se fossi rimasto ostinatamente attaccato alla mia origine, ai ricordi della gioventù. Proprio la rinuncia a ogni ostinazione costituiva il precetto informatore che mi ero imposto: io, scimmia libera, mi sottoposi a questo giogo. Così però, a loro volta i ricordi si resero sempre più inaccessibili. Se prima il ritorno, quando gli uomini lo avessero voluto, m'era lasciato aperto come attraverso l'immensa porta che la volta celeste forma sopra la terra, questa si faceva sempre più bassa e stretta, quanto più procedeva veloce, a sferzate, la mia evoluzione; mi sentivo sempre meglio e più incluso nel mondo degli uomini; il turbine che mi soffiava dietro dal passato si placò; oggi non è più che un soffio che mi rinfresca i talloni; e lo spiraglio lontano, da cui proviene e da cui una volta passai anch'io, si è fatto così piccolo che se pur mi bastassero le forze e la volontà per tornare a quel punto, mi scorticherei addirittura per passar di lì. A esser franco – e anche se scelgo volentieri delle metafore per esprimermi in proposito – a dirla chiara insomma: la vostra origine scimmiesca, signori miei, ammesso che qualcosa di simile sia esistito nel vostro passato, non può essere per voi più remota di quanto non sia per me la mia. Al tallone però, chiunque cammini su questa terra, ne avverte il solletico: tanto il piccolo scimpanzé come il grande Achille.

In un senso molto limitato però posso soddisfare forse la vostra richiesta e lo faccio anzi con molto piacere. La prima cosa che imparai fu a stringer la mano: la stretta di mano dimostra schiettezza; e oggi, che mi trovo al culmine della mia carriera, si aggiunga a quella prima stretta di mano anche la mia schietta parola. Non offrirà all'Accademia niente di sostanzialmente nuovo e resterà molto al di sotto di quel che si pretende da me e che, con la miglior buona volontà, non so dire. Comunque mostrerà l'orientamento che una ex scimmia ha tenuto per penetrare e stabilirsi nel mondo degli uomini. Tuttavia non direi neppure le cose di poco conto che qui seguono, se non fossi completamente sicuro di me e se la mia posizione su tutti i grandi palcoscenici del varietà del mondo civile non fosse incrollabilmente solida.

Sono nato sulla Costa d'Oro. Sulle circostanze in cui fui catturato, son costretto a riferirmi a notizie d'estranei. Una spedizione di caccia della ditta Hagenbeck – col cui capo ho vuotato del resto da quel tempo parecchie bottiglie di buon vino rosso – era appostata tra i cespugli della riva d'un fiume, quando a sera scesi ad abbeverarmi insieme al mio branco. Fecero fuoco e fui l'unico a esser colpito: ebbi due colpi.

Uno, nella guancia, era di lieve entità; mi lasciò però una gran cicatrice rossa, priva di pelo; che mi meritò il nomignolo ripugnante e assolutamente inesatto di Rotpeter, che solo una scimmia poteva inventare, quasi non differissi da un'altra scimmia ammaestrata chiamata Pietro, crepata da poco e conosciuta qua e là, che per quella macchia rossa sulla guancia. Questo sia detto tra parentesi.

Il secondo colpo mi raggiunse sotto l'anca. Era grave e ancor oggi zoppico un poco per colpa sua. Or non è molto, lessi in un articolo di uno dei diecimila chiacchieroni che si sfogano nei giornali su di me, che la mia natura scimmiesca non sarebbe ancora del tutto soffocata; lo proverebbe il fatto che, quando vengono dei visitatori, mi tolgo volentieri i pantaloni per mostrare il punto dove entrò la palla. A quel tipo bisognerebbe strappare, a uno a uno, ogni ditino della mano con cui scrive. Io, io posso levarmi i pantaloni dinanzi a chi mi pare; non ci sarà da vedere altro che una pelliccia ben curata e la cicatrice – scegliamo qui per uno scopo preciso una espressione altrettanto precisa, che però non deve esser fraintesa – la cicatrice di uno stupido colpo. Tutto è chiaro ed evidente, non c'è nulla da nascondere; quando si tratta della verità ogni uomo di alto intelletto lascia da parte le buone maniere. Se invece fosse quello scribacchino a levarsi i pantaloni, quando vengono visite, la cosa assumerebbe certo un altro aspetto e voglio concedere che sia un segno di buon senso se non lo fa. Ma allora mi lasci in pace coi suoi sentimenti delicati.

Dopo quei colpi mi svegliai – e di qui hanno inizio a poco a poco i miei ricordi – in una gabbia sotto coperta del bastimento di Hagenbeck. Non era una gabbia con quattro inferriate: tre pareti erano anzi fissate a una cassa, che formava così la quarta parete. Nel suo insieme la gabbia era troppo bassa per star diritti e troppo stretta per star seduti. Me ne stavo perciò accoccolato con le ginocchia piegate e sempre tremanti; inoltre, non volendo in un primo momento, probabilmente, veder nessuno e desiderando stare al buio, stavo rivolto verso la cassa, mentre, dietro, le sbarre delle inferriate mi segavano la carne. Si ritiene che una tal maniera di trattare nei primissimi tempi le bestie feroci, sia utile, e oggi, dopo la mia esperienza, non posso negare che dal punto di vista dell'uomo, questa sia in fondo la verità.

Allora però non ci pensavo. Per la prima volta in vita mia mi trovavo senza via d'uscita, o almeno non la vedevo diritta dinanzi a me; dinanzi a me c'era la cassa, con ogni asse ben commessa all'altra. Lungo le assi c'era, è vero, una fessura, e appena la scoprii la salutai con l'urlio gioioso dell'essere irragionevole, ma quella fessura non mi consentiva neppur lontanamente di far passare la coda e con tutta la mia forza di scimmia non ci fu modo di allargarla.

A quanto mi venne poi raccontato, devo aver fatto eccezionalmente poco rumore, e se ne dedusse che o sarei presto morto oppure, se fossi riuscito a superare il primo periodo critico, che sarebbe stato molto facile ammaestrarmi. Superai quel periodo. Cupi singhiozzi, penose cacce alle pulci, stanche leccate a una noce di cocco, colpi con la testa alla parete della cassa, il mostrare la lingua a chi mi si avvicinava; ecco le prime occupazioni della mia nuova vita. Ma in tutto questo predominava soltanto una sensazione: non c'è scampo. Naturalmente oggi posso solo rappresentare con parole umane e quindi con poca esattezza quel che allora provai come scimmia, ma anche se non raggiungerò l'antica verità, valida per una scimmia, almeno la mia descrizione è orientata nel senso giusto, non c'è dubbio.

Sino allora avevo avuto sempre tante vie d'uscita, e ora più neanche una. M'ero incagliato. Se mi avessero inchiodato al suolo la mia libertà di movimento non sarebbe diminuita ancora. Perché? Anche a grattarsi a sangue le dita dei piedi, non se ne trova la ragione. Anche a stringersi contro le sbarre fino a esser quasi tagliato in due, non se ne trova la ragione. Non avevo una via d'uscita, ma dovevo procurarmela, perché non avrei potuto viver senza. A star sempre contro la parete di quella cassa – sarei certamente crepato. Ma le scimmie per Hagenbeck devono stare contro una cassa – ebbene, allora smisi di esser una scimmia. Un ragionamento chiaro e bello, che devo in qualche modo aver tirato fuori con la pancia, perché le scimmie pensano con la pancia.

Temo che non si comprenda bene cosa intenda per via d'uscita. Uso la parola nel suo senso più comune e più completo. E di proposito non dico libertà. Non voglio parlare del grandioso senso di libertà che si irradia in ogni direzione. Quand'ero una scimmia forse lo conoscevo e ho conosciuto uomini che vi anelavano. Quanto a me però, non ho mai aspirato alla libertà allora, né oggi. Tra parentesi: troppo spesso gli uomini s'ingannano fra di loro con la libertà. E, come la libertà si può contare fra i sentimenti più sublimi, anche la relativa illusione è tra le più sublimi. Ho spesso visto lavorare nei varietà, prima di entrare a mia volta in scena, una qualche coppia di acrobati, su in alto, al trapezio. Volteggiavano, si dondolavano, si gettavano di slancio l'uno nelle braccia dell'altro o uno reggeva l'altro per i capelli coi denti. Anche quella è la libertà degli uomini, pensavo, movimento degno d'un essere libero. Oh, irrisione della sacra natura! Nessun edificio reggerebbe alle sghignazzate del mondo delle scimmie dinanzi a quello spettacolo.

No, non volevo la libertà. Soltanto una via d'uscita: a destra, a sinistra, purché fosse; non avevo altre esigenze; anche se la via d'uscita fosse risultata un'illusione; l'esigenza era così modesta, che l'illusione non poteva esser molto grande. Andar avanti, andar avanti! Ma non star fermo con le braccia levate, stretto alla parete di una cassa.

Oggi lo vedo bene: senza la massima calma interiore non mi sarei mai potuto salvare. E in pratica credo, se sono quel che sono divenuto, lo debbo forse interamente alla calma che subentrò in me dopo i primi giorni della mia permanenza sul bastimento. Ma quella calma, d'altra parte, la dovevo alla gente della nave.

Sono buone persone, malgrado tutto. Ancora oggi rammento volentieri il suono dei loro passi pesanti, che echeggiavano allora nel mio dormiveglia. Avevano l'abitudine d'intraprendere ogni cosa con estrema lentezza. Se uno si voleva stropicciar gli occhi, alzava la mano come se fosse un pezzo di piombo. I loro scherzi erano volgari ma cordiali. Al loro riso si univa sempre una tosse che suonava minacciosa ma non significava nulla. Avevano in bocca sempre qualcosa da sputare, ed era loro indifferente dove. Si lamentavano continuamente che le mie pulci saltassero addosso a loro; ma non se la pigliavano mai seriamente con me; sapevano troppo bene che le pulci si trovano nella mia pelliccia, e che saltano; e quindi si rassegnavano. A volte, quando non erano in servizio, alcuni di loro si sedevano in semicerchio intorno a me; parlavano appena, intendendosi tra di loro bofonchiando; fumavano, sdraiati sulle casse, la pipa; appena facevo il minimo movimento, si battevano sulle ginocchia e di quando in quando uno di loro prendeva uno stecco e mi grattava là dove mi faceva piacere. Se oggi m'invitassero a fare un viaggio su quella nave, non accetterei certamente l'invito, ma altrettanto certo è che non sono soltanto ricordi spiacevoli che potrei rievocare lì sotto coperta.

La calma che acquistai in compagnia di quella gente, mi trattenne più d'ogni altra cosa da ogni tentativo di fuga. Se ci ripenso oggi, mi par di avere almeno intuito che occorreva trovare una via d'uscita, se volevo campare, ma che questa non si poteva raggiungere con la fuga. Non saprei dire ora se una fuga era possibile, ma credo di sì; a una scimmia la fuga dovrebbe esser sempre possibile. Coi denti che mi ritrovo ora devo stare attento perfino a rompere una noce, allora però mi sarebbe dovuto riuscire col tempo a spezzare coi denti la serratura. Non lo feci. Che cosa ci avrei guadagnato? Appena avessi sporto la testa mi avrebbero preso e rinchiuso in una gabbia ancor peggiore; oppure mi sarei potuto rifugiare inosservato, da altri animali, per esempio tra i pitoni che mi stavano di fronte, per esalare l'ultimo respiro nelle loro spire; forse mi sarebbe anche riuscito di sgattaiolare fin sopra coperta e di saltare poi in mare; sarei rimasto a dondolare un po' sulle onde dell'oceano per poi affogare. Atti disperati. Non ragionavo allora in maniera così umana, ma sotto l'influsso dell'ambiente mi comportavo come se avessi ragionato così.

Non ragionavo, ma osservavo con tutta la calma.

Vedevo quegli uomini andare e venire: sempre gli stessi volti, gli identici movimenti; mi pareva spesso che fosse uno solo. Quest'uomo, o questi uomini, se ne andavano dunque in giro indisturbati. Una meta altissima mi balenò oscuramente dinanzi. Nessuno mi aveva promesso di aprirmi la gabbia, se fossi divenuto come loro. Certe promesse in vista di realizzazioni apparentemente impossibili, non si fanno. Ma se si riesce nell'intento, si avverano in seguito anche le promesse e proprio nel punto in cui prima si sono cercate inutilmente. In questi uomini, così in sé, non c'era nulla che mi attraesse molto. Se fossi stato un fanatico di quella libertà di cui ho parlato prima, avrei preferito certo l'oceano alla via d'uscita che mi si presentava nello sguardo opaco di quella gente. In ogni modo li avevo osservati già da tempo, prima di pensare a certe cose, anzi furono proprio alcune osservazioni accumulate col tempo, che mi spinsero in una precisa direzione.

Era così facile imitarli! Imparai a sputare fin dai primi giorni. Così cominciammo a sputarci in faccia; non c'era che questa differenza: io mi ripulivo la faccia leccandomi, loro invece no. Ben presto fumai la pipa come un vecchio; se poi premevo il pollice nel fornello della pipa, tutta la sottocoperta giubilava; solo che per parecchio tempo non capii la differenza esistente tra una pipa vuota e una piena.

La fatica più dura me la procurò la bottiglia dell'acquavite. Il suo odore mi rivoltava; mi facevo forza quanto m'era possibile; ma passarono delle settimane prima che riuscissi a vincermi. Queste mie lotte interiori furono prese in considerazione da quella gente – strano a dirsi – più sul serio di qualsiasi altra cosa che mi riguardasse. Non riesco a distinguere le persone nel mio ricordo, ma c'era un tale che tornava sempre, solo o in compagnia, di giorno, di notte, alle ore più diverse; mi si metteva dinanzi con la bottiglia e mi dava lezione. Non riusciva a comprendermi ma voleva sciogliere l'enigma del mio essere. Stappava pian piano la bottiglia e poi mi guardava, per assicurarsi se avessi capito; confesso che lo fissavo sempre con attenzione violenta, eccitata; nessun maestro tra gli uomini troverà mai su tutta la terra un simile scolaro; stappata la bottiglia, la levava sino alla bocca, e io con lo sguardo lo seguivo fino nella canna della gola; lui ammicca, contento di me, e accosta la bottiglia alle labbra; io, esaltato della mia graduale comprensione, mi gratto, mugolando, in lungo e in largo, dove capita; lui se ne rallegra, mette la bottiglia alla bocca e ne beve un sorso; e io, impaziente, irritato di non poterlo imitare subito, m'insudicio nella gabbia e questo gli dà ancor più soddisfazione; ed ecco che, allontanando prima la bottiglia da sé per riportarla con un solo movimento alla bocca, la vuota tutta d'un fiato, rovesciandosi indietro esageratamente, con l'intento di insegnarmi. E io, esausto dal desiderio troppo intenso, non lo posso più seguire e pendo sfinito all'inferriata mentre egli termina la sua lezione teorica, strisciando la mano sulla pancia e sogghignando.

Soltanto ora principia l'applicazione pratica. Non sono forse già troppo snervato dalla lezione teorica? Ma sì, sono troppo snervato. Questo fa parte del mio destino. Tuttavia, prendo alla meglio la bottiglia che mi vien offerta e, tremando, la stappo; il buon esito mi dà a poco a poco nuova forza; alzo la bottiglia, e già non mi si distingue quasi dal mio modello; l'accosto alla bocca... e la scaravento via con schifo, con schifo, benché sia vuota e ormai ci resti solo l'odore, la scaravento con schifo al suolo. È un grosso dispiacere per il mio maestro, ma anche maggiore per me e non mi riconcilio né con lui né con me stesso, se mi ricordo, dopo aver buttato via la bottiglia, di strisciarmi alla perfezione e sogghignando, la mano sulla pancia.

La lezione si svolgeva troppo spesso così. E, a onore del mio maestro, sia detto che non me ne voleva male; soltanto qualche volta avvicinava la pipa accesa alla mia pelle, finché in qualche punto dove difficilmente potevo arrivare, non cominciava a bruciare, ma allora smorzava egli stesso la fiamma con la sua mano enorme e buona; non me ne voleva, si rendeva conto che si lottava insieme contro la mia natura scimmiesca e che io avevo il compito più difficile.

Ma quale trionfo fu poi per lui e per me quando una sera dinanzi a una vasta cerchia di spettatori – era forse una festa, un grammofono suonava, un ufficiale si aggirava tra la gente – quando quella sera, mentre nessuno mi osservava, afferrai una bottiglia d'acquavite, lasciata distrattamente dinanzi alla mia gabbia e, tra la crescente attenzione della compagnia, la stappai secondo le regole, la portai alla bocca e senza esitare, senza smorfie, come un bevitore esperto, cogli occhi spalancati, e la gola traboccante, la tracannai tutta sino in fondo, gettandola poi via, non più come un disperato ma come un artista; dimenticai, è vero, di strisciarmi le mani sulla pancia, in compenso però, non potendo farne a meno, perché non riuscivo a frenarmi e i miei sensi erano in tumulto, gridai senz'altro: «Olà» emettendo un suono umano e penetrando così di colpo con questo grido nella comunità degli uomini; e la loro risposta: «Sentite, parla!» mi parve come un bacio su tutto il mio corpo, grondante di sudore.

Ripeto: non mi attirava tanto imitare gli uomini; lo facevo perché cercavo una via d'uscita, per nessun'altra ragione. E poi con quella vittoria avevo raggiunto ben poco. La voce mi mancò subito dopo e non ritornò che dopo alcuni mesi; la ripugnanza poi per la bottiglia d'acquavite aumentò ancora. Ma ormai, una volta per sempre, mi s'era rivelato l'orientamento da seguire.

Quando ad Amburgo fui consegnato al primo domatore, capii ben presto che due possibilità mi si offrivano: il giardino zoologico o il varietà. Non esitai. Mi dissi: cerca con tutte le tue forze di arrivare al varietà: quella è la via d'uscita; il giardino zoologico non è che una nuova gabbia: se c'entri, sei perduto.

E imparai, signori miei. Oh, s'impara quando si deve imparare; s'impara quando si vuol trovare una via d'uscita; s'impara disperatamente. Si sorveglia noi stessi con la frusta; ci si lacera le carni alla minima resistenza. La mia natura di scimmia uscì da me, fuggendo in corsa frenetica, con una capriola, tanto che il mio primo maestro divenne egli stesso quasi una scimmia e dovette abbandonare presto l'insegnamento per essere ricoverato in una casa di salute. Fortunatamente ne uscì dopo poco tempo.

Consumai però molti maestri, alcuni perfino contemporaneamente. Allorché mi sentii più sicuro delle mie facoltà, il pubblico seguiva i miei progressi e il mio avvenire si presentava luminoso, assunsi io stesso dei maestri, li disposi in cinque stanze comunicanti e imparavo da tutti insieme, passando veloce e ininterrottamente da una stanza all'altra.

Che progressi! Quale prorompere concentrico dei raggi del sapere nel cervello che si desta! Non lo nego: mi sentivo felice. Confesso però anche di non averne esagerato il valore, né allora né tanto meno oggi. Con uno sforzo, che finora non ha avuto l'uguale sulla terra, ho raggiunto il grado di cultura media di un europeo. In sé questo non sarebbe forse niente, ma diventa qualcosa in quanto mi ha aiutato a uscire dalla gabbia e procurata questa singolare via d'uscita, questa via d'uscita dell'umanità. C'è un modo di dire tedesco veramente eccellente: darsi alla macchia ossia svignarsela; io l'ho fatto, mi sono proprio dato alla macchia. Non avevo altro scampo, sempre ammesso che non c'era da scegliere la libertà.

Se do uno sguardo alla mia evoluzione e alla meta raggiunta finora, non mi lamento, né mi dichiaro soddisfatto. Con le mani in tasca, la bottiglia sulla tavola, me ne sto mezzo sdraiato e mezzo a sedere sulla mia seggiola a dondolo guardando fuori della finestra. Se vengono visite, le ricevo come si conviene. Il mio impresario è nell'anticamera; se suono, si presenta per sentire cosa ho da dirgli. La sera c'è quasi sempre spettacolo, e io ho successi, difficilmente superabili. Se a tarda notte torno a casa, dopo banchetti, riunioni scientifiche, cordiali trattenimenti con amici, una piccola scimpanzé, mezza addormentata, mi attende, e io me la spasso con lei alla maniera delle scimmie. Di giorno non la voglio vedere perché ha negli occhi lo sguardo spiritato degli animali ammaestrati; io solo me ne accorgo e non lo posso sopportare.

Nell'insieme sono comunque riuscito a ottenere quel che volevo. Non mi si dica che non ne valeva la pena. Del resto non chiedo nessun giudizio umano, non voglio che divulgare delle cognizioni, non faccio che riferire. Anche a voi, illustri signori dell'Accademia, non ho fatto che una relazione.

[frammenti per «Una relazione per un'Accademia»]

1

Tutti noi conosciamo Rotpeter come mezzo mondo lo conosce. Ma quando venne ospite nella nostra città, deliberai di conoscerlo più da vicino, di persona. Non è difficile farsi ricevere. Nelle città grandi dove tutti, raffinati, desiderano soltanto di veder respirare da vicino la celebrità, può darsi che si incontrino molti ostacoli; nella nostra città invece ci si accontenta di ammirare dal posto di platea ciò che merita di essere ammirato. Perciò, come mi disse il portiere dell'albergo, ero l'unico che avesse annunciato la sua visita. L'impresario signor Buscnau, mi ricevette con grande gentilezza. Non mi aspettavo d'incontrare un uomo così modesto, quasi timido. Stava nell'anticamera dell'appartamento di Rotpeter e mangiava una frittata. Benché fosse mattina aveva già indossato il frac della sera col quale compare alle rappresentazioni. Appena mi vide, ospite forestiero e insignificante, lui, decorato delle più alte onorificenze, il re dei domatori, dottore honoris causa delle grandi università, balzò in piedi, mi strinse le mani, mi obbligò a sedere, pulì il cucchiaio con la tovaglia e me lo offrì amichevolmente affinché mangiassi il resto della frittata. Ringraziai rifiutando ma lui non ne volle sapere e si accinse a imboccarmi. Durai fatica a calmarlo e a respingere piatto e cucchiaio. «Molto gentile di essere venuto,» disse poi con spiccato accento forestiero«veramente gentile. Ma venga all'ora giusta, poiché non sempre, non sempre purtroppo Rotpeter può ricevere, spesso gli ripugna veder gente; allora nessuno, chiunque sia, è fatto passare, persino io posso trattare con lui soltanto, dirò così, per affari, a teatro. Ma appena terminata la rappresentazione devo scomparire, lui ritorna a casa solo, si chiude nella camera e ci rimane perlopiù fino alla sera dopo. Tiene sempre in camera una grande cesta da viaggio piena di frutta, delle quali si nutre in siffatte occasioni. Ma io che non devo naturalmente lasciarlo senza sorveglianza prendo sempre in affitto l'appartamento di fronte e lo osservo stando dietro alle tendine.»

2

Quando, Rotpeter, le sto seduto di fronte, la sento parlare, bevo alla sua salute, allora veramente – lo prenda per un complimento o no, è la pura verità – dimentico che lei è uno scimpanzé. Soltanto a poco a poco, sforzandomi di tornare dal pensiero alla realtà, i suoi occhi mi dicono di chi sono ospite.

Sì.

Perché così taciturno? Mi ha appena dato giudizi così mirabilmente esatti intorno alla nostra città, e ora è così taciturno?

Taciturno?

Sta male? Devo chiamare il domatore? Forse è avvezzo a prendere un pasto a quest'ora?

No, no. D'altro canto sto bene. Posso anche dirle che

cos'era. Certe volte mi prende un tale disgusto degli uomini che quasi non so resistere al vomito. Ciò non ha naturalmente niente a che fare con l'uomo singolo, con la sua gentile presenza. È contro tutti gli uomini. E non è niente di strano: se lei per esempio dovesse vivere sempre con le scimmie, pur dominandosi avrebbe certo simili attacchi. E poi non è neanche l'odore degli uomini che mi ripugna, ma l'odore umano che ho preso io e si mescola con l'odore della mia antica patria. Scusi, fiuti anche lei! Qui sul petto. Metta il naso dentro al pelo, più addentro, dico.

Purtroppo non fiuto niente di particolare. L'odore comune di un corpo ben tenuto, nient'altro. È vero che il naso degli uomini di città non è competente. Fiuta mille cose che per noi passano via.

Una volta, signor mio, una volta. Ora non più.

Visto che lei stesso incomincia, oserò domandare: da quanto tempo vive fra di noi?

Cinque anni, il cinque agosto saranno cinque anni.

Un risultato inaudito. Deporre in cinque anni la natura scimmiesca e galoppare attraverso tutta l'evoluzione umana: in verità non l'ha fatto ancora nessuno. Lei è proprio solo in questa galoppata.

So che è molto e talvolta non mi capacito nemmeno io. Ma nei momenti di calma non giudico con tanto entusiasmo. Sa come sono stato catturato?

Ho letto tutto ciò che fu stampato sul suo conto. Le hanno sparato e poi l'hanno preso.

Sì, ho preso due colpi, uno qui nella guancia, naturalmente la ferita era molto più grande di quanto non sia ora la cicatrice, e l'altro qui sotto il fianco. Mi leverò i calzoni affinché veda anche questa cicatrice. Ecco, di qui è entrato il proiettile, fu una ferita grave e decisiva, caddi dall'albero e quando mi svegliai ero in una gabbia sotto il ponte della nave.

Nella gabbia! Sotto il ponte! Altro è leggere e altro afferrare quando lei stesso racconta.

Altro ancora quando se ne è fatta l'esperienza, caro signore. Fino allora non sapevo che cosa significasse non avere una via di scampo. Non era una gabbia con quattro lati a sbarre, ma invece tre pareti fissate a una cassa la quale formava la quarta. E tutto era così basso che non potevo stare in piedi e così stretto che non potevo nemmeno sedere. Potevo soltanto accoccolarmi con le ginocchia piegate. Nel mio furore non volevo veder nessuno, e perciò stavo rivolto verso la cassa, e così stetti con le ginocchia tremanti giorni e notti e, dietro, le sbarre mi segavano la carne. Questo modo di custodire gli animali selvatici nei primissimi tempi è considerato vantaggioso e, secondo la mia esperienza, non posso negare che lo sia veramente, per i concetti umani. Ma al concetto umano tenevo poco allora. Avevo davanti a me la cassa. Apri la parete, scavaci un buco a morsi, passa attraverso un'apertura che in realtà non lascia passare nemmeno lo sguardo e che alla prima scoperta saluti con il grido beato della stupidità. Dove vuoi andare? Dietro a quest'asse incomincia la foresta...

3

Egregio Signor Rotpeter,

ho letto la relazione, che Lei ha scritto per l'Accademia delle Scienze, con molto interessamento, anzi, col batticuore. Nessuna meraviglia, poiché sono stato il Suo primo maestro, che Lei ha ricordato con parole così gentili. Con un po' di riflessione si sarebbe forse potuto evitare di menzionare il mio soggiorno nel sanatorio, ma riconosco che la Sua relazione, nella franchezza che la distingue, non doveva sopprimere neanche quel piccolo particolare, una volta che nello scrivere le si fosse affacciato, anche se per me era un po' compromettente. Ma qui non volevo parlare di questo, altre cose mi stanno a cuore.

NELLA COLONIA PENALE

(1914)

Titolo originale: *In der Strafkolonie*
Traduzione di Rodolfo Paoli

«È una macchina curiosa» disse l'ufficiale all'esploratore, abbracciando con uno sguardo in certo senso ammirato la macchina, che pur conosceva bene. Ma l'esploratore sembrava aver ceduto soltanto per cortesia all'invito del comandante di assistere all'esecuzione capitale di un soldato condannato per insubordinazione e oltraggio al superiore. Anche nella colonia penale non c'era, evidentemente, un grande interesse per questa esecuzione nella piccola valle, profonda, sabbiosa, isolata da ogni parte da pendii scoscesi e brulli, non c'erano, almeno in quel momento, oltre all'ufficiale e all'esploratore, che il condannato, un uomo mezzo inebetito, dalla bocca larga, e i capelli e il viso in disordine, e un soldato, che teneva la pesante catena a cui facevan capo le altre più piccole che serravano il piede, i polsi e il collo del condannato, e ch'erano poi collegate tra di loro da altre catene ancora. D'altronde, il condannato aveva talmente l'aspetto di un cane sottomesso, da dare l'impressione che lo si poteva lasciar correre liberamente per i pendii e che bastava chiamarlo poi con un fischio all'inizio dell'esecuzione, perché accorresse.

L'esploratore non s'interessava molto della macchina: andava su e giù dietro al condannato, con visibile indifferenza, mentre l'ufficiale faceva gli ultimi preparativi, ora infilandosi sotto l'apparecchio profondamente incastrato nel suolo, ora salendo sopra una scala a pioli per esaminare le parti superiori. Eran lavori che si potevan anche lasciare a un meccanico. Ma l'ufficiale li eseguiva con grande zelo, sia che fosse particolarmente entusiasta di questa macchina, sia che non volesse affidare, per qualche altra ragione, a nessun altro questo lavoro. «Ecco, tutto è pronto!» esclamò finalmente, scendendo dalla scala. Era incredibilmente spossato, respirava con la bocca spalancata; due finissimi fazzoletti da donna erano fissati a forza sotto al colletto dell'uniforme. «Queste uniformi sono troppo pesanti per i tropici» disse l'esploratore invece d'informarsi, come l'ufficiale s'aspettava, della macchina. «Certo,» rispose l'ufficiale, lavandosi le mani sporche di olio e di grasso, in un secchio d'acqua già pronto «ma significano la patria; e non ce ne vogliamo dimenticare. Ma guardi dunque questa macchina» aggiunse poi subito, asciugandosi le mani con un panno e accennando contemporaneamente alla macchina. «Finora aveva bisogno di essere mossa da una mano, ma d'ora in poi funzionerà da sola.» L'esploratore accennò di sì col capo e seguì l'ufficiale. Costui cercava di premunirsi contro ogni incidente dicendo: «Naturalmente possono capitare dei guasti; spero però che oggi non ne avvengano, comunque occorre tenerne conto. La macchina deve essere in moto per dodici ore consecutive. Ma se anche capitassero dei guasti, saranno trascurabili e potranno essere subito eliminati».

«Non vuol sedersi?» chiese alla fine e da un monte di sedie di bambù ne tirò fuori una offrendola all'esploratore, che non seppe rifiutarla. Sedeva ora sull'orlo di una fossa, in cui gettò una fuggevole occhiata. Non era molto profonda. Da un lato la terra scavata era stata ammonticchiata in maniera da formare una specie di argine; dall'altro c'era la macchina. «Non so» disse l'ufficiale «se il comandante le ha già spiegato come funziona l'apparecchio.» L'esploratore fece con la mano un gesto incerto; l'ufficiale non chiedeva di meglio perché così poteva spiegarlo ora lui stesso. «Questa macchina» cominciò, afferrando una biella per appoggiarvisi sopra «è un'invenzione del precedente comandante. Io ho collaborato ai primi tentativi e ho partecipato anche a tutti i lavori fino al compimento. Il merito dell'invenzione però spetta soltanto a lui. Ha sentito parlare del nostro precedente comandante? No? Ebbene, non credo di dire troppo, se dichiaro che l'ordinamento di tutta la colonia è opera sua. Noi, i suoi amici, sapevamo già, quando morì, che l'ordinamento della colonia era talmente concluso in sé, che il suo successore, anche se avesse avuto mille progetti nuovi nella testa, non avrebbe potuto, almeno per molti anni, cambiar nulla di quel che era stato fatto. E le nostre previsioni si sono avverate; il nuovo comandante ha dovuto riconoscerlo. Peccato che lei non abbia conosciuto il vecchio comandante! Ma» s'interruppe l'ufficiale «io sto chiacchierando e la sua macchina è qui dinanzi a noi. È formata, come vede, da tre parti. Coll'andar del tempo si sono venute creando per ognuna di queste parti delle denominazioni, per così dire popolari. La parte inferiore si chiama il letto, quella superiore il disegnatore e quella di mezzo, oscillante, l'erpice.»

«L'erpice?» chiese l'esploratore. Non aveva ascoltato con troppa attenzione; il sole batteva con troppa violenza in quella valle senz'ombra; era difficile raccogliere i propri pensieri. Tanto più ammirevole gli sembrò l'ufficiale che, stretto nella sua uniforme di parata appesantita di spalline e ornata di cordoni, sosteneva con tanto zelo la sua causa e inoltre, parlando, si dava anche da fare a stringere qua e là una vite con un cacciavite. In una condizione analoga a quella dell'esploratore sembrava trovarsi il soldato. S'era avvolto ai polsi le catene del condannato e, appoggiandosi con una mano al suo fucile, se ne stava con la testa penzoloni, senza curarsi più di nulla. L'esploratore non se ne stupì, perché l'ufficiale parlava in francese e certo né il soldato né il condannato comprendevano quella lingua. Quanto più sorprendente doveva dunque apparire che il condannato si sforzasse di seguire le spiegazioni dell'ufficiale! Con una specie di tenacia insonnolita volgeva lo sguardo sempre là dove l'ufficiale via via accennava e, quando questi venne interrotto dall'esploratore con una domanda, anche lui, come l'ufficiale, guardò l'esploratore.

«Già, l'erpice,» disse l'ufficiale «il nome è appropriato. Gli aghi sono disposti a erpice e anche il movimento è complessivamente come quello di un erpice, pur se si fissa sopra uno stesso punto e più a regola d'arte. Lo capirà del resto subito. Qui, sul letto, viene steso il condannato. – Voglio prima descriver la macchina e soltanto poi procedere al suo azionamento. C'è poi un dente, nella ruota del disegnatore, troppo levigato: stride molto quando funziona; ed è così quasi impossibile intendersi; e pezzi di ricambio è molto difficile, purtroppo, procurarseli qui. – Ecco dunque, come dicevo, il letto; è completamente ricoperto da uno strato di ovatta, e la ragione la verrà a conoscere poi. Su questa ovatta viene steso bocconi il condannato, naturalmente nudo; ecco qui delle cinghie per legarlo ai piedi, alle mani e al collo. Qui, a capo del letto, dove l'uomo, come ho già detto, giace da principio col viso in giù, si trova questo piccolo tampone di feltro, che può venir regolato in maniera da entrargli proprio in bocca; ha lo scopo d'impedirgli di urlare e di mordersi la lingua. E il condannato deve per forza introdurre il feltro in bocca, altrimenti la cinghia gli spezzerebbe l'osso del collo.»

«Questa è ovatta?» domandò l'esploratore, sporgendosi in avanti. «Sì, certo,» rispose l'ufficiale sorridendo «la tocchi da sé.» Afferrò la mano dell'esploratore e la fece passare sopra il letto. «È un'ovatta preparata in modo speciale, perciò si stenta a riconoscerla; del suo scopo riparlerò più tardi.» L'esploratore s'era cominciato a interessare un poco; facendosi ombra con la mano, guardava in alto la macchina. Era una costruzione imponente. Il letto e il disegnatore avevano la stessa dimensione e sembravano due cofani scuri. Il disegnatore era fissato a circa due metri sopra il letto; erano collegati fra di loro, agli angoli, da quattro sbarre di ottone, che al sole parevano lampeggiare. Fra i due cofani era l'erpice, sospeso a un nastro d'acciaio.

L'ufficiale non aveva fatto gran caso della precedente indifferenza dell'esploratore, ma s'accorgeva ora del sorgere di un certo interesse; interruppe perciò le sue spiegazioni per lasciare all'esploratore il tempo di osservare indisturbato. Il condannato lo imitava; e, non potendosi far ombra con le mani, guardava in alto strizzando gli occhi.

«Dunque, l'uomo sta lì disteso» disse l'esploratore riappoggiandosi allo schienale della poltrona, e accavallando le gambe.

«Sì,» disse l'ufficiale, spostando un po' indietro il suo berretto e passandosi la mano sulla faccia accaldata «ora stia a sentire! Tanto il letto che il disegnatore hanno una propria batteria elettrica; al letto occorre per conto suo, al disegnatore per l'erpice. Appena il condannato è stato fermato con le cinghie, vien messo in moto il letto, che comincia a tremare in piccolissime e rapidissime scosse, tanto in senso ondulatorio quanto sussultorio contemporaneamente. Avrà visto apparecchi simili nelle case di cura; con la differenza che nel nostro letto i movimenti sono esattamente calcolati, poiché devono concordare perfettamente coi movimenti dell'erpice. E proprio a questo è affidata l'esecuzione vera e propria della condanna.»

«E qual è la condanna?» domandò l'esploratore. «Ma come, non sa neanche questo?» fece l'ufficiale stupito, e si morse le labbra. «Perdoni se le mie spiegazioni sono forse un po' disordinate; la prego di scusarmi. Prima le spiegazioni usava darle il comandante; ma quello attuale si è sottratto a quest'obbligo onorifico; ma che non metta neanche al corrente un visitatore così illustre,» – l'esploratore cercò quasi di respingere con le mani tese quell'omaggio, ma l'ufficiale insisté nella espressione – «un visitatore così illustre sulla forma in cui viene eseguita la condanna, è un'altra innovazione che...» e qui le labbra stavan per formulare una bestemmia, ma si trattenne e aggiunse soltanto: «Non ne sono stato informato e quindi non ne ho colpa. Del resto sono la persona più adatta per spiegare con qual metodo vengono eseguite le nostre condanne, poiché porto qui» e si picchiò, sul petto, sul taschino «i relativi disegni del vecchio comandante».

«Disegni del comandante?» chiese l'esploratore. «Ma dunque egli riuniva in sé tutte le qualità? Era soldato, giudice, ingegnere, chimico e disegnatore?»

«Certamente» confermò l'ufficiale, anche con la testa, con uno sguardo fisso e assorto. Poi esaminò le sue mani; non gli parvero abbastanza pulite per toccare i disegni; si avvicinò perciò al secchio e le lavò di nuovo. Poi tirò fuori una piccola borsa di cuoio e disse: «La nostra condanna non è severa: al condannato viene scritto sul corpo con l'erpice il comandamento che ha violato. A questo condannato, per esempio,» l'ufficiale accennò all'uomo «verrà scritto sul corpo: onora il tuo superiore!».

L'esploratore gettò un'occhiata di sfuggita a quell'uomo; teneva la testa china, quando l'ufficiale aveva accennato a lui e pareva aguzzare tutte le forze del suo udito per intendere qualcosa. Ma le contrazioni dei suoi labbroni, gonfi e serrati insieme, mostravano chiaramente che non riusciva a capire nulla. L'esploratore, pur avendo l'intenzione di fare diverse domande, in presenza del condannato si limitò a chiedere soltanto: «Conosce la sua condanna?». «No» rispose l'ufficiale, e voleva continuare subito le sue spiegazioni, ma l'esploratore lo interruppe: «Non conosce la propria condanna?». «No» ripeté l'ufficiale, e tacque per un istante, quasi esigesse dall'esploratore una giustificazione più precisa della sua domanda e aggiunse poi: «Sarebbe inutile comunicargliela, tanto imparerà a conoscerla sul suo corpo». L'esploratore non voleva domandare altro ma sentì lo sguardo del condannato posarsi su di lui; pareva chiedergli se approvasse davvero un simile procedimento. Perciò l'esploratore, che s'era sdraiato già nella poltrona, tornò a piegarsi in avanti e domandò ancora: «Ma saprà almeno di esser stato condannato?». «Neppure questo» rispose l'ufficiale, sorridendo all'esploratore, quasi attendesse da lui qualche altra strana confidenza. «No!» disse l'esploratore, passandosi una mano sulla fronte «allora quest'uomo non sa, neppure ora, com'è stata accolta la sua difesa?» «Non ha avuto modo di difendersi» disse l'ufficiale, guardando da una parte, quasi parlando fra sé, per non umiliare l'esploratore a raccontargli cose assolutamente ovvie. «Ma dovrà pur aver avuto modo di difendersi» disse l'esploratore, alzandosi dalla poltrona.

L'ufficiale si rese conto che la spiegazione del funzionamento della macchina rischiava d'esser ritardata per un pezzo, si avvicinò perciò all'esploratore, lo prese a braccetto, accennò con la mano al condannato che, vedendo l'attenzione di tutti così palesemente rivolta verso di lui, si irrigidì sull'attenti – anche il soldato lo tirò per la catena – e disse: «La cosa sta così. Sono stato nominato giudice qui in questa colonia penale, nonostante la mia giovane età, perché collaboravo anche col vecchio comandante in tutte le questioni penali e conosco questa macchina alla perfezione. Il principio secondo cui decido è questo: la colpevolezza è sempre fuori discussione. Altri tribunali non possono seguire questo principio, perché sono formati di più persone e hanno inoltre sopra di sé istanze superiori. Ma qui non è così, o almeno non lo era quando c'era ancora il vecchio comandante. Quello nuovo ha già dimostrato di aver voglia d'immischiarsi nel mio ufficio, finora però m'è riuscito di tenerlo a distanza, e ci riuscirò anche in seguito. Lei desiderava che le spiegassi questo caso: è semplice, come tutti gli altri. Un capitano mi ha informato ufficialmente stamani che quest'uomo, assegnatogli come attendente e che dorme davanti alla sua porta, ha dormito durante le ore di servizio. Egli infatti ha l'obbligo di alzarsi allo scoccare di ogni ora e di fare il saluto militare davanti alla porta del capitano. Non è certo un dovere gravoso, ed è necessario, perché il soldato deve essere sempre pronto, sia per far la guardia, come per il servizio. Il capitano volle assicurarsi la notte scorsa, se l'attendente faceva il suo dovere. Spalancò la sua porta alle due in punto e lo trovò tutto raggomitolato a dormire. Prese il suo scudiscio e gli dette una frustata in viso. Invece di alzarsi e chieder scusa, l'uomo afferrò per le gambe il padrone e scuotendolo gli gridò: Via quella frusta, se no ti mangio. Questa è la situazione di fatto. Il capitano è stato da me un'ora fa, io ho scritto il suo rapporto e subito vi ho accluso la sentenza. Poi ho fatto metter l'uomo in catene. È stata una cosa semplicissima. Se avessi prima fatto chiamare l'uomo per interrogarlo, non ne sarebbe nata che confusione. Avrebbe mentito, e se mi fosse riuscito a confutare le sue menzogne, le avrebbe sostituite con altre, e così via. Così invece lo tengo e non lo lascio più. È tutto chiaro ora? Ma il tempo passa, l'esecuzione doveva esser già cominciata e non ho ancora terminata la spiegazione della macchina». Costrinse l'esploratore a sedersi nella poltrona, tornò vicino alla macchina e incominciò: «Come vede, l'erpice corrisponde alla forma umana; qui c'è l'erpice per il torso, qui quelli per le gambe. Per la testa c'è soltanto questo piccolo punteruolo. Le risulta tutto chiaro?». E si chinò gentilmente verso l'esploratore, pronto a dare spiegazioni più esaurienti.

Questi guardava l'erpice con la fronte aggrottata. Le informazioni sulla procedura non l'avevano soddisfatto. Comunque occorreva non dimenticare che si trattava di una colonia penale, che si doveva quindi ricorrere a misure speciali e che era necessario procedere militarmente in tutto. Inoltre aveva qualche speranza nel nuovo comandante che, evidentemente, sebbene lentamente, aveva l'intenzione di introdurre una nuova procedura, che nella testa ristretta di quell'ufficiale non poteva naturalmente entrare. Seguendo il filo di questi ragionamenti, egli domandò: «Assisterà il comandante all'esecuzione?». «Non è certo» disse l'ufficiale, colpito spiacevolmente da quella brusca domanda, e il suo volto cordiale si contrasse: «Appunto per questo dobbiamo spicciarci. Occorrerà anzi, per quanto me ne dispiaccia, che abbrevi le mie spiegazioni. Ma potrei completare magari domani, quando la macchina sarà stata ripulita – il suo unico difetto appunto è che si sporca tanto – le spiegazioni tralasciate oggi. Mi limiterò dunque soltanto all'essenziale. Quando l'uomo è steso sul letto e questo comincia a sussultare, l'erpice viene abbassato sul corpo, e si colloca da sé in maniera da toccarlo appena con le punte; una volta fissata la posizione, questo cavo d'acciaio s'irrigidisce in modo da diventare come una sbarra. E ora comincia il gioco. Chi non è iniziato non si accorge lì per lì di qualche differenza fra pena e pena. L'erpice par lavorare sempre allo stesso modo. Vibrando trafigge con le sue punte il corpo, che vibra per conto suo nel letto. Per render possibile a tutti di controllare l'esecuzione della condanna, l'erpice è fatto di vetro. C'è stata qualche difficoltà tecnica da superare, per riuscire a fissarvi gli aghi, ma dopo molti tentativi, ci siamo riusciti. Non ci siamo davvero risparmiati delle fatiche. E ora tutti possono vedere, attraverso al vetro, come l'iscrizione venga segnata sul corpo. Non si vuol avvicinare per guardare gli aghi?».

L'esploratore s'alzò lentamente, si avvicinò e si chinò sull'erpice. «Lei vede» disse l'ufficiale «due specie di aghi disposti in varie direzioni. Ogni ago lungo ne ha uno corto accanto: quello lungo scrive e quello corto spruzza l'acqua per lavare via il sangue e mantenere così lo scritto sempre chiaro. L'acqua insanguinata viene poi avviata in piccole condutture e scorre finalmente in una grossa cannella che sbocca, per mezzo di un tubo di scarico, nella fossa.» L'ufficiale indicava col dito il preciso percorso che doveva seguire l'acqua insanguinata. Quando, per rendere la spiegazione più chiara possibile, egli fece conca con le mani all'imboccatura del tubo di scarico, quasi per raccoglier l'acqua, l'esploratore alzò la testa e, tastando dietro a sé con la mano, cercò di tornare alla sua poltrona. Si accorse allora con raccapriccio che anche il condannato aveva, come lui, seguito l'invito dell'ufficiale di osservare la disposizione dell'erpice da vicino. Era riuscito con la catena a trascinare un po' innanzi il soldato insonnolito, e s'era perfino chinato sopra il vetro. Con occhi incerti – lo si vedeva bene – cercava di vedere quel che gli altri due avevano osservato in quel momento; mancandogli però ogni spiegazione, non vi riusciva. Si chinava un po' qua e un po' là, e non finiva di percorrere con lo sguardo il vetro, in ogni senso. L'esploratore voleva tirarlo indietro, poiché probabilmente quel che faceva era passibile di punizione. Ma l'ufficiale trattenne l'esploratore con una mano e con l'altra prese una zolla di terra dall'argine e la scagliò poi verso il soldato. Questi alzò gli occhi sussultando, vide quel che il condannato aveva osato fare, lasciò cadere il fucile, puntò i piedi coi tacchi sul terreno, e tirò indietro con uno strattone il condannato, tanto da farlo cadere in terra; lo guardò poi così disteso mentre, contorcendosi, faceva tintinnare le sue catene.

«Rialzalo!» gridò l'ufficiale, perché s'accorgeva che l'esploratore veniva troppo distratto dal condannato. L'esploratore si era infatti piegato al di là dell'erpice, senza preoccuparsene menomamente, attento solo a vedere cosa succedeva al condannato.

«Trattalo con riguardo!» gridò ancora l'ufficiale. Girò intorno alla macchina, afferrò egli stesso sotto le ascelle il condannato, che sdrucciolava continuamente, per rimetterlo in piedi con l'aiuto del soldato.

«Ora so già tutto» disse l'esploratore, quando l'ufficiale tornò presso di lui. «Salvo l'essenziale» disse questi, prese l'esploratore per un braccio e gli accennò in alto: «Lassù nel disegnatore c'è il meccanismo degli ingranaggi che determina il movimento dell'erpice, e vien disposto a seconda del disegno corrispondente alla condanna. Adopro ancora i disegni del vecchio comandante. Eccoli qua,» e così dicendo trasse alcuni fogli dalla cartella di cuoio «non posso, purtroppo, darglieli in mano perché sono la cosa più preziosa che abbia. Si sieda, glieli farò vedere da questa distanza e vedrà bene tutto». Mostrò il primo foglio. L'esploratore avrebbe voluto dire volentieri qualche parola di approvazione, ma vide solo un labirinto di linee che s'incrociavano continuamente e, fitte com'erano, quasi coprivano tutto il foglio, tanto che soltanto a fatica si potevano distinguer gli spazi bianchi. «Legga» disse l'ufficiale. «Non ci riesco» rispose l'esploratore. «Eppure è chiaro!» ribatté l'ufficiale. «È fatto con molta arte,» disse l'esploratore evasivamente «ma non riesco a decifrarlo.» «Già,» osservò l'ufficiale ridendo e riponendo la cartella «non è un saggio di calligrafia per scolaretti. Occorre leggervi a lungo. Anche lei alla fine ci riuscirebbe. Naturalmente non deve essere uno scritto semplice; non deve infatti uccidere subito ma, in media, soltanto in un periodo di dodici ore; dopo sei ore, si calcola, giunge il punto culminante. Occorre dunque che lo scritto vero e proprio sia circondato da molti ghirigori, perché da solo, gira intorno al corpo in una zona sottile; il resto è destinato agli ornamenti. Riesce ora ad apprezzare il lavoro dell'erpice e di tutta la macchina? Guardi un po'!» Saltò sulla scala, manovrò una ruota, gridando in basso: «Attenzione, si tiri da parte!» e tutto l'apparecchio si mise in movimento. Se la ruota non avesse cigolato sarebbe stata una cosa magnifica. Come se fosse stato sorpreso da quella ruota che non funzionava a dovere, l'ufficiale la minacciò col pugno, allargò le braccia verso l'esploratore come per scusarsi e si affrettò poi a scendere, per osservare il funzionamento della macchina dal basso. C'era ancora qualcosa che non andava e che solo lui poteva notare; risalì per la scala e con tutte e due le mani armeggiò nell'interno del disegnatore, scivolando poi giù per far più presto, lungo una delle sbarre, invece di usar la scala e gridando per farsi intendere in quel frastuono, con grande eccitazione, nell'orecchio dell'esploratore: «Comprende ora quel che succede? L'erpice comincia a scrivere; una volta che lo scritto è stato segnato una prima volta sulla schiena dell'uomo, lo strato di ovatta si arrotola facendo girare così il corpo lentamente da una parte, per offrire all'erpice nuovo spazio. I punti piagati dalla scrittura vengono a trovarsi intanto a contatto dell'ovatta che, per la sua speciale preparazione, arresta subito l'emorragia e prepara il corpo a una più profonda incisione della scrittura. Questi denti all'orlo dell'erpice strappan poi via a ogni movimento del corpo, l'ovatta dalle ferite e la gettan nella fossa, sicché l'erpice può riprender il suo lavoro. E così, per dodici ore, scrive sempre più profondamente. Nelle prime sei ore il condannato vive quasi come prima, non sente che dolore. Dopo due ore vien levato il feltro, poiché l'uomo non ha più la forza di gridare. Qui, in questa scodella a capo del letto, scaldata elettricamente, c'è una pappa di riso caldo e l'uomo, se ne ha voglia, può mangiare quanto gli riesce di prenderne con la lingua. Nessuno si lascia sfuggir questa occasione. Non ne ho conosciuto neppur uno che non lo facesse e la mia esperienza è grande. Soltanto verso la sesta ora perde il gusto di mangiare. E allora mi metto di solito in ginocchio qui vicino per osservare il fenomeno. L'uomo inghiotte di rado l'ultimo boccone, lo rigira soltanto in bocca per sputarlo nella fossa. Mi devo chinare allora, altrimenti mi viene in faccia. Ma come si quieta l'uomo dopo la sesta ora! Al più ottuso si dischiude l'intelligenza. Comincia a diffondersi dagli occhi. È una vista che potrebbe tentare qualcuno a mettersi accanto al condannato sotto l'erpice. In fondo non succede che una cosa: l'uomo comincia a decifrare lo scritto; stringe le labbra come se stesse in ascolto. Lo ha visto lei stesso, non è facile decifrare lo scritto cogli occhi; ma il nostro uomo lo decifra con le sue ferite. È certamente una gran fatica e gli ci voglion sei ore per compierla. Ma in quel punto l'erpice lo trafigge completamente e lo getta nella fossa, dove cade con un tonfo sull'ovatta e l'acqua insanguinata. Allora la sentenza è stata eseguita e noi, io e il soldato, lo sotterriamo».

L'esploratore aveva chinato l'orecchio verso l'ufficiale e guardava, con le mani nelle tasche della giacca, il lavoro della macchina. Anche il condannato la osservava ma senza capire. S'era chinato un poco per seguire l'oscillare degli aghi, quando il soldato, a un cenno dell'ufficiale, gli tagliò di dietro con un coltello camicia e pantaloni, che, naturalmente, caddero ai suoi piedi. Il condannato tentò di afferrare la roba, per coprirsi, ma il soldato lo sollevò per aria scuotendogli gli ultimi panni di dosso. L'ufficiale fermò la macchina e nel silenzio che subentrò il condannato fu disteso sotto l'erpice. Vennero levate le catene e al loro posto strette le cinghie; per il condannato questo parve costituire in un primo momento quasi un sollievo. Poi l'erpice si abbassò ancora un poco, poiché si trattava di un uomo magro. Quando venne sfiorato dalle punte, la sua pelle fu percorsa da un brivido; mentre il soldato si occupava della sua mano destra, egli allungò la sinistra senza sapere in che senso; ma era in direzione dell'esploratore. L'ufficiale osservava quest'ultimo ininterrottamente con la coda dell'occhio, come per leggergli in viso l'impressione che gli faceva l'esecuzione, ora ch'egli l'aveva spiegata almeno sommariamente.

La cinghia destinata al polso si strappò; probabilmente il soldato l'aveva stretta troppo; toccava all'ufficiale rimediarvi; il soldato gli mostrò la cinghia rotta. Quegli infatti gli si avvicinò e, volgendo il viso verso l'esploratore, disse: «La macchina è molto complicata, qua e là c'è sempre qualcosa che si strappa o si rompe; ma questo non deve turbare il nostro giudizio complessivo. Quanto alla cinghia, c'è subito da sostituirla, e precisamente con una catena; purtroppo la leggerezza delle oscillazioni, per quel che riguarda il braccio destro, verrà a soffrirne». E mentre fissava le catene aggiunse: «I mezzi per la manutenzione della macchina sono ora molto limitati. Sotto il vecchio comandante c'era in fondo tutto a mia disposizione, destinato soltanto a questo scopo. C'era poi un magazzino in cui si teneva pronto qualsiasi pezzo di ricambio necessario. Confesso che ne facevo quasi spreco; prima s'intende, non ora, come invece sostiene il nuovo comandante, che si serve d'ogni pretesto per combattere le vecchie istituzioni. Egli amministra ora personalmente i fondi destinati alla macchina e se mando a chiedere una cinghia vuole quella rotta come prova; quella nuova arriva poi dopo dieci giorni, ma è di qualità inferiore e serve a poco. Di come possa far funzionare nel frattempo la macchina senza cinghie, nessuno si preoccupa».

L'esploratore intanto rifletteva: è sempre rischioso intervenire in maniera decisiva negli affari di un paese straniero. Non era né cittadino della colonia penale, né dello Stato a cui questa apparteneva. Se avesse condannato o addirittura fatto sospendere questa esecuzione, gli si poteva dire: sei uno straniero, chetati. E a ciò non avrebbe potuto replicar nulla, ma aggiungere soltanto che in questa circostanza non comprendeva nemmeno se stesso, poiché viaggiava solo allo scopo di vedere, e davvero non per cambiare le istituzioni giudiziarie di altri paesi. Certo in questo caso la situazione poteva indurre facilmente in tentazione. L'ingiustizia della procedura e l'atrocità dell'esecuzione erano indiscutibili. Nessuno avrebbe potuto supporre un qualche interesse personale nell'esploratore, poiché il condannato gli era sconosciuto, non era neanche un suo connazionale e neppure un tipo da suscitare compassione. L'esploratore stesso aveva raccomandazioni molto autorevoli, era stato accolto con grande cortesia e l'invito ad assistere all'esecuzione pareva contenere anzi una tacita richiesta di un giudizio in proposito. Questo era tanto più verosimile, in quanto il comandante, come aveva inteso anche troppo chiaramente, non era un sostenitore di questo modo di procedere e anzi aveva assunto un atteggiamento quasi ostile verso l'ufficiale.

Ma in quel momento l'esploratore udì un grido di rabbia dell'ufficiale, che aveva appena introdotto, non senza fatica, il tampone di feltro in bocca al condannato; ma questi, preso da un irresistibile urto di vomito, aveva chiuso gli occhi e dato di stomaco. L'ufficiale lo sollevò in furia dal tampone cercando con uno strattone di girar la testa verso la fossa; ma era troppo tardi, il vomito colava giù lungo la macchina. «È tutta colpa del comandante!» gridò l'ufficiale scuotendo come un ossesso le sbarre d'ottone che aveva dinanzi «la macchina mi s'insudicia come una stalla!» E mostrava con le mani tremanti all'esploratore quel ch'era successo. «Per ore intere ho cercato di far capire al comandante che fin dal giorno prima dell'esecuzione non si deve dar più da mangiare al condannato. Ma la nuova tendenza umanitaria impone nuove abitudini. Le signore del comandante rimpinzano il condannato, prima che venga portato via, di dolciumi. Per tutta la sua vita s'è nutrito solo di pesce puzzolente, e ora ha da mangiare dolciumi! Ma anche questo sarebbe ammissibile, e non avrei nulla da obiettare; perché però non si procura un nuovo feltro, come l'ho richiesto da tre mesi? Com'è possibile mettere in bocca senza ripugnanza, un feltro ch'è stato succhiato e morso da più di cento uomini in agonia?»

Il condannato aveva chinato il capo e sembrava tranquillo; il soldato era occupato a pulire la macchina con la camicia del condannato. L'ufficiale s'avvicinò all'esploratore che, come per un presentimento, fece un passo indietro; ma l'ufficiale lo prese per la mano e lo tirò da una parte. «Voglio dirle due parole in confidenza,» disse «me lo permette?» «Certo» rispose l'esploratore e con gli occhi bassi si mise ad ascoltarlo.

«Questa procedura e questa forma di esecuzione, che lei ha adesso occasione di ammirare, non ha ora più, nella nostra colonia, nessun aperto sostenitore. Io sono l'unico ormai a difendere insieme a essa l'eredità del vecchio comandante. A un ulteriore sviluppo della procedura non posso pensare, consumo tutte le mie forze per mantenere in vita quel che esiste. Quando viveva il vecchio comandante, la colonia era piena di suoi seguaci; in parte posseggo anch'io la sua forza di persuasione, ma mi manca tutta la sua autorità; perciò i seguaci si sono rintanati, ce ne sono ancora molti, ma nessuno lo ammette. Se lei, oggi, e cioè in un giorno d'esecuzione, va nella sala da tè ad ascoltare un po' di chiacchiere, sentirà forse soltanto discorsi ambigui. Sono tutti antichi sostenitori, ma sotto l'attuale comandante e dato il suo punto di vista, non mi servono a nulla. E ora io le domando: un'opera simile» e accennava alla macchina «frutto d'una vita intera, è mai possibile che debba andar perduta per colpa di questo comandante e delle signore, che lo dominano? Si può permetter ciò, anche se si viene, come forestiero, solo per pochi giorni nella nostra isola? Ma non c'è tempo da perdere; si sta tramando qualcosa contro la mia competenza giudiziaria; al comando si stanno tenendo già delle riunioni, a cui non vengo invitato; perfino la sua visita qui oggi mi sembra segnare il punto della situazione; sono vili e perciò mandano avanti lei, un estraneo. Com'era diversa un tempo l'esecuzione! Già un giorno prima tutta la valle era gremita di gente; tutti venivano soltanto per vedere; la mattina presto compariva il comandante con le signore; delle fanfare svegliavano tutto l'accampamento; io annunciavo solennemente che tutto era pronto; la brigata – nessun alto funzionario doveva mancare – si disponeva intorno alla macchina; questo mucchio di poltrone di vimini sono un misero rimasuglio di quei tempi. La macchina scintillava, tutta pulita di fresco; quasi per ogni esecuzione prendevo nuovi pezzi di ricambio. Sotto centinaia d'occhi – tutti gli spettatori stavano sulla punta dei piedi, fin sulle alture – il condannato veniva steso sotto l'erpice, dal comandante stesso. Quel che ora è concesso a un semplice soldato, era allora compito mio, come presidente del tribunale, e me ne sentivo onorato. Poi cominciava l'esecuzione! Nessun rumore turbava il lavoro della macchina. Alcuni non stavano neppur più a guardare, ma si sdraiavano nella sabbia cogli occhi chiusi; tutti sapevano: ora vien fatta giustizia. Nel gran silenzio si udivan solo i sospiri del condannato, attutiti dal feltro. Oggi la macchina non riesce più a strappare al condannato un gemito più forte di quel che il feltro non possa soffocare; allora invece dagli aghi che scrivevano stillava un liquido acido, che oggi non è permesso più di usare. Ed ecco la sesta ora! Era impossibile esaudire le richieste di tutti quelli che volevano vedere da vicino! Il comandante, nella sua saggezza, disponeva che si avesse prima di tutto riguardo ai bambini; io poi, grazie al mio ufficio, c'ero sempre e spesso mi accoccolavo là con due bimbi a destra e due a sinistra in collo. Come tutti noi si coglieva l'espressione della trasfigurazione in quel volto martoriato, e come si protendevano le nostre guance nel riverbero di quella giustizia finalmente raggiunta e già quasi svanita! Che tempi, camerata!»

L'ufficiale aveva evidentemente dimenticato chi gli stava dinanzi; aveva abbracciato l'esploratore posandogli il capo sopra una spalla. Quest'ultimo si trovava in grande imbarazzo; guardava con impazienza al di sopra dell'ufficiale. Il soldato aveva finito intanto di far pulizia e da una gavetta stava versando una pappa di riso nella scodella. Appena il condannato, che pareva essersi completamente rimesso, se ne accorse cominciò ad allungar la lingua verso la pappa. Il soldato continuava sempre a respingerlo, poiché quella poltiglia era destinata per più tardi, ma era comunque sconveniente che egli vi ficcasse le sue manacce sudice e se la mangiasse, proprio davanti agli occhi avidi del condannato.

L'ufficiale si riprese subito. «Non era davvero mia intenzione commuoverla,» disse «lo so, è impossibile render comprensibili oggi quei tempi. Del resto la macchina funziona ancora e agisce per conto suo. E questo lo fa anche se è rimasta sola in questa valle. E il cadavere finisce per cadere, nella fossa, descrivendo pur sempre una curva indescrivibilmente dolce, anche se intorno non si accalcano, come prima, centinaia di spettatori, fitti come le mosche. Fu necessario, allora, levare intorno alla fossa una robusta ringhiera, ma è già un pezzo ch'è stata strappata via.»

L'esploratore tentava di nascondere il suo viso all'ufficiale e si guardava intorno distratto. L'ufficiale credette che egli osservasse lo squallore della valle; afferrò perciò le sue mani, gli girò intorno per incontrare il suo sguardo e disse: «Si rende conto, vero, di quest'ignominia?».

Ma l'esploratore taceva. L'ufficiale per un poco lo lasciò in pace; a gambe larghe, con le mani sui fianchi, se ne stette fermo, guardando la terra. Poi sorrise all'esploratore, come per incoraggiarlo, dicendo: «Ieri mi trovavo vicino a lei, quando il comandante la invitò. Ho sentito come l'invitava. Conosco il comandante; così compresi subito lo scopo di quell'invito. Per quanto il suo potere sia abbastanza grande da permettergli di procedere contro di me, pure ancora non ne ha il coraggio, ma vuol espormi al suo giudizio, al giudizio di uno straniero autorevole. Egli calcola con assoluta esattezza: è il secondo giorno che lei si trova nell'isola; non ha conosciuto il vecchio comandante, né il suo modo di pensare; legato ai pregiudizi della cultura europea, è forse per principio ostile alla pena di morte in generale e a una forma di esecuzione capitale meccanizzata in particolare, inoltre ha potuto vedere come l'esecuzione si svolga senza partecipazione di pubblico, malinconicamente, con una macchina già un po' logora – non sarebbe perciò più che possibile (così pensa il comandante), tenuto conto di tutto ciò, che lei non ritenesse giusta la mia procedura? E se tale non la ritenesse (parlo sempre seguendo il pensiero del comandante), non lo passerà sotto silenzio, perché confiderà naturalmente nella sua ormai ben provata esperienza. Lei certo ha notato e imparato a rispettare molte caratteristiche di molti popoli, perciò non si pronuncerà probabilmente contro questa procedura con tutto l'impegno che ci metterebbe, forse, se si trovasse in patria. Ma il comandante non pretende tanto. Gli basta una parola buttata lì come per caso, una parola incauta soltanto. E non importa che risponda pienamente alle sue convinzioni, basta che in apparenza venga incontro ai desideri del comandante. Ch'egli la interrogherà con grande astuzia, ne sono più che sicuro. E le sue signore se ne staranno sedute intorno drizzando le orecchie. Lei dirà all'incirca: Da noi la procedura è diversa, o, Da noi s'interroga l'imputato prima di pronunciare la sentenza, o, Da noi ci sono anche altre condanne oltre la pena di morte, oppure, Da noi le torture si usavano solo nel Medioevo. Sono tutte osservazioni che a lei sembrano tanto giuste quanto naturali, osservazioni innocue, che non toccano la mia procedura. Ma come le accoglierà il comandante? Mi par di vederlo, il buon comandante, scostar subito la sedia per precipitarsi al balcone mentre le sue signore gli corron dietro; mi par di sentir la sua voce – le signore la chiamano una voce tonante –

ed ecco quel che dice: Un grande studioso occidentale chiamato a esaminare le procedure giudiziarie in tutti i paesi, ha detto or ora che la nostra procedura, che segue ancora le antiche usanze, è inumana. Dopo un simile giudizio di una personalità così autorevole, non mi è naturalmente più possibile tollerare questa procedura. Da oggi ordino dunque... ecc. ecc. Lei vuole intervenire, dichiarare di non aver detto quello ch'egli ha proclamato, di non aver chiamato inumana la mia procedura; che al contrario, per sua matura convinzione, la ritiene la più umana e più degnamente umana; che ammira anche questo meccanismo, ma è troppo tardi; lei non riesce neppure ad arrivar sino al balcone, ch'è già gremito di signore; vuol farsi notare; vuol gridare; ma una mano femminile le tura la bocca, e io e l'opera del vecchio comandante siamo perduti».

L'esploratore dovette reprimere un sorriso; così facile era dunque il compito ch'egli aveva ritenuto tanto arduo! Disse evasivamente: «Lei sopravvaluta il mio influsso; il comandante ha letto la mia commendatizia e sa che non sono esperto di procedure giudiziarie. Se dovessi esprimere una opinione, sarebbe quella di un privato, che varrebbe solo quanto quella di qualsiasi altro, e comunque molto meno di quella del comandante, che gode in questa colonia penale, come credo di sapere, diritti molto estesi. Se la sua opinione su questa procedura è già così chiara, come lei pensa, temo allora che sia suonata davvero la fine di questa procedura, senza che occorra più il mio modesto aiuto».

Lo capiva già l'ufficiale? No, non ancora. Scosse vivamente la testa buttando un rapido sguardo verso il condannato e il soldato, che sussultarono e smisero di mangiare il riso, poi si fece molto vicino all'esploratore e, senza guardarlo in viso ma fissando un punto qualunque della sua giacca, disse a voce più bassa di prima: «Lei non conosce il comandante; lei si trova dinanzi a lui e a noi tutti, perdoni l'espressione, come disarmato; il suo influsso, mi creda, non può esser valutato mai troppo. Fui più che felice, quando seppi che lei solo sarebbe stato presente all'esecuzione. Questa disposizione del comandante doveva colpire me, io invece la volgo a mio favore. Senza venir sviato da false insinuazioni e sguardi sprezzanti – che non si possono evitare quando all'esecuzione partecipa un pubblico più numeroso – lei ha potuto ascoltare le mie spiegazioni, ha visto la macchina ed è in procinto di assistere all'esecuzione. Il suo giudizio è certamente già determinato; se però esistesse ancora qualche piccolo dubbio, lo spettacolo dell'esecuzione lo dissiperà. E ora ho da rivolgerle questa preghiera: mi aiuti di fronte al comandante!».

L'esploratore non lo lasciò continuare: «E come lo potrei?» esclamò. «È proprio impossibile. Io non posso né esserle utile né danneggiarla.»

«Ma sì che può!» disse l'ufficiale. Con una certa preoccupazione l'esploratore notò che l'ufficiale stringeva i pugni. «Lei lo può» ripeté con maggiore insistenza l'ufficiale. «Ho escogitato un piano che deve riuscire. Lei pensa che il suo influsso non sia sufficiente. Io so invece che basta. Ma anche ammettendo che lei abbia ragione non è forse necessario per mantenere questa procedura, tentare tutto, anche quel che potrebbe sembrare insufficiente? Stia dunque a sentire il mio piano. Per attuarlo occorre anzitutto che lei oggi nella colonia sia molto riservato nell'esprimere un giudizio sulla procedura. Se non la si interroga direttamente, non manifesti in nessun modo il suo parere; se parla però deve esser conciso e vago; si deve notare che le costa fatica parlar in proposito: che lei è amareggiato; che se dovesse parlare apertamente, darebbe addirittura in escandescenze. Non pretendo però che lei mentisca; no davvero, non ha che da rispondere brevemente, per esempio: Sì, ho assistito all'esecuzione, oppure, Sì, sono stato a sentire tutte le spiegazioni. Soltanto questo, nient'altro. E la amarezza che le si deve leggere in viso, è più che giustificata, anche se non nel senso sperato dal comandante. E naturalmente egli non se ne renderà menomamente conto e la interpreterà in suo favore. Sopra di ciò si fonda il mio piano. Domani avrà luogo alla sede del comando una grande seduta di tutti i più alti funzionari dell'amministrazione, sotto la presidenza del comandante. Egli ha saputo fare di queste sedute, naturalmente, una specie di spettacolo. È stata costruita apposta una galleria, ch'è sempre affollata di spettatori. Sono costretto a partecipare a queste sedute anche se la ripugnanza mi afferra. Certamente anche lei sarà invitato a questa seduta; se lei oggi si attiene al mio piano, questo invito diventerà una insistente preghiera. Ma se, per una ragione qualsiasi, che non so immaginare, lei non fosse invitato, occorre allora che lei solleciti l'invito e, senza alcun dubbio, lo otterrà subito. Ed eccola seduto domani insieme alle signore, nel palco del comandante. Egli si assicura, guardando più volte in alto, che lei è presente. Dopo altri argomenti indifferenti e ridicoli, calcolati solo per compiacere il pubblico – di solito si tratta di costruzioni portuali, sempre le solite costruzioni portuali! – si viene a parlare anche della procedura giudiziaria. Se per caso il comandante non si decidesse o tardasse a farlo, penserei io a ricordarglielo. Mi alzerò e darò l'annuncio della odierna esecuzione. Saranno poche parole, solo un rapporto; veramente non è di prammatica, ma io lo farò lo stesso. Il comandante mi ringrazierà come sempre, con un sorriso amichevole, e ora non potrà fare a meno di cogliere una occasione così propizia. È stato dato or ora, dirà all'incirca, l'annuncio dell'avvenuta esecuzione. A questo proposito vorrei soltanto aggiungere che proprio a questa esecuzione ha assistito il grande esploratore, e tutti sanno già che la sua visita costituisce un grande onore per la nostra colonia. E anche la seduta odierna acquista, per la sua presenza, una importanza molto maggiore del consueto. Non vogliamo dunque chiedere a questo grande studioso come egli giudichi l'esecuzione fatta secondo le antiche consuetudini, e la procedura che la precede? Naturalmente tutti applaudono, tutti assentono, io più degli altri. Il comandante s'inchina a lei dicendo: Le rivolgo dunque, a nome di tutti, questa domanda. Allora vien lei al parapetto. Vi appoggi le mani in maniera che siano visibili a tutti, altrimenti le signore se ne impadroniranno per trastullarsi con le sue dita. E si ode finalmente la sua parola. Non so come farò a sopportare la tensione di tutte le ore che precederanno quel momento. Non si ponga nessun freno nel discorso, gridi ai quattro venti la verità, si sporga dal parapetto, urli, ma sì, urli in faccia al comandante il suo parere, il suo irremovibile parere. Ma forse lei questo non lo vuol fare, non corrisponde forse al suo carattere; nel suo paese ci si comporta forse in altro modo in casi simili; anche questo è giusto, anche questo basterà pienamente, non occorre neanche che lei si alzi, dica solo due parole, le mormori anzi, in modo che soltanto i funzionari sotto di lei le intendano: basta. Non importa che sia lei a criticare la poca partecipazione all'esecuzione, a parlar della ruota che cigola, della cinghia spezzata, del feltro schifoso, no, al resto penserò io e, mi creda, se il mio discorso non caccerà fuori della sala il comandante, lo costringerò a mettersi in ginocchio e a confessare: Vecchio comandante, m'inchino dinanzi a te. – Ecco il mio piano; mi vorrà lei aiutare a metterlo in pratica? Ma certo che vuole, anzi, lo deve.» E l'ufficiale afferrò l'esploratore per le braccia e lo fissò in volto, ansimando forte. Le ultime frasi le aveva gridate con tanta forza che perfino il soldato e il condannato s'eran fatti attenti; per quanto non riuscissero a capir niente, avevan smesso di mangiare e, masticando, guardavano l'esploratore.

La risposta da dare era, per quest'ultimo, fin dall'inizio, indubbia: nella sua vita aveva accumulato sin troppe esperienze per esitare in quel punto; in fondo era un uomo onesto e coraggioso. Tuttavia, vedendo il soldato e il condannato, esitò per un istante. Ma alla fine disse quel che doveva dire: «No». L'ufficiale batté più volte gli occhi, ma non distolse da lui lo sguardo. «Desidera una spiegazione?» chiese l'esploratore. L'ufficiale accennò in silenzio di sì. «Sono un avversario di questa procedura» disse allora l'esploratore «ancor prima che lei mi concedesse la sua fiducia – e di questa fiducia, naturalmente, non abuserò in nessun modo – avevo già riflettuto se avevo il diritto di intervenire contro questa procedura e se il mio intervento poteva avere una pur modesta possibilità di successo. A chi mi dovessi rivolgere per primo in questo caso era chiaro: al comandante, naturalmente. Lei me ne ha convinto ancor più, senza per questo aver rafforzato la mia decisione, al contrario, la sua onesta convinzione mi commuove, anche se non può farmi accettare un'opinione errata.»

L'ufficiale continuò a tacere, si rivolse verso la macchina, afferrò una delle sbarre d'ottone e, rovesciandosi un po' indietro, guardò in su verso il disegnatore, come per verificare se tutto fosse in ordine. Il soldato e il condannato sembravano esser diventati amici: il condannato faceva dei cenni al soldato, per quanto gli riuscisse molto difficile, stretto com'era dalle cinghie; il soldato si chinò verso di lui; l'altro gli sussurrò qualcosa e il soldato accennò di sì con la testa.

L'esploratore andò dietro all'ufficiale e gli disse: «Lei non sa ancora cosa voglio fare. Dirò, è vero, al comandante la mia opinione sulla procedura, ma non durante una seduta, bensì a quattr'occhi; né, del resto, resterei qui tanto da poter venir invitato a una qualsiasi seduta; partirò, o almeno m'imbarcherò già domattina presto».

Non sembrava neanche che l'ufficiale lo avesse sentito. «La procedura non l'ha dunque convinto» disse, tra sé, sorridendo come può sorridere un vecchio delle sciocchezze di un bambino, seguendo però, nonostante il sorriso, il filo del suo pensiero. «Allora è tempo» disse infine e d'improvviso guardò l'esploratore con occhi luminosi, che contenevano una specie d'invito, di invocazione a una partecipazione.

«Per che cosa è tempo?» domandò l'esploratore inquieto, ma non ebbe risposta.

«Sei libero» disse l'ufficiale al condannato, parlando nella lingua di lui. Questi stentava a crederlo. «Sei libero, ti dico» ripeté l'ufficiale. Per la prima volta il viso del condannato cominciò ad animarsi. Ma era proprio vero? Oppure era soltanto un capriccio dell'ufficiale? L'esploratore straniero aveva forse ottenuto la sua grazia? Che c'era? Questo sembrava chiedere il suo volto. Non per molto tempo. Comunque fosse, egli voleva ormai, se gli era permesso, esser davvero libero, e cominciò così a dimenarsi, per quanto glielo consentiva l'erpice.

«Tu strappi le cinghie,» gridò l'ufficiale «stai tranquillo! Le scioglieremo subito.» E facendo cenno al soldato d'aiutarlo, si mise al lavoro. Il condannato rideva piano, senza proferir parola, fra sé, volgendo ora il viso a sinistra verso l'ufficiale, ora a destra verso il soldato, e senza dimenticar l'esploratore.

«Tiralo fuori!» comandò l'ufficiale al soldato. Per farlo, occorreva una certa cautela, a causa dell'erpice. Il condannato s'era già fatto, per la sua impazienza, delle piccole scalfitture sulla schiena.

Da quel momento l'ufficiale non si occupò quasi più di lui. Si avvicinò all'esploratore, tirò fuori ancora una volta la piccola borsa di cuoio, vi sfogliò dentro, trovò alla fine il foglio che cercava e lo mostrò all'esploratore. «Legga» disse. «Non ci riesco,» rispose l'esploratore «ho già detto che non riesco a leggere in questi fogli.» «Ma li guardi almeno attentamente!» replicò l'ufficiale, accostandosi ancor più all'esploratore, per leggere insieme a lui. Quando anche questo non servì a nulla, egli cominciò a passare il dito mignolo sulla carta, ben alto sopra il foglio, quasi non dovesse per nessuna ragione esser toccato, per facilitare così all'esploratore la lettura. Questi si dette molta pena, per compiacere almeno in questo l'ufficiale, ma non ci riuscì. Allora l'ufficiale cominciò a sillabare lo scritto, rileggendolo poi tutto: «*Sii giusto!* c'è scritto» disse «ora almeno riuscirà a leggerlo». L'esploratore si chinò tanto sopra il foglio, che l'ufficiale, per timore che lo sfiorasse, lo allontanò; l'esploratore non disse ormai più nulla, ma era chiaro che neanche questa volta era riuscito a leggere. «*Sii giusto!* c'è scritto» ripeté l'ufficiale, almeno in parte soddisfatto, e salì, col foglio in mano, sulla scala; lo stese poi con molta cura nel disegnatore e cambiò poi apparentemente tutto il meccanismo; fu un lavoro molto faticoso, e doveva anche trattarsi di ruote piccolissime, perché a volte la testa dell'ufficiale scompariva tutta nel disegnatore, tanta era la cura con cui doveva esaminare il meccanismo degli ingranaggi.

L'esploratore seguiva di sotto questo lavoro, ininterrottamente, tanto che il collo gli si irrigidì e gli occhi gli dolevano abbacinati dal cielo inondato di luce. Il soldato e il condannato non si occupavano che di se stessi. La camicia e i pantaloni del condannato, che eran giù nella fossa, vennero tirati fuori dal soldato con la punta della baionetta. La camicia era terribilmente sporca e il condannato la lavò nel secchio d'acqua. Quando poi indossò camicia e pantaloni, tutti e due scoppiarono in una risata, perché eran tagliati dietro da cima a fondo. Il condannato credeva forse d'aver l'obbligo di divertire il soldato: gli si mise a girar dinanzi con quel vestito tagliato, e il soldato, accoccolato per terra, si batteva le mani sulle ginocchia ridendo. Comunque si tratteneva ancora, per riguardo ai presenti.

Quando finalmente ebbe terminato il suo lavoro lassù, l'ufficiale abbracciò un'ultima volta con un'occhiata sorridendo la macchina intera, in tutte le sue parti, chiuse poi il coperchio del disegnatore, che fino allora era rimasto sempre alzato, scese, guardò la fossa e poi il condannato, notò soddisfatto che questi aveva ripreso i suoi indumenti, si volse poi verso il secchio d'acqua per lavarsi le mani, ma s'accorse troppo tardi che l'acqua era disgustosamente insudiciata; si rattristò di non potersi più lavar le mani, ma alla fine le immerse nella sabbia – questo surrogato non lo soddisfece, ma dovette adattarsi – poi si rialzò e cominciò a sbottonarsi l'uniforme. Così gli capitarono subito tra le mani i due fazzolettini da signora, che s'era messo nel colletto. «Eccoti i tuoi fazzoletti» disse buttandoli al condannato. E all'esploratore poi spiegò: «Regali delle signore».

Nonostante la fretta evidente con cui si tolse la giacca dell'uniforme per poi spogliarsi completamente, pure trattava ogni indumento con gran riguardo, passando perfino la mano sugli alamari d'argento della sua tunica e rimettendo a posto con una leggera scossa una nappa. Questa cura poco s'accordava col fatto che, appena finito di sistemare un oggetto subito egli lo scaraventasse, con un gesto sdegnoso, nella fossa. L'ultimo arnese che gli rimase tra le mani fu la sua corta daga, con la cinghia di sostegno. La tirò fuori dal fodero, la spezzò, poi raccolse tutti insieme i pezzi della daga, il fodero e la cinghia, e li gettò via così violentemente che giù nella fossa risuonarono cozzando l'uno contro l'altro.

Ormai era lì nudo. L'esploratore si morse le labbra e tacque: sapeva già quel che sarebbe avvenuto, ma non si credeva in diritto di trattenere in qualche modo l'ufficiale. Se la procedura penale, alla quale l'ufficiale teneva tanto, era davvero così prossima a esser soppressa, probabilmente per l'intervento dell'esploratore, intervento a cui questi dal canto suo, si sentiva impegnato, allora l'ufficiale agiva con perfetta coerenza, e l'esploratore, al posto suo, non avrebbe agito altrimenti.

Il soldato e il condannato da principio non capiron nulla; non stavano nemmeno a guardare. Il condannato era molto contento di aver riavuto i fazzoletti, ma non poté rallegrarsene a lungo, poiché il soldato glieli prese con una mossa rapida e imprevedibile. Il condannato cercò di riprenderglieli sotto al cinturone, dove il soldato li aveva messi, ma questi stava in guardia. E così se li disputavano, un po' scherzando, un po' sul serio. Si fecero attenti soltanto quando l'ufficiale rimase tutto nudo. Il condannato, particolarmente, sembrò colpito come dal presentimento di un gran rivolgimento. Quel che era accaduto a lui capitava ora all'ufficiale. E forse questa volta si sarebbe andati fino in fondo. Probabilmente era stato l'esploratore a dare quell'ordine. Era dunque una vendetta. Pur senza aver sofferto sino all'estremo limite veniva ora vendicato sino in fondo. Un riso largo e silenzioso si affacciò da quel momento sul suo volto e non vi scomparve più.

L'ufficiale si era intanto rivolto alla macchina. Se già prima era risultato evidente che la conosceva bene, ora c'era da rimanere quasi stupefatti a vedere come la maneggiava e come questa gli ubbidiva. Aveva appena avvicinato la mano all'erpice che questo si sollevò e si riabbassò più volte, sino a trovare la posizione giusta per accoglierlo; aveva appena toccato l'orlo del letto che già questo si mise a sussultare; il tampone di feltro s'accostò alla sua bocca, si vedeva che l'ufficiale non lo voleva, ma l'esitazione durò solo un istante e subito dopo si rassegnò e lo mise in bocca. Tutto era pronto, solo le cinghie pendevano ancora ai lati, ma evidentemente non erano necessarie, non c'era bisogno di legare l'ufficiale. Ma ecco che il condannato notò le cinghie sciolte; a parer suo l'esecuzione non sarebbe stata completa se non fossero state affibbiate; fece perciò un energico cenno al soldato ed entrambi accorsero a legare l'ufficiale. Questi aveva già allungato un piede per dare una spinta alla manovella che metteva in moto il disegnatore; vedendo avvicinarsi i due ritrasse il piede indietro e si fece legare. Così però non poteva più arrivare alla manovella; né il soldato né il condannato sarebbero riusciti a trovarla e l'esploratore era deciso a non muoversi. Ma non fu necessario: appena le cinghie furono affibbiate, la macchina si mise in moto da sé; il letto sussultava, gli aghi danzavano sulla pelle, l'erpice oscillava su e giù. Già da qualche tempo l'esploratore stava a guardare con gli occhi sbarrati quando si rammentò che una ruota del disegnatore avrebbe dovuto stridere; ma tutto procedeva in silenzio, non si udiva nemmeno il più tenue ronzio.

Con questo lavorio silenzioso la macchina distrasse completamente ogni attenzione da sé. L'esploratore guardò di fronte a sé il soldato e il condannato. Quest'ultimo era il più vivace, s'interessava di ogni particolarità della macchina, ora si chinava ora allungava il collo, coll'indice sempre teso per mostrar qualcosa al soldato. All'esploratore questo era penoso. S'era proposto di rimanere lì fino alla fine, ma non sarebbe riuscito a sopportare a lungo la vista di quei due. «Andate a casa» disse. Il soldato forse sarebbe stato disposto a ubbidire, ma al condannato quest'ordine fece l'effetto di un castigo. Implorava a mani giunte di lasciarlo stare lì e siccome l'esploratore non voleva cedere e tentennava il capo in segno di diniego, si mise perfino in ginocchio. L'esploratore si rese conto che gli ordini in questo caso non sarebbero serviti a nulla, stava per andare dall'altra parte della macchina per mandar via i due, quando su in alto, nel disegnatore, sentì un rumore; alzò gli occhi: dunque uno degli ingranaggi disturbava ancora? No, c'era qualcos'altro. Il coperchio del disegnatore si sollevò lentamente e si spalancò poi tutto; i denti di una ruota si affacciarono e si sollevarono; presto comparve la ruota stessa; pareva che una immensa forza comprimesse il disegnatore in modo da non lasciar più posto per la ruota che, girando su di sé fino all'orlo del disegnatore, cadde giù, ruzzolò un po' sulla sabbia e poi vi si adagiò. Ma già in alto spuntava un'altra ruota e poi molte altre dietro a lei, grandi, piccole, appena visibili, e tutte facevano la stessa fine; veniva sempre da credere che il disegnatore si fosse vuotato, ma ecco un nuovo ancor più numeroso gruppo di ruote che si sollevavano, cadevano, ruzzolavano e poi si adagiavano nella sabbia. Dinanzi a questo spettacolo il condannato dimenticò completamente l'ordine dell'esploratore, le ruote dentate lo entusiasmavano; cercava sempre di afferrarne una, incitava nello stesso istante il soldato ad aiutarlo, ma poi ritirava subito la mano, impaurito, poiché a una ruota seguiva subito un'altra, che, almeno quando si metteva a rotolare, lo spaventava.

L'esploratore invece era molto inquieto; la macchina evidentemente andava in pezzi; il suo andamento regolare all'inizio era stato un inganno; egli ebbe la sensazione di doversi occupare ora dell'ufficiale, poiché questi non poteva più pensare a sé. La caduta delle ruote aveva assorbito tutta la sua attenzione tanto da fargli trascurare di osservare le altre parti della macchina; ora, dopo che l'ultima ruota fu caduta dal disegnatore, chinandosi sopra l'erpice egli ebbe una nuova e peggiore sorpresa. L'erpice non scriveva ma trafiggeva soltanto, e il letto non faceva girare il corpo ma lo spingeva soltanto, sussultando, contro gli aghi. L'esploratore voleva intervenire e, se era possibile, arrestare la macchina; non era più una tortura come l'aveva voluta raggiungere l'ufficiale, ma un vero e proprio assassinio. Tese le mani. Ma già l'erpice si sollevava da un lato, col corpo trafitto, come faceva di solito soltanto dopo dodici ore. Il sangue correva in cento rivoli, ma non mescolato all'acqua, anche le piccole tubature d'acqua questa volta non avevano funzionato. E anche l'ultimo movimento fallì: il corpo non si staccò dai lunghi aghi, il sangue sgorgava tutto dalle ferite ma il corpo restava sempre sospeso sopra la fossa senza cadere. L'erpice voleva tornare nella sua solita posizione ma, come se si fosse reso conto che non si era ancora liberato del suo peso, rimaneva fermo sulla fossa. «Ma aiutatemi dunque!» gridò l'esploratore al soldato e al condannato, afferrando intanto per i piedi l'ufficiale. Voleva far forza da un lato sui piedi mentre gli altri due dovevano afferrare dall'altra parte la testa, per sfilarlo a poco a poco dagli aghi. Ma i due non si decidevano a venire; il condannato si voltò addirittura dall'altra parte; l'esploratore fu costretto ad andare da loro e a spingerli con violenza verso la testa dell'ufficiale. Così vide, quasi suo malgrado, il volto della salma. Era rimasto com'era in vita; non si poteva cogliere nessun segno della promessa trasfigurazione; quel che tutti gli altri nella macchina avevano trovato, per lui, no, non c'era stato. Le labbra eran serrate con forza, gli occhi aperti avevano l'espressione della vita, lo sguardo era tranquillo e convinto, la fronte trapassata dalla punta del grande ago di ferro.

Quando l'esploratore, seguito dal soldato e dal condannato, arrivò alle prime case della colonia, il soldato ne additò una dicendo: «Questa è la sala da tè».

Al pianterreno di una casa si apriva un vano profondo, basso, una specie di caverna, con le pareti e il soffitto anneriti dal fumo. Verso la strada era aperto in tutta la sua larghezza. Per quanto quella casa da tè non spiccasse molto tra le altre case della colonia che, compresi i palazzi del comando, eran tutte molto malandate, pure diede all'esploratore la sensazione di un monumento storico, ed egli sentì la grandezza dei tempi trascorsi. Si avvicinò, passò, sempre seguito dalla sua scorta, fra i tavoli vuoti, allineati davanti alla casa da tè, e respirò l'aria fresca, che sapeva di tanfo, che veniva dall'interno. «Il vecchio è sepolto qui,» disse il soldato «un posto al cimitero gli fu negato dal sacerdote. Per un po' non si seppe dove seppellirlo, alla fine lo misero qui. L'ufficiale non gliene ha certo parlato, perché di questo si vergognava certo più di tutto il resto. Ha provato anzi alcune volte, di notte, a dissotterrarlo, ma l'hanno sempre scacciato.» «Dov'è la tomba?» domandò l'esploratore, che stentava a credere al soldato. Subito tutt'e due, il soldato e il condannato, corsero davanti a lui, indicando con le mani tese il punto in cui doveva trovarsi la tomba. Condussero così l'esploratore fino alla parete di fondo dove gli avventori erano seduti ad alcuni tavolini. Erano probabilmente lavoratori del porto, uomini forti con barbe fitte e nere, corte e lucide. Tutti erano senza giacca, con le camicie lacere: gente povera, umiliata. Quando videro avvicinarsi l'esploratore, alcuni si alzarono, stringendosi alla parete e guardandolo venire. «È un forestiero,» si sussurrava intorno all'esploratore «vuol vedere la tomba.» Scostarono uno dei tavoli, sotto a cui apparve davvero una pietra sepolcrale. Era una pietra modesta, bassa, tanto da poter esser nascosta sotto una tavola. Portava un'iscrizione in lettere molto piccole e l'esploratore dovette inginocchiarsi per leggerla. Diceva: «Qui riposa il vecchio comandante. I suoi seguaci, che ora devon restare anonimi, gli hanno scavato questa tomba e posto questa lapide. Esiste una profezia, secondo cui il comandante, dopo un certo numero di anni, risorgerà e guiderà da questa casa i suoi seguaci alla riconquista della colonia. Abbiate fede e attendete!».

Levatosi, dopo aver letto l'epigrafe, l'esploratore vide gli uomini in piedi intorno a lui che sorridevano, come se avessero letto con lui l'iscrizione, l'avessero trovata ridicola e lo invitassero a condividere la loro opinione. L'esploratore fece come se non se ne fosse accorto, distribuì fra di loro alcune monete, attese ancora che il tavolo fosse spinto sopra la tomba, lasciò poi la sala da tè e si avviò verso il porto.

Il soldato e il condannato avevano trovato intanto nella sala dei conoscenti, che li avevan trattenuti. Ma se n'erano liberati presto se l'esploratore si trovò appena a metà della lunga scalinata che portava ai battelli, quando i due già gli correvano dietro. Probabilmente volevano costringere l'esploratore, all'ultimo momento, a prenderli con sé. Mentre questi, giunto in fondo, contrattava con un barcaiolo il prezzo del tragitto fino al piroscafo, i due si precipitavano giù dalle scale, in silenzio perché non osavano gridare. Ma quando giunsero in fondo l'esploratore era già nella barca e il barcaiolo la stava sciogliendo in quel momento dalla riva. Avrebbero ancora potuto saltarvi dentro, ma l'esploratore levò dal fondo della barca una pesante gomena piena di nodi e minacciandoli con quella impedì loro di saltare.

da

DURANTE LA COSTRUZIONE DELLA MURAGLIA CINESE

(1914-1924)

Titolo originale: *Beim Bau der chinesischen Mauer*
Traduzione di Ervino Pocar

La tana
(1923-1924)

Ho assestato la tana e pare riuscita bene. Dal di fuori, in verità, si vede soltanto un gran buco che però in realtà non porta in nessun luogo. Già dopo pochi passi s'incontra la roccia naturale e solida. Non voglio vantarmi di aver adottato questa astuzia con intenzione, fu piuttosto l'avanzo di uno dei tanti vani tentativi di costruzione, ma infine mi parve vantaggioso non colmare quest'unico buco. Certo ci sono astuzie così sottili che si stroncano da sole, lo so meglio di qualunque altro, ed è certamente temerario richiamare con questo buco l'attenzione sull'eventualità che qui ci sia qualcosa che metta conto d'indagare. Ma non mi conosce chi pensa che io sia codardo e scavi questa tana soltanto per vigliaccheria. Ad almeno mille passi di distanza da questo buco si trova, coperto da uno strato spostabile di musco, il vero accesso alla tana che è al sicuro come può essere sicuro qualcosa al mondo; si sa, qualcuno potrebbe montare sul musco o urtarlo e allora la mia tana sarebbe aperta, e chiunque ne avesse voglia – vi sono però necessarie beninteso anche certe capacità non troppo frequenti – potrebbe penetrarvi e distruggere tutto per sempre. Lo so benissimo e la mia vita, neanche ora che è al suo culmine, ha un momento che sia veramente tranquillo; là in quel punto del musco opaco posso essere colpito a morte e nei miei sogni c'è spesso un grugno bramoso che vi annusa continuamente. Realmente avrei potuto, si dirà, chiudere questo buco d'entrata, al di sopra, con uno strato sottile di terra battuta e più sotto con terra friabile in modo che bastasse un piccolo sforzo per aprirmi ogni volta la via d'uscita. Eppure non è possibile; proprio la prudenza m'impone di avere un'immediata possibilità di sfogo, la prudenza stessa esige, come purtroppo tante volte, che si metta a repentaglio la vita. Tutti questi sono calcoli molto faticosi, e la gioia che il cervello intelligente ha di se stesso è talvolta l'unico motivo perché si continui a calcolare. Devo avere l'immediata possibilità di evasione; infatti, nonostante la vigilanza non potrei essere aggredito da una parte assolutamente imprevista? Vivo in pace nella parte più interna della casa, e intanto il nemico mi si avvicina da qualche parte scavando lento e silenzioso. Non dico che abbia un fiuto migliore del mio; può darsi che sappia di me tanto poco quanto io di lui. Esistono però predoni appassionati che frugano la terra alla cieca e, data l'enorme estensione della mia tana, possono sperare di incontrare in qualche punto una delle mie strade. È vero che io ho il vantaggio di essere in casa mia, di conoscere esattamente tutte le vie e le direzioni. Il ladro può diventare facilmente la mia vittima, dolce e saporita per giunta. Io però invecchio, molti sono più robusti di me e i miei avversari sono innumerevoli, potrebbe capitarmi di fuggire un nemico e di cadere nelle grinfie d'un altro. Ahimè, che cosa non potrebbe succedere! In ogni caso, però, devo aver la sicurezza che in qualche luogo ci sia un'uscita aperta, facilmente raggiungibile, dove io non debba più lavorare per uscire all'aperto, di modo che, mentre vi sto scavando da disperato, sia pure in un ammasso friabile, non mi avvenga a un tratto – il Cielo non voglia! – di sentirmi nelle gambe le zanne dell'inseguitore. E a minacciarmi non sono soltanto i nemici di fuori. Ce ne sono anche nell'interno della terra. Non li ho mai visti, ma ne parlano le leggende e io, ci credo fermamente. Sono esseri sotterranei e nemmeno la leggenda è in grado di descriverli. Persino le loro vittime sono riuscite appena a vederli; essi vengono, si sente il raspare dei loro artigli immediatamente sotto di sé nella terra che è il loro elemento, e già si è perduti. E non vale essere nella propria casa, in realtà si è nella loro. Da essi non può salvarmi neanche quella via d'uscita; anzi, probabilmente non mi salva in nessun caso, ed è invece la mia rovina: però è una speranza e senza di essa non posso vivere. Oltre a questa via principale mi uniscono al mondo esterno anche altre vie molto fresche, abbastanza sicure, che mi procurano aria buona e respirabile. Sono scavate dai topi di bosco e io ho saputo includerle opportunamente nella mia costruzione. Mi offrono anche la possibilità di fiutare a distanza e, così mi proteggono. Di lì mi arriva anche ogni sorta di bestiole che consumo, sicché posso avere una certa caccia minuta, sufficiente per una vita modesta, senza neanche abbandonare la tana: cosa naturalmente molto preziosa.

Ma la cosa più bella nella mia tana è il silenzio. Certo anche questo è fallace. Può essere improvvisamente interrotto e allora tutto è finito. Per il momento però c'è ancora. Posso strisciare per ore nelle mie gallerie e non sento se non talvolta il fruscio di qualche bestiolina che faccio subito tacere stringendola fra i denti, oppure lo scivolo della terra che mi annuncia la necessità di qualche riparazione. Nel resto tutto è silenzio. Entra l'aria del bosco e fa caldo e fresco a un tempo. Talvolta mi distendo e dal benessere mi arrotolo nella galleria. È bello possedere una tana così per la vecchiaia ormai prossima, essere arrivati sotto un tetto quando incomincia l'autunno. Ogni cento metri ho allargato le gallerie creando piazzette rotonde dove posso acciambellarmi comodamente, scaldarmi al mio proprio calore e riposare. Là dormo il dolce sonno della pace, dei desideri placati, della meta raggiunta di possedere una casa. Non so se sia una consuetudine di antichi tempi o se i pericoli anche di questa casa siano abbastanza gravi da destarmi: di tempo in tempo regolarmente mi riscuoto dal sonno profondo e sto in ascolto, in ascolto nel silenzio, che qui regna immutato di giorno e di notte, sorrido tranquillo e ripiombo in un sonno ancora più profondo. Poveri viandanti senza casa per le strade maestre, nelle boscaglie, rintanati semmai in un mucchio di foglie o in mezzo a un branco di compagni, esposti a tutti gli insulti del cielo e della terra! Io me ne sto qui in un punto protetto da ogni lato – di questi posti ce ne sono in questa dimora più di cinquanta – e tra il dormiveglia e il sonno incosciente trascorrono le ore che mi scelgo a volontà per tale scopo.

Non precisamente nel mezzo della tana, ben calcolata per il caso di estremo pericolo, non proprio di un inseguimento, ma di un assedio, si trova la piazza principale. Mentre tutto il resto sarebbe più il frutto di uno sforzo mentale che di un lavoro fisico, questa piazza è il risultato delle più gravi fatiche: di tutte le mie membra. Alcune volte, nella disperazione della spossatezza fisica, ero sul punto di abbandonare tutto, mi mettevo supino maledicendo la costruzione, mi trascinavo fuori e la lasciavo lì aperta. Lo potevo fare perché non avevo intenzione di ritornarvi, finché, dopo qualche ora o qualche giorno, rientravo pentito e avrei quasi intonato un canto alla costruzione intatta, e con sincera letizia riprendevo il lavoro. Lo scavo della piazzaforte incontrò maggiori difficoltà (e senza che ce ne fosse bisogno, cioè senza che la tana avesse alcun utile da quel lavoro a vuoto), perché proprio nel punto previsto dal progetto la terra era molto friabile e sabbiosa e bisogna addirittura martellarla per poter formare la piazza arrotondata e coperta da una bella volta. Per tali lavori, però, non possiedo altro che la fronte. Con la fronte dunque cozzai mille e mille volte per tre giorni e notti contro la terra ed ero felice se a furia di colpi mi sanguinava perché era la prova che la parete incominciava a essere salda e in questo modo, si ammetterà, mi sono ben meritato la piazzaforte.

In questa piazza raccolgo le provviste, qui ammucchio tutto ciò che nelle mie cacce dentro la tana catturo oltre le necessità del momento e tutto ciò che riporto dalle cacce fuori di casa. La piazza è così vasta che le provviste per sei mesi non bastano a riempirla. Perciò le posso distendere comodamente, posso camminare tra l'una e l'altra, giocare con esse, godermi l'abbondanza e i diversi odori e avere sempre il quadro della giacenza. Posso anche disporre le provviste in ordine diverso e, secondo la stagione, fare gli opportuni preventivi e i piani di caccia. In certi periodi sono provvisto così bene che indifferente al cibo non tocco neanche la minutaglia che mi gira intorno, benché, per altre ragioni, questa sia forse un'imprudenza. Il frequente studio dei preparativi di difesa fa sì che le mie opinioni circa lo sfruttamento della tana per tali scopi si modifichino o si sviluppino, sempre però in un campo limitato. Certe volte mi sembra pericoloso fondare interamente la difesa sulla piazza centrale; la varietà della costruzione mi offre diverse possibilità e mi sembra più prudente distribuire un poco le provviste e rifornirne anche qualche piazza più piccola, e allora faccio, poniamo, di ogni terza piazza un deposito di provviste o di ogni quarta un magazzino principale e di ogni seconda uno secondario, e così via. Oppure, per ingannare il nemico escludo certe vie dal rifornimento di provviste o scelgo soltanto pochi posti saltuariamente secondo la loro posizione rispetto all'uscita principale. È vero che ciascuno di questi nuovi progetti richiede gravi fatiche di trasporto, devo procedere a nuovi calcoli e porto poi la merce avanti e indietro. Lo posso fare certamente con calma senza precipitare e non è neanche sgradevole portare tra le fauci quelle buone cose, riposare dove mi piace e assaggiare ciò che di volta in volta mi stuzzica. Peggio è quando riscotendomi dal sonno mi sembra che la distribuzione sia, in quel momento assolutamente sbagliata, che possa essere causa di gravi pericoli e debba essere immediatamente rettificata in gran fretta senza riguardo al sonno e alla stanchezza; allora mi affanno, allora volo, non ho tempo di far calcoli; volendo eseguire un piano nuovo e preciso afferro a capriccio ciò che mi capita fra i denti, trascino, porto, sospiro, gemo, inciampo e un mutamento, pur che sia della situazione attuale e all'apparenza così straordinariamente pericolosa, mi pare che basti; finché a poco a poco, mentre mi sveglio del tutto, arriva la riflessione, non capisco il perché di tanta fretta, respiro la pace della mia dimora che io stesso ho turbata, ritorno al mio, giaciglio, mi addormento subito per la nuova stanchezza e ridestandomi mi trovo magari un topo fra i denti, prova inconfutabile del lavoro notturno che mi pare quasi di aver sognato. In altri periodi poi mi sembra che la soluzione migliore sia quella di riunire tutte le provviste in un posto solo. Che mi giovano le provviste nei luoghi piccoli, quanta roba vi si può collocare? E qualunque cosa vi si collochi, non fa che sbarrare la strada e un giorno potrebbe essermi di ostacolo nella difesa, nella corsa. Oltre a ciò è stupido, ma vero che ne soffre l'orgoglio, quando non si vedono le provviste tutte raccolte e non basta un'occhiata per abbracciare ciò che si possiede. E in tutte queste distribuzioni non possono andar perdute molte cose? Non posso galoppare continuamente nelle gallerie per diritto e per traverso a controllare se tutto è a posto. L'idea fondamentale della distribuzione delle provviste è certamente giusta, ma, pensandoci bene, solo quando si posseggono più piazze sul tipo della mia piazzaforte. Già, parecchie piazze così! E chi le fa? D'altra parte nel piano generale della mia costruzione non ci possono più entrare oramai. Ammetto senz'altro che questo è un difetto di costruzione, com'è sempre un difetto possedere di qualunque cosa un esemplare solo. Confesso inoltre che durante tutto il periodo della costruzione sentivo – oscuramente, ma, con una chiarezza che sarebbe stata sufficiente se avessi avuto anche la buona volontà – l'esigenza di un numero maggiore di piazze, ma non l'ho assecondata, mi sentivo troppo debole per quell'enorme lavoro; anzi, mi sentivo troppo debole per raffigurarmi la necessità del lavoro e in qualche modo mi confortavo con sentimenti non meno oscuri, secondo i quali ciò che di solito non sarebbe sufficiente doveva, esserlo eccezionalmente nel caso mio, per qualche grazia, forse perché la Provvidenza era particolarmente interessata a conservare la mia fronte che fa da maglio. Fatto è che ho una sola piazzaforte, mentre gli oscuri timori che quest'una un giorno non sarebbe sufficiente si sono dileguati. Comunque sia, di essa devo accontentarmi, le piazzette non possono in alcun modo sostituirla, e quando quest'idea è maturata nella mia mente ricomincio a ritrasportare tutto dalle piazzette alla piazza centrale. Per qualche tempo provo poi un certo conforto nel trovare libere tutte le piazze e le gallerie, nel vedere come nella piazza centrale siano ammucchiate le provviste di carne che mandano fin nelle gallerie estreme la combinazione dei numerosi odori, ciascuno dei quali mi delizia a modo suo, senza dire che pur da lontano riesco a discernerli esattamente. Allora vengono di solito periodi particolarmente tranquilli nei quali trasporto lentamente, a poco a poco, il mio giaciglio dalle propaggini esterne verso l'interno, m'immergo sempre più profondamente negli odori, finché non ne posso più e una bella notte mi precipito nella piazza centrale, faccio man bassa tra le provviste e mi empio delle cose migliori, che più mi piacciono, fino allo stordimento completo. Tempi beati, ma pericolosi; chi li sapesse sfruttare mi potrebbe annientare facilmente senza correre alcun rischio. Anche qui la mancanza di una seconda o terza piazzaforte contribuisce a danneggiarmi, il mucchio raccolto tutto in un posto mi seduce. Cerco di reagire e di proteggermi in diversi modi, la distribuzione delle piazzette è infatti una di queste misure, ma purtroppo, come altre misure simili, provoca attraverso l'astinenza un'avidità ancora maggiore che poi sopraffacendo il raziocinio muta ad arbitrio, per i suoi fini, i piani di difesa.

Dopo siffatti periodi, per raccogliermi, provvedo a una revisione della tana, e dopo aver eseguito le necessarie riparazioni, spesso la abbandono, sia pure soltanto per breve tempo. La punizione di privarmene a lungo mi sembra troppo dura persino allora, ma capisco la necessità di fare ogni tanto un'escursione. Quando mi avvicino all'uscita, lo faccio sempre con una certa solennità. Nei periodi di vita casalinga evito l'uscita, evito persino la galleria che vi conduce con le ultime propaggini; e non è neanche facile praticare quei posti perché vi ho scavato un intreccio di gallerie a zig-zag; là è incominciata la mia costruzione, a quel tempo non potevo ancora sperare di poterla mai finire come era nel mio progetto, perciò cominciai in quell'angolino, come per gioco, e il primo fervore di attività vi si sfogò in una specie di labirinto che allora mi pareva l'apice dell'architettura, mentre oggi sono probabilmente nel giusto giudicandolo un lavoretto meschino, non proprio degno della costruzione totale, che in teoria sarà magari delizioso – qui è l'ingresso della mia dimora, dicevo allora con ironia ai nemici invisibili e già mi pareva di vederli soffocare tutti nel labirintico ingresso –, ma in realtà è un giochetto dalle pareti troppo sottili, che difficilmente potrebbe resistere a un attacco serio o a un nemico che lottasse disperatamente per la vita. Devo perciò ricostruire questa parte? Rimando la decisione e penso che rimarrà com'è. Prescindendo dalla grande fatica che mi addosserei, questa sarebbe anche la più pericolosa che si possa immaginare. Quando incominciai la costruzione, vi potevo lavorare relativamente tranquillo, il rischio non era molto maggiore che altrove; oggi invece sarebbe come richiamare per capriccio l'attenzione del mondo su tutta la costruzione, oggi non è più possibile. Ne sono quasi contento, provo anche un certo attaccamento sentimentale a questo lavoro da principiante. E se dovesse capitare un attacco: in grande, quale pianta dell'ingresso potrebbe salvarmi? L'ingresso può ingannare, distrarre, tormentare l'aggressore; anche questo lo fa alla meglio. A un vero attacco in grande devo però cercare di oppormi con tutti i mezzi della costruzione complessiva e con tutte le energie del corpo e dell'anima – questo va da sé. Rimanga dunque anche l'ingresso così. La costruzione ha molti punti deboli imposti dalla natura, può dunque conservare anche questo difetto creato da me, ma esattamente riconosciuto, sia pure tardi. Ciò non vuol dire che questo difetto non mi inquieti di quando in quando, o magari sempre. Quando nelle solite passeggiate scanso questa parte della tana, lo faccio soprattutto perché la vista ne è sgradita, perché non sempre ho voglia di vedere un difetto di costruzione che fin troppo si agita nella mia coscienza. Rimanga pure il difetto lassù all'ingresso senza possibilità di rimedio; ma io, finché lo posso evitare, desidero risparmiarmene la vista. Basta che cammini in direzione dell'uscita quando ne sono ancora separato da piazze e gallerie, e già ho l'impressione di arrivare in un'atmosfera di grande pericolo, mi pare talvolta di sentir rarefarsi il mio peso come dovessi trovarmi tosto con la carne nuda ed essere accolto in quell'istante dagli urli dei nemici. Sono sentimenti che l'uscita stessa provoca in quanto cessa la protezione della casa, ma un particolare tormento mi viene dalla disposizione dell'ingresso. Talvolta sogno di averlo ricostruito, di aver cambiato ogni cosa rapidamente con energie da gigante in una sola notte all'insaputa di tutti, e che ora sia inespugnabile; il sonno nel quale ciò mi appare è il più dolce di tutti e quando mi sveglio lacrime di gioia e di sollievo mi luccicano ancora sui baffi.

Quando esco, devo quindi vincere anche fisicamente la pena che mi dà questo labirinto e provo dispetto e commozione a un tempo ogni qualvolta mi smarrisco per un istante nella mia propria fabbrica e l'opera sembra ancora compresa nello sforzo di provare a me, che già da un pezzo mi sono fatto un giudizio, la sua giustificazione di esistere. Allora però mi trovo sotto la copertura di musco alla quale talvolta – tanto è che non mi muovo di casa – lascio il tempo di diventare una cosa sola col fondo del bosco, e basta un urto della testa per uscire su suolo straniero. Esito a lungo a fare quel piccolo movimento, e se non dovessi ripercorrere il labirinto dell'ingresso certamente desisterei e tornerei indietro. Come mai? La tua casa è al sicuro chiusa da ogni parte, tu vivi in pace, al caldo, ben nutrito, padrone, padrone assoluto di una quantità di gallerie e piazze: non vorrai, spero, non dirò sacrificare, ma in certo qual modo abbandonare tutto ciò, e pur avendo la speranza di riacquistarlo, permetterti di rischiare un gioco forte, troppo forte? Dici che ne hai motivi plausibili? No, per cose simili non esistono motivi plausibili. Tuttavia sollevo cautamente la botola ed esco all'aperto, la lascio ricadere cautamente e mi allontano più presto che posso dal luogo che potrebbe tradirmi.

A dire il vero, però, non sono in libertà; vero che non striscio più nelle gallerie, ma vado a ca ccia nel bosco aperto, sento in corpo nuove energie per le quali, dirò così, non c'è spazio nella tana, neanche se la piazzaforte fosse dieci volte più vasta. Anche il cibo è migliore qua fuori, la caccia bensì più difficile, la buona riuscita più rara, ma i risultati sono in ogni caso più apprezzabili; non lo nego, so rendermene conto e goderne, almeno quanto chiunque altro, anzi probabilmente meglio, perché non vado a caccia per leggerezza o disperazione come i vagabondi, ma con calma e con intenzione. D'altro canto non sono destinato alla vita libera, so che il mio tempo è misurato, che non devo cacciare qui all'infinito, ma quando voglio o sono stanco di questa vita c'è qualcuno che, per così dire, mi chiama, al cui invito non saprò resistere. Così posso assaporare pienamente questo periodo e passarlo senza preoccupazioni o, diciamo meglio, potrei, eppure non posso. Penso troppo alla tana. Sono scappato di corsa dall'uscita, ma presto vi ritorno. Scelgo un buon nascondiglio e tengo d'occhio l'ingresso della mia casa – dal di fuori questa volta – per giorni e notti. Sarà una sciocchezza, ma mi procura una gioia ineffabile e mi fa stare tranquillo. Mi sembra di non essere davanti a casa mia, ma davanti a me stesso mentre dormo e di aver la fortuna di poter dormire sodo e nello stesso tempo sorvegliarmi attentamente. Ho in certo qual modo il privilegio non solo di vedere i fantasmi notturni nell'impotenza e nella noncuranza del sonno, ma di affrontarli in realtà con tutto il vigore della veglia e con una pacata facoltà di giudizio. E mi sembra di non stare poi così male, come tante volte ho creduto e come probabilmente tornerò a credere quando rientrerà nella mia dimora. In questo senso, forse anche in qualche altro, ma soprattutto in questo, le mie escursioni sono davvero indispensabili. Certo, per quanta cura abbia messo nello scegliere un ingresso fuori di mano (certo il piano generale mi impose determinate limitazioni), il traffico che vi si svolge è considerevole se si riassumono le osservazioni di una settimana, ma così avviene forse in tutte le regioni abitabili e può anche darsi che sia meglio esporsi a un traffico intenso che, appunto per la sua intensità, travolge se stesso, anziché essere esposti in piena solitudine al primo invasore che capiti frugando a suo agio. Qui ci sono molti nemici e più ancora complici dei nemici, ma si combattono anche a vicenda e così occupati passano via di corsa senza badare alla tana. Non ho mai visto nessuno che stesse proprio esplorando all'ingresso, per mia e sua fortuna, poiché, forsennato nella preoccupazione per la tana, lo avrei certo preso per la gola. Vennero bensì individui nella cui vicinanza non ebbi il coraggio di restare, e davanti ai quali dovevo fuggire quando soltanto li sospettavo in lontananza; del loro contegno verso la tana non dovrei neanche pronunciarmi con certezza, ma per stare tranquillo mi basta ricordare che tornando indietro non ne trovai più nessuno e l'ingresso era intatto. Ci furono tempi beati nei quali osavo quasi pensare che l'ostilità del mondo contro di me fosse cessata o smorzata e che la resistenza della tana mi dispensasse dalla precedente lotta senza quartiere. La tana mi protegge forse più di quanto non abbia mai pensato o mi arrischi a pensare quando sono nell'interno. Arrivai al punto che talvolta mi veniva il puerile desiderio di non rientrare affatto, ma di sistemarmi nelle vicinanze dell'entrata, di passare la vita a sorvegliarla e di considerare sempre, con mia grande gioia, quanta sicurezza potesse darmi la tana se fossi stato dentro. Ma dai sogni puerili ci si riscuote rapidamente. Che sicurezza è quella che osservo da qui? Posso giudicare il pericolo che corro nella tana in base alle esperienze che faccio qui fuori? Hanno forse i miei nemici il fiuto giusto quando non sono dentro la tana? Un poco mi fiutano certamente, ma non per intero. E la presenza del fiuto completo non è forse molte volte il presupposto del pericolo normale? I tentativi che faccio qui fuori sono soltanto metà o decimi di tentativo, possono tranquillizzarmi e attraverso la falsa tranquillità espormi ai massimi pericoli. No, non osservo il mio sonno, come credevo, dormo invece, mentre il nemico veglia: ed è forse tra coloro che passano noncuranti davanti all'ingresso soltanto per assicurarsi – come faccio anch'io – che la porta sia ancora intatta in attesa del loro assalto, e tirano via soltanto perché sanno che il padrone di casa non è nell'interno, o perché sanno addirittura che se ne sta innocente nei cespugli lì accanto. Lascio pertanto il mio osservatorio e, stufo della vita in libertà, mi pare di non avere più nulla da apprendere qui, né oggi né mai. E ho voglia di prendere commiato da tutte queste cose, di scendere nella tana e di non ritornare mai più, di lasciare che le cose vadano per la loro china e di non intralciarle con osservazioni inutili. Ma, viziato dall'aver potuto osservare per tanto tempo ciò che avveniva sopra l'ingresso, mi riesce molto penoso eseguire la discesa che può dare molto nell'occhio, e non sapere che cosa succederà tutto intorno, dietro alle mie spalle, e poi sopra la botola ricollocata a posto. Comincio col tentare nelle notti di burrasca, di buttare rapidamente la preda nella tana; l'operazione sembra riuscita, ma se sia riuscita realmente si vedrà dopo, quando io stesso sarò entrato, si vedrà, ma non lo vedrò io, o forse anch'io, ma troppo tardi. Desisto dunque e non discendo. Scavo, beninteso a sufficiente distanza dal vero ingresso, una galleria di prova non più lunga di me stesso e pure coperta da uno strato di musco. M'insinuo nella galleria, la chiudo dietro di me, aspetto con pazienza, calcolo tempi ora brevi, ora lunghi a diverse ore del giorno, butto indietro il musco, esco e registro le mie osservazioni. Faccio le più svariate esperienze, buone e cattive, ma non riesco a trovare una norma universale o un metodo infallibile di discesa. Per questo non sono ancora sceso nel vero ingresso, e mi dispero di doverlo fare assai presto. Non sono molto lontano dalla risoluzione di andarmene via, di riprendere la vecchia vita sconsolata che, priva di ogni sicurezza, era un unico monotono susseguirsi di pericoli e quindi non permetteva di distinguere con precisione e di temere il pericolo singolo, come m'insegna continuamente il confronto tra la tana sicura e la vita altrove. Si sa, una siffatta decisione sarebbe una vera pazzia, provocata soltanto dall'eccessivo soggiorno nell'assurda libertà; la tana è ancora mia, non ho che da fare un passo e sono al sicuro. E mi libero da tutti i dubbi e alla luce del giorno corro dritto verso la botola, per sollevarla indubbiamente, eppure non posso, vi corro sopra e mi caccio apposta in un groviglio di rovi per punirmi di una colpa che non so quale sia. Alla fine, però, devo riconoscere che ho ragione, che è veramente impossibile scendere senza rivelare per un istante ciò che ho di più caro a tutti qui intorno, quelli che sono per terra, sugli alberi e nell'aria. Il pericolo non è immaginario, è molto reale. Non è detto che colui al quale faccio venir la voglia d'inseguirmi sia un nemico vero e proprio, può essere benissimo un innocente qualunque, qualche animaletto ripugnante che mi venga dietro per curiosità e, senza volere, faccia da guida a tutto il mondo ostile, e non occorre neanche che sia questo, può essere – e non è un male minore dell'altro, anzi, in un certo senso, è il peggiore – può essere qualcuno della mia specie, un conoscitore e amatore di tane, qualche fratello silvestre amante della pace, ma un fior di mascalzone che voglia avere una casa senza costruirsela. Se almeno venisse subito, se almeno scoprisse con la sua sporca brama il mio ingresso, cominciasse a frugarvi, a sollevare il musco, se vi riuscisse, vi si insinuasse al mio posto o fosse già entrato fino al punto da lasciarmi scorgere un ultimo istante il suo didietro, avvenisse tutto ciò sicché finalmente potessi balzargli addosso furibondo, libero da ogni scrupolo e morderlo, dilaniarlo, straziarlo, dissanguarlo e aggiungere il suo cadavere al resto della preda, ma soprattutto – questa sarebbe la cosa più importante – riessere finalmente nella mia tana, ammirare magari questa volta il labirinto, ma prima richiudere sopra di me la copertura di musco e riposare, penso, per tutto il resto della mia vita! Invece non viene nessuno e io devo affidarmi a me stesso. Pensando, sempre e soltanto a queste difficoltà, perdo un poco della mia paura, non evito più l'ingresso nemmeno esteriormente, la mia occupazione preferita è di girarvi intorno, sembra quasi che io stesso sia il nemico in attesa della buona occasione di irrompere con buon esito. Avessi almeno qualcuno cui confidarmi, da poter mettere al mio posto di osservazione! Potrei scendere tranquillo. Con lui mi metterei d'accordo perché, durante la mia discesa e per parecchio tempo dopo, stesse a osservare la situazione e in caso di indizi pericolosi bussasse alla botola, altrimenti no. In questo modo non ci sarebbero più sospetti, rimarrebbe semmai il mio fiduciario. Non vorrà infatti essere contraccambiato, non vorrà almeno visitare la tana? Già il fatto di far entrare qualcuno di mia volontà mi sarebbe estremamente penoso. Ho costruito la tana per me, non per i visitatori; credo che non lo lascerei entrare nemmeno a patto che desse a me la possibilità di entrarci. Non potrei nemmeno farlo entrare perché o dovrei lasciarlo scendere da solo, cosa assolutamente impensabile, o dovremmo scendervi insieme, e così perderei il vantaggio che egli dovrebbe procurarmi facendo l'osservatore dietro alle mie spalle. E che dire della fiducia? Di uno in cui ho fiducia, guardandolo negli occhi potrei fidarmi altrettanto quando non lo vedessi e fossimo separati dalla copertura di musco? È relativamente facile aver fiducia in qualcuno se nello stesso tempo lo si sorveglia o almeno lo si può sorvegliare, forse è persino possibile aver fiducia a distanza, ma fidarsi dall'interno della tana, cioè da un altro mondo, di uno che stia fuori mi sembra impossibile. Del resto non sono neanche necessari questi dubbi, basta la considerazione che durante o dopo la mia discesa tutti gli infiniti casi della vita possono impedire al fiduciario di fare il suo dovere; e quali conseguenze incalcolabili potrebbe avere per me anche un suo minimo impedimento! No, no, tutto sommato non devo proprio lamentarmi di essere solo e di non avere nessuno di cui fidarmi. Così certamente non perdo alcun vantaggio e forse mi risparmio qualche danno. Fiducia posso averla soltanto in me e nella tana. Dovevo pensarci prima e prendere provvedimenti per il caso che ora mi assilla. Almeno in parte sarebbe stato possibile all'inizio della costruzione. Avrei dovuto scavare la prima galleria in modo che avesse due ingressi a dovuta distanza tra loro, di maniera che potessi scendere da uno con tutte le inevitabili manovre, percorrere rapidamente la galleria fino al secondo ingresso, sollevare il musco che vi avrei collocato a tal fine e sorvegliare possibilmente da quel punto la situazione per alcuni giorni e alcune notti. Soltanto questa sarebbe stata una soluzione giusta. È vero che due ingressi raddoppiano il pericolo, ma questa preoccupazione sarebbe dovuta scomparire in questo caso, tanto più che quell'ingresso che era previsto soltanto come posto di osservazione sarebbe potuto essere molto stretto. E così mi perdo in considerazioni tecniche, riprendo un'altra volta a sognare di una costruzione perfetta, ciò mi rende un po' tranquillo e a occhi chiusi ammiro, estatico, possibilità più o meno convincenti dalle quali uscire ed entrare inosservato.

Mentre stando qui coricato penso a queste cose, attribuisco grande valore a quelle possibilità, ma solo in quanto conquiste tecniche, non come reali vantaggi, poiché quell'uscire ed entrare inosservato che cosa sarebbe? Indizio di una mente irrequieta, di un'incerta valutazione di me stesso, di brame poco pulite, cattive qualità che diventano ancora peggiori in presenza della tana che pure esiste e può infondere un senso di pace, purché ci si affidi a essa interamente. In questo momento ne sono fuori, sì, e sto cercando una possibilità di ritornare: perciò le necessarie disposizioni tecniche sarebbero benvenute. Ma forse anche non tanto. Non significa forse sottovalutare alquanto la tana nella momentanea agitazione nervosa, se la si considera soltanto uno scavo nel quale si voglia infilarsi con un massimo di sicurezza? Certo essa è anche questo scavo sicuro, o dovrebbe esserlo, e quando mi figuro di trovarmi in un pericolo voglio a denti stretti e con tutta la mia forza di volontà che la tana non sia se non il buco destinato a salvarmi la vita e che adempia questo compito ben definito con la massima perfezione, e sono disposto a condonarle qualunque altro compito. Sennonché le cose stanno così: in realtà – e a questa non si presta attenzione nei grandi pericoli, e l'attenzione bisogna acquistarla persino in momenti pericolosi – offre, sì, molta sicurezza, ma non mai abbastanza, poiché vi scompaiono forse mai del tutto le apprensioni? Sono apprensioni diverse, più ambiziose, più ricche di contenuto, sovente più represse, ma il loro effetto deleterio è magari uguale a quello delle apprensioni che ci dà la vita qui fuori. Se avessi costruito la tana soltanto per assicurarmi la vita, non sarei truffato, ma il rapporto tra l'enorme fatica e la sicurezza effettiva, almeno in quanto sono capace di sentirla e di approfittarne, non sarebbe in mio favore. È molto doloroso ammetterlo, ma non posso farne a meno, proprio qui di fronte all'ingresso che ora si chiude, anzi, dirò così, si stringe convulso contro di me che ne sono il costruttore e proprietario. Fatto è che la tana non è soltanto un rifugio. Quando mi trovo nella piazzaforte circondato dalle provviste di carne ammucchiata, guardando verso le dieci gallerie che di lì si dipartono, ciascuna secondo il piano generale in salita o in discesa, diritta o curva, allargantesi o restringentesi, e tutte uniformemente silenziose e deserte, pronte ciascuna a suo modo a condurmi verso le numerose piazzette, deserte e silenziose anche queste – allora è lontana da me l'idea della sicurezza, allora so benissimo che questa è la mia rocca strappata al suolo renitente, raspando e mordendo, pestando e pigiando, la rocca che non può in alcun modo appartenere ad altri ed è talmente mia che in fin dei conti vi posso anche accettare dal nemico la ferita mortale, poiché il mio sangue imbeverebbe il suolo mio e non andrebbe perduto. E che altro se non questo è anche il significato delle belle ore che tra il sonno pacifico e la veglia serena passo nelle gallerie le quali sono calcolate esattamente per me, perché possa crogiolarmi, avvoltolarmi come un bambino, giacere sognando, addormentarmi beatamente? E le piazzette, tutte ben note, che nonostante siano perfettamente uguali distinguo nettamente a occhi chiusi dalla curva delle pareti, mi accolgono in pace e tepore come nessun uccello è accolto dal suo nido. E tutto, tutto è deserto e silenzioso. Ma quand'è così, perché indugio, perché temo l'invasore più della possibilità di non rivedere forse mai la mia tana? Via, questa è fortunatamente una cosa impossibile, non sarebbe affatto necessario farmi capire con riflessioni che cosa sia la tana per me; io e la tana siamo talmente uniti che mi ci potrei insediare tranquillo, tranquillo nonostante i miei timori, e non dovrei neanche tentare di farmi forza per aprire l'ingresso contro ogni preoccupazione; basterebbe pienamente che aspettassi inoperoso, poiché nulla ci può separare a lungo andare e in qualche modo vi scenderà certissimamente. Ma quanto tempo potrà passare fino allora e quante cose potranno accadere in questo tempo, sia qui sopra, sia laggiù? Eppure soltanto da me dipende abbreviare questo tempo e fare subito quanto occorre.

Ora, già incapace di pensare a causa della stanchezza, con la testa ciondoloni, malfermo sulle gambe, quasi dormendo, più a tentoni che camminando, mi avvicino all'entrata, sollevo lentamente il musco, scendo adagio, per distrazione lascio l'ingresso scoperto più di quanto sia necessario, mi ricordo di questa omissione, risalgo per porvi riparo, ma perché mai dovrei risalire? Devo soltanto assestare la coperta di musco; bene, ridiscendo dunque e finalmente tiro la coperta. Soltanto in queste condizioni, esclusivamente in queste condizioni lo posso eseguire.

Allora sto dunque sotto il musco, sopra la preda raccolta, in mezzo a pozze di sangue e succo di carni e potrei abbandonarmi al sonno desiderato. Nulla mi disturba, nessuno mi è venuto dietro, sopra il musco pare che tutto sia calmo, almeno finora, e se anche non fosse, penso che ora non potrei indugiare in osservazioni; ho cambiato luogo, dal mondo superiore sono entrato nella mia tana e ne sento immediatamente gli effetti. È un mondo nuovo che infonde energie nuove e quella che di sopra è stanchezza, qui non è considerata tale. Sono ritornato da un viaggio, stanco morto dallo strapazzo, ma la vista della vecchia dimora, il lavoro di assestamento che mi attende, la necessità di visitare in fretta tutti i locali, almeno superficialmente; di andare soprattutto in gran fretta nella piazzaforte, tutto ciò trasforma la mia stanchezza in inquietudine e fervore; si direbbe che nel momento in cui sono entrato nella tana abbia fatto un sonno lungo e profondo. Il primo lavoro è molto faticoso e m'impegna tutto: si tratta di trasportare la preda attraverso le gallerie strette e fragili del labirinto. Spingo avanti con tutte le mie forze e ci riesco, ma con troppa lentezza; per accelerare tiro indietro una parte dei mucchi di carne, vi passo sopra e attraverso, di modo che ne ho soltanto una parte davanti a me, e ora è più facile portarla avanti, ma mi trovo talmente circondato dalle masse di carne, in queste gallerie strette nelle quali non mi è sempre facile passare neanche quando sono solo, che potrei restare soffocato dalle mie stesse provviste, e talvolta riesco a salvarmi dalle loro masse urgenti solo divorando e bevendo. Il trasporto però mi riesce, lo porto a termine in un tempo non troppo lungo, il labirinto è superato, tiro il fiato in una galleria regolare, spingo la preda da una galleria di collegamento in una galleria principale, preparata apposta per questi casi, la quale con ripida pendenza scende nella piazzaforte. Ora non c'è più da faticare, tutto rotola e scorre in discesa quasi da sé. Finalmente, nella mia piazza! Finalmente potrò riposare. Nulla è mutato, a quanto pare non è successo alcun guaio notevole, i piccoli guasti che noto alla prima occhiata saranno presto riparati, prima però dovrò fare la lunga esplorazione delle gallerie, ma questa non è una fatica, come chiacchierare con amici, similmente a ciò che tacevo in altri tempi o – non sono ancora molto vecchio, ma in molti casi la memoria già mi tradisce – come ho sentito dire che suol accadere. Mi avvio apposta adagio nella seconda galleria; dopo aver visto la piazza centrale ho tempo all'infinito – entro la tana ho sempre tempo all'infinito – perché tutto ciò che vi faccio è buono e importante e, per così dire, mi satolla. Incomincio la seconda galleria e, interrompo la revisione a metà, passo alla terza e da questa mi faccio ricondurre alla piazzaforte, dopodiché devo prendere un'altra volta la seconda galleria, e così mi trastullo col lavoro e lo vado aumentando e me la rido e sono contento e, pur essendo stordito dal gran daffare, non smetto. Per voi, gallerie e piazze, e per le tue questioni anzitutto, piazza centrale, sono venuto. Ho disprezzato la vita dopo essere stato a lungo così sciocco da tremare per essa e da ritardare il mio ritorno a voi. Che m'importa del pericolo ora che sono con voi? Voi siete mie, io sono vostro, siamo legati: che cosa ci può capitare? Si affollino pure lassù e tengano pronto il grifo che forerà il musco! Muta e deserta saluta anche me la tana e conferma ciò che dico.

Adesso però mi prende una certa indolenza e in un punto tra i miei preferiti mi acciambello per un po', sono ben lontano dall'aver visitato tutto, ma voglio continuare la mia visita sino alla fine, non voglio dormire qui, cedo soltanto alla lusinga di sistemarmi come se volessi dormire, voglio soltanto vedere se mi riesce bene come una volta. Sì che mi riesce, ma non so invece staccarmi e rimango profondamente addormentato.

Devo aver dormito molto tempo. Vengo svegliato soltanto dall'ultimo sonno, quello che si dilegua da sé; il sonno deve essere ormai molto leggero, poiché mi sveglio a un sibilo quasi impercettibile. Capisco subito: le bestiole troppo poco sorvegliate da me, troppo risparmiate, durante la mia assenza hanno forato in qualche punto un nuovo passaggio che si è incontrato con uno vecchio: l'aria vi si ingolfa e produce questo rumore sibilante. Come sono sempre attive queste bestioline e com'è molesta la loro assiduità! Origliando alle pareti della mia galleria dovrò anzitutto scoprire con scavi di prova il luogo del disturbo per poter poi eliminare il rumore. D'altro canto il nuovo cunicolo, purché risponda in qualche modo alle condizioni della tana, potrebbe anche essere utile per un nuovo afflusso d'aria. Da ora in poi però starò più attento a questo minutame e nessuno dovrà più essere risparmiato.

Siccome ho molta pratica di siffatte indagini, non ci metterò molto tempo; posso incominciare subito, benché ci siano anche altri lavori da fare, ma questo è il più urgente: le mie gallerie devono essere silenziose. Questo rumore però è relativamente innocuo; non l'ho neanche udito quando entrai, benché ci fosse già certamente; ho dovuto riambientarmi per udirlo, lo sentono, dirò così, soltanto le orecchie del padron di casa. E non neanche continuo come sono di solito questi rumori, ci sono lunghe interruzioni dovute evidentemente a ingorghi della corrente d'aria. Comincio le ricerche, ma non riesco a trovare il punto nel quale dovrei intervenire, faccio alcuni scavi, ma soltanto a casaccio; s'intende che così non arrivo ad alcun risultato, e la grande fatica di scavare e quella ancora maggiore di colmare e pareggiare è vana. Non m'avvicino nemmeno alla sorgente del rumore che continua ugualmente sottile a intervalli regolari ed è ora un sibilo, ora una specie di fischio. Potrei anche non occuparmene, per il momento; certo è un grave disturbo, ma non vi dovrebbe essere dubbio intorno alla supposta origine del rumore, perciò non si rafforzerà, anzi, al contrario può accadere – finora, a dire il vero, non ho mai aspettato tanto – che siffatti rumori scompaiano da sé con l'andar del tempo in seguito al successivo lavoro dei piccoli scavatori e, prescindendo da ciò, molte volte si arriva per caso a scoprire il disturbo, mentre la ricerca sistematica può essere per molto tempo un fallimento. Così mi consolo e preferirei perlustrare le gallerie e visitare le piazze, molte delle quali non ancora rivedute, e passarmela un poco, tra una visita e l'altra, nella piazzaforte; ma non trovo pace e devo continuare le mie ricerche. Molto tempo, molto tempo che potrei impiegare meglio mi costa questa minutaglia. In siffatte occasioni mi attira di solito il problema tecnico: dopo il rumore, per esempio, che il mio orecchio è esercitato a distinguere in tutte le sfumature e che può essere esattamente registrato, me ne figuro la causa e allora sento la smania di controllare se la realtà vi corrisponde. E faccio bene perché, fintanto che non ho trovato la causa, non posso neanche sentirmi sicuro, dovesse anche trattarsi solamente di sapere dove andrà a rotolare un granello di sabbia che scende da una parete. Un rumore così non è certo privo d'importanza. Ma, importante o no, per quanto vada cercando, non trovo nulla o, meglio, trovo troppo. Proprio nel mio posto preferito doveva accadere, penso, e mi porto possibilmente lontano da quel punto, quasi a mezza via tra questo e il posto seguente, ma a rigore non è che uno scherzo, quasi volesse dimostrare che non è stato proprio il mio solo posto preferito a produrre questo disturbo, ma disturbi ne esistono anche altrove, e sorridendo mi metto a origliare, ma tosto smetto di sorridere, perché in verità anche qui sento un sibilo uguale. Non è niente, penso che nessuno tranne me lo udrebbe, lo sento però sempre più distintamente con l'orecchio reso più sensibile dall'esercizio; benché in realtà si tratti dappertutto del medesimo rumore, come posso convincermi facendo confronti. Non diventa neanche più forte, me ne rendo conto quando sto in ascolto nel mezzo della galleria senza origliare proprio alla parete. Allora, solo facendo uno sforzo o addirittura concentrandomi, più che sentire indovino il soffio di un suono. Ma proprio questa uniformità in ogni luogo mi disturba più che mai perché non posso farla concordare con la mia ipotesi iniziale. Se avessi indovinato giustamente la causa del rumore, esso sarebbe dovuto emanare con la massima intensità da un determinato punto che si sarebbe potuto trovare, per poi diventare sempre meno forte. Se invece la mia spiegazione non era esatta, di che mai si trattava? Rimaneva ancora l'eventualità che ci fossero due centri di rumore, che io finora avessi ascoltato lontano dai centri, e quando mi avvicinavo a uno di essi, i suoi rumori aumentassero bensì, ma diminuendo quelli dell'altro centro il risultato totale rimanesse per l'orecchio approssimativamente sempre uguale. E stando attento in ascolto quasi mi pareva di afferrare differenze di suono che rispondevano alla nuova ipotesi, sia pure molto vagamente. In ogni caso dovevo allargare il campo di prova molto più di quanto non avessi fatto finora. Scendo pertanto la galleria fino alla piazzaforte e là mi metto in ascolto. Strano, anche qui il medesimo rumore. Sarà un rumore prodotto dagli scavi di chissà quali animaletti insignificanti che hanno approfittato indegnamente della mia assenza; in ogni caso non hanno alcuna cattiva intenzione contro di me, si occupano soltanto del loro lavoro e, finché non incontrano un ostacolo, seguono la direzione una volta presa: tutte cose che so, eppure riescono incomprensibili, mi irritano e confondono la mia mente così necessaria per i miei lavori, perché hanno osato arrivare fino alla piazza. In questo punto non voglio distinguere: che sia stata la profondità abbastanza notevole della piazzaforte, la sua ampiezza e il corrispondente forte movimento d'aria a spaventare gli scavatori, o semplicemente il fatto che la stessa piazza, in seguito a chissà quali notizie era giunta a fare impressione alla loro scarsa intelligenza? Vero è che fino allora non avevo osservato scavi nelle pareti della piazza centrale. Arrivavano, sì, animali in grandi quantità, attirati dalle acri evaporazioni, li facevo le mie cacce sicure, ma erano penetrati da qualche parte nelle mie gallerie e scendevano poi di corsa, angosciati bensì, ma irresistibilmente attratti. Dunque ora scavavano anche nelle pareti. Avessi almeno eseguito i più importanti progetti della mia giovinezza e della prima virilità, o piuttosto avessi avuto la forza di eseguirli, perché la volontà non mi era certo mancata. Secondo uno di questi piani prediletti bisognava staccare la piazzaforte dalla terra circostante, vale a dire lasciare le pareti soltanto per uno spessore uguale press'a poco alla mia statura, e creare più sopra, tutto intorno alla piazza, tranne un piccolo fondamento non staccabile purtroppo dalla terra, un'intercapedine uguale alla parete. In questa cavità mi ero sempre figurato, e forse non a torto, di avere il più bel soggiorno che per me potesse darsi. Oh, attaccarmi a questa convessità, tirarmici su, scivolare giù, fare una capriola e ritrovare il terreno sotto i piedi, eseguire tutti questi giochi, per così dire, sul corpo della piazza, eppure non entro il suo spazio vero e proprio; poter evitare la piazza, riposare gli occhi dalla sua vista, rimandare a più tardi la gioia di vederla e pure non doverne fare a meno, ma tenerla salda, dirò così, tra gli artigli, cosa impossibile quando si ha soltanto il solito accesso comune; ma soprattutto poterla sorvegliare, essere dunque talmente indennizzati del non vederla, che certamente, dovendo scegliere tra il soggiorno nella piazza e quello nell'intercapedine, si sceglierebbe quest'ultima per tutta la vita, in modo da passeggiarvi sempre in su e in giù e da proteggere la piazza! Allora non ci sarebbero rumori nelle pareti, non si farebbero scavi impudenti fino alla piazza stessa, la pace vi sarebbe garantita, e io ne sarei il custode; non avrei la necessità di star a sentire con disgusto gli scavi della minutaglia, ma ascolterei con delizia una cosa che ora mi manca del tutto: il rombo del silenzio nella piazzaforte.

Sennonché tutte queste belle cose non ci sono e io devo recarmi al lavoro, devo essere quasi contento che questo stia in rapporto diretto con la piazza, perché ciò mi mette le ali ai piedi. Certo, come appare sempre più chiaramente, mi occorrono tutte le energie per questa fatica che sulle prime sembrava così trascurabile. Ora sto in ascolto alle pareti della piazza e dovunque tenda l'orecchio, in alto e in basso, alle pareti o al suolo, agli ingressi o nell'interno, dappertutto, dappertutto, lo stesso rumore. E quanto tempo, quanta tensione richiede questo ascolto del rumore intermittente! Un piccolo conforto per illudermi lo posso trovare, se vogliamo, nel fatto che qui nella piazza, allontanando l'orecchio dal suolo, a causa della vastità, non si sente niente affatto, mentre si sente nelle gallerie. Faccio queste prove talvolta solo per riposare, per ritrovare me stesso, ascolto attentamente e sono felice di non udire nulla. D'altro canto, che cosa è successo? Di fronte a questo fenomeno tutte le mie prime spiegazioni sono un fallimento. Devo però respingere anche le altre spiegazioni che mi si offrono. Si potrebbe credere che ciò che odo proviene dalle bestioline stesse che sono al lavoro. Ma ciò sarebbe contrario a tutte le esperienze: non posso certo cominciare a sentire all'improvviso ciò che non ho mai udito, benché ci fosse sempre. La mia sensibilità ai disturbi potrà essere aumentata nella tana con gli anni, ma l'udito non si è certo fatto più acuto. La natura stessa delle bestiole fa sì che non si odano. Le avrei forse tollerate, se non fosse così? A rischio di morir di fame le avrei distrutte. Forse però – anche questo pensiero mi si insinua nella mente – si tratta di un animale che non conosco, ancora. Potrebbe anche darsi. È vero che da molto tempo e con sufficiente attenzione osservo la vita quaggiù, ma il mondo è vario e le brutte sorprese non mancano mai. In ogni caso non potrebbe essere un animale singolo, ce ne dovrebbe essere un branco entrato improvvisamente nel mio territorio, un grande branco di piccoli animali che essendo percettibili sono superiori alla minutaglia, ma superiori soltanto di poco, dato che il rumore del loro lavoro è molto tenue. Potrebbero essere dunque animali ignoti, un branco di passaggio, che mi disturba, il cui passaggio però dovrebbe cessare presto. A rigore dunque potrei aspettare, senza essere infine costretto a una fatica superflua. Ma se sono animali estranei, perché non si fanno vedere? Ho fatto già molti scavi per afferrarne uno, ma non lo trovo. Mi viene in mente che potrebbero essere animali minuscoli, molto più piccoli di quelli che conosco, e che soltanto il rumore che fanno è maggiore. Esamino perciò la terra scavata, butto in aria le zolle per farle sbriciolare in particelle piccolissime, ma non vi si trovano i produttori del rumore. Piano piano capisco che con questi piccoli scavi di fortuna non raggiungerò nulla, non faccio che frugare dentro le pareti della tana, raspo qua e là in fretta, non ho tempo di colmare i buchi, in qualche punto ci sono già mucchi di terra che impediscono il passaggio e la vista. Sono tutti fastidi di poca importanza, non posso né fare le mie passeggiate né guardarmi in giro né riposare; più volte durante il lavoro mi sono già appisolato in qualche buca per un momento con una zampa aggrappata alla terra dalla quale nel dormiveglia stavo per staccare un pezzo. Ora cambierò metodo. Scaverò un grande cunicolo regolare in direzione del rumore e non smetterò di scavare finché, indipendentemente da ogni teoria, non avrò trovato la vera causa del rumore. Allora, se starà in me, la eliminerò, altrimenti avrò acquistato almeno la certezza. Questa mi darà o la tranquillità o la disperazione, ma sia l'una sia l'altra saranno al di là di ogni dubbio e giustificate. Questa deliberazione mi fa bene. Mi sembra di aver precipitato tutto quanto ho fatto finora; nell'agitazione del ritorno, non ancora libero dalle apprensioni del mondo esterno, non ancora interamente accolto nella pace della tana, reso ipersensibile per averne dovuto fare a meno tanto tempo, mi sono lasciato sconcertare da un fenomeno che riconosco quanto sia strano. Che cosa è, in fondo? Un leggero sibilo, udibile soltanto a lunghi intervalli, un nulla al quale non dirò che ci si possa abituare, no, non ci si potrebbe abituare, ma senza prendere per il momento alcuna misura di difesa lo si potrebbe osservare per qualche tempo, stando cioè in ascolto ogni due ore e registrando pazientemente il risultato anziché, come faccio io, strisciare con l'orecchio lungo le pareti e scavare la terra ogni qualvolta sento il rumore, non già per trovare qualcosa, ma per fare qualcosa che corrisponda all'inquietudine interna. Ora spero che le cose andranno diversamente. D'altro canto non lo spero affatto – come ammetto a occhi chiusi, furibondo contro me stesso – perché tremo dall'inquietudine esattamente come da molte ore e, se il buonsenso non mi trattenesse, mi metterei probabilmente a scavare in qualche punto, indifferente se vi sia qualcosa da sentire o no, cocciuto, ottuso, pur di scavare, quasi simile ormai al minutame che o scava senza alcuna ragione o soltanto perché mangia la terra. Il mio nuovo piano razionale mi alletta e non mi alletta. Non vi è nulla da obiettare, io almeno non avrei alcuna obiezione e, per quanto vedo, il piano dovrà portare alla meta. Eppure, in fondo non ci credo, ci credo così poco che non temo nemmeno i possibili orrori delle sue risultanze, non credo nemmeno in un risultato pauroso; anzi, fin dalla prima comparsa del rumore mi pare di aver pensato a un siffatto scavo razionale e di non averlo ancora cominciato soltanto perché non vi riponevo alcuna fiducia. A onta di ciò lo comincerò naturalmente, non mi resta alcun'altra possibilità, ma non comincerò subito, rimanderò un tantino il lavoro. Se il buonsenso deve trionfare un'altra volta, voglio che trionfi del tutto e non mi precipiterò a eseguire questo lavoro. Prima, in ogni caso, riparerò i danni prodotti da quei miei assaggi; ciò richiederà molto tempo, ma è necessario; se il nuovo cunicolo dovrà portare davvero a una meta, sarà probabilmente esteso, e se non dovesse portare a una meta sarà interminabile; in ogni caso questo lavoro richiede un'assenza piuttosto lunga dalla tana, non così grave come quella dal mondo di sopra; volendo, posso interrompere il lavoro e venire a visitare la mia dimora, e quando anche non lo facessi, l'aria della piazzaforte mi raggiungerà e mi investirà durante il lavoro. Sarà sempre, però, un allontanamento dalla tana e l'abbandono a una sorte incerta; perciò voglio lasciarmi alle spalle la tana in perfetto ordine, non voglio si dica che lottando per la sua tranquillità io stesso l'abbia turbata e non immediatamente ristabilita. Comincio dunque a colmare di terra le buche, lavoro che so fare molto bene, che ho fatto infinite volte, quasi senza considerarlo un lavoro, specie nell'ultima compressione e lisciatura – non è soltanto per lodare me stesso, è semplicemente la verità – sono capace di eseguirlo in maniera insuperabile. Questa volta, però, il lavoro mi pesa, sono troppo distratto, mentre lavoro appoggio continuamente l'orecchio alla parete, sto in ascolto e con indifferenza lascio che la terra appena scavata riscorra sotto di me giù per la china. Quasi non riesco a dare gli ultimi tocchi di abbellimento che richiedono un'attenzione maggiore. Rimangono brutte sporgenze, fastidiose fenditure, senza dire che anche nel complesso in queste pareti così rappezzate viene a mancare la vecchia linea. Cerco di confortarmi pensando che è un lavoro provvisorio. Quando ritornerò, quando la pace sarà ristabilita, aggiusterò ogni cosa definitivamente e allora tutto si potrà fare di volo. Già, tutto si fa di volo nelle fiabe, e anche questa consolazione va messa tra le fiabe. Meglio sarebbe fare subito un lavoro perfetto, sarebbe molto più utile che interromperlo continuamente, andare in giro per le gallerie e scoprire nuove sedi del rumore, la qual cosa in verità è molto facile, perché basta fermarsi in un posto qualunque e stare a sentire. Faccio anche altre scoperte inutili. Talvolta mi pare che il rumore sia cessato, tanto è vero che fa lunghe pause, talvolta il sibilo mi sfugge perché troppo forte mi pulsa il sangue nelle orecchie, e allora due pause si uniscono e per un poco ho l'impressione che il sibilo sia cessato per sempre. Allora non continuo ad ascoltare, balzo in piedi, tutta la vita subisce un rivolgimento, è come si aprisse la fonte dalla quale sgorga il silenzio della tana. Mi guardo dall'andare subito a controllare la scoperta, cerco qualcuno cui poterla prima confidare senza dubitarne, ritorno al galoppo nella piazza; e siccome con tutto ciò che sono mi ridesto a una vita nuova, mi accorgo che da un pezzo non ho mangiato, scavo qualcuna delle provviste mezzo interrate e mentre ancora sto inghiottendo ritorno sul posto dell'incredibile scoperta; soltanto di sfuggita, mentre ancora mangio, voglio riassicurarmi del fatto e sto in ascolto; ma questo ascolto fugace mi dimostra subito che mi sono miseramente ingannato poiché il sibilo lontano continua imperterrito. Allora sputo il boccone, vorrei sotterrarlo a zampate e ritorno al lavoro senza neanche sapere quale; in qualche luogo dove sembra necessario, e questi luoghi non mancano, incomincio a fare qualcosa macchinalmente, come fosse arrivato l'ispettore e dovessi recitare la commedia. Ma dopo aver lavorato così per qualche istante mi può capitare di fare un'altra scoperta. Il rumore pare aumentato d'intensità, non di molto beninteso, si tratta sempre di minime differenze, ma un poco più forte è, l'orecchio lo nota chiaramente. E questo intensificarsi sembra un avvicinamento e, ancor più chiaramente di quanto non si senta la maggior intensità, si vede, per così dire, il passo col quale il rumore si avvicina. Allora mi stacco dalla parete, cerco di afferrare con uno sguardo tutte le eventuali conseguenze che la scoperta potrà avere Ho l'impressione di non aver mai organizzato la tana alla difesa contro un attacco; ne ho avuto l'intenzione, ma il pericolo di un attacco mi era parso contrario a tutte le esperienze della vita, la difesa quindi una cosa lontana – o piuttosto non lontana (come sarebbe mai possibile?), ma di grado inferiore alle disposizioni per una vita pacifica alle quali ho dato quindi sempre la preferenza nella tana. Molte cose si sarebbero potute fare in quel senso senza turbare il progetto fondamentale, ma non si sa come siano state trascurate. Ho avuto molta fortuna in tutti questi anni, la fortuna mi ha viziato; ero stato inquieto, ma l'inquietudine, quando si è fortunati, non conduce a nulla. La prima cosa da fare ora sarebbe veramente un'ispezione della tana per vederne le difese e tutte le eventualità immaginabili, l'elaborazione di un piano di difesa e del relativo progetto di costruzione e poi l'inizio immediato del lavoro, come avessi le energie fresche dei giovani. Questo sarebbe il lavoro necessario per il quale, diciamo pure, è troppo tardi, ma sarebbe necessario davvero, invece di stare a scavare qualche grande galleria esplorativa con l'unico scopo di dedicarmi, senza difesa e con tutte le mie forze, alla ricerca del pericolo, nello stupido timore che questo non possa sopraggiungere abbastanza presto da sé. Ora non capisco più il mio piano precedente. Sensato com'era a suo tempo, non vi riscontro il minimo buonsenso, di nuovo abbandono il lavoro, smetto anche di stare in ascolto, non voglio più scoprire altri aumenti d'intensità, ne ho abbastanza delle scoperte, pianto in asso ogni cosa, e sarei già soddisfatto se potessi placare il mio dissidio interiore. Ancora una volta mi lascio trasportare dalle mie gallerie, arrivo in quelle sempre più lontane, non ancora rivedute dopo il mio ritorno, non ancora toccate dal raspare delle mie zampe dove al mio arrivo il silenzio si desta e mi cala addosso. Non mi abbandono, passo di corsa, non so più che cosa vada cercando. Probabilmente soltanto un rinvio. Mi avventuro così lontano che arrivo fino al labirinto, sono tentato di stare in ascolto sotto la coperta di musco: a cose così lontane, lontane per il momento, m'interesso. Mi avanzo fin lassù e sto ad ascoltare. Silenzio profondo. Com'è bello qui, nessuno si cura della mia tana, ognuno va per i fatti suoi che non mi riguardano punto: come ho fatto a ottenere tutto ciò? Qui sotto il musco è forse l'unico punto della tana dove posso origliare per ore e ore inutilmente.

La situazione interna si è capovolta, quello che finora era il punto pericoloso è diventato un'oasi di pace, mentre la piazzaforte è ormai travolta nel rumore del mondo e dei suoi pericoli. Peggio ancora: in realtà non vi è pace nemmeno qui, qui nulla è mutato; sia tacito o rumoroso, il pericolo sta in agguato come prima sopra il musco, ma io sono diventato insensibile, impegnato come sono ad ascoltare il sibilo nelle mie pareti. Vi sono impegnato? Esso diventa più forte, si avvicina, mentre io striscio nel labirinto e sosto quassù sotto il musco, quasi volessi lasciare ormai la dimora a chi sibila, pur di godere quassù un po' di pace. A colui che sibila? Possiedo forse una nuova esatta opinione intorno alla causa del rumore? Esso proviene certamente dai condotti che le bestiole scavano, non è vero? Non è questa la mia precisa opinione? Non pare che l'abbia ancora abbandonata. E, se non proviene direttamente da quei canali, viene in qualche modo indirettamente. E, se non dovesse connettervisi in alcun modo, non si può certo fare nessuna ipotesi a priori e si deve aspettare finché non si scopra la causa o essa non si manifesti da sé. Certo, anche ora potrei fare un gioco di supposizioni, potrei dire, per esempio: in qualche punto lontano c'è stata una irruzione d'acqua e quello che mi sembra un fischio o un sibilo sarebbe in realtà uno scroscio. Ma prescindendo dal fatto che in questo campo non ho alcuna esperienza – l'acqua sotterranea che avevo trovato da principio l'ho subito deviata e non ne ho più trovata, in questo terreno sabbioso –, prescindendo da ciò, si tratta precisamente di un sibilo e non lo si può interpretare come uno scroscio. A che servono però tutti gli inviti alla calma? La fantasia non si ferma e io tengo effettivamente a credere – non ha scopo negarlo a me stesso – che il sibilo provenga da un animale, non già da molti e piccoli, ma da uno solo e grande. Si possono fare parecchie obiezioni: che il rumore lo si ode dappertutto, sempre con la stessa intensità e per giunta regolarmente di giorno e di notte. Certo, sulle prime verrebbe fatto di supporre l'esistenza di numerosi animaletti, ma, siccome avrei dovuto trovarli nei miei scavi e non ho trovato nulla, non rimane che supporre l'esistenza dell'animale grande, tanto più che contrarie a questa ipotesi sarebbero soltanto cose che non annullano la possibile esistenza dell'animale, ma lo rendono soltanto pericoloso al di là di qualsiasi immaginazione. Solo per questo mi sono opposto a tale ipotesi. Non voglio più saperne di questa illusione. Già da un pezzo mi trastullo con l'idea che lo si ode a grandi distanze per il fatto che lavora febbrilmente e penetra nella terra con la velocità di chi passeggia per la strada aperta; la terra trema a quegli scavi anche quando sono già finiti, e questa vibrazione successiva si fonde col rumore del lavoro stesso in lontananza, di modo che io, udendo l'ultimo dileguarsi del rumore, lo sento uguale dappertutto. A ciò contribuisce il fatto che l'animale non viene verso di me, e perciò il rumore non muta, ci deve essere un piano del quale non afferro il significato; suppongo soltanto che l'animale – e non voglio mica affermare che sappia della mia esistenza – mi accerchi, e già deve aver tracciato alcuni cerchi intorno alla tana da quando l'osservo.

Molto mi dà da pensare la qualità del rumore: sibilo o fischio? Quando gratto e raspo la terra a modo mio, ne viene un suono tutto diverso. Mi spiego il sibilo solo pensando che il principale strumento dell'animale non siano le unghie, con le quali semmai si aiuta, bensì il muso o il grifo che oltre alla forza enorme può anche avere qualche parte tagliente. È probabile che esso fori la terra con un unico potente urto del grifo e ne strappi un bel pezzo; in questo tempo non sento niente, questa è la pausa, ma poi esso aspira di nuovo l'aria per un altro urto. Questo aspirare, che deve provocare un rumore da far tremare la terra non solo per la forza dell'animale ma anche per la sua fretta, per il fervore che mette nel lavoro, questo rumore lo afferro come un leggero sibilo. Mi rimane però incomprensibile la sua capacità di lavoro senza smettere; può darsi che le brevi pause offrano anche la possibilità di un minimo riposo, ma un riposo vero e lungo non deve esserci ancora stato; l'animale scava giorno e notte, sempre con la stessa energia e freschezza, tenendo presente il progetto che vuole eseguire in fretta con tutte le capacità che possiede. Ebbene, non potevo aspettarmi un simile avversario. Senza contare però le sue particolarità, ciò che avviene è soltanto una cosa che avrei dovuto temere sempre, contro la quale avrei sempre dovuto prendere provvedimenti: qualcuno, cioè, si avvicina! Com'è stato possibile che per tanto tempo tutto sia proceduto felicemente e in silenzio? Chi ha guidato i nemici in modo da far fare loro un giro largo intorno ai miei possedimenti? Perché sono rimasto tanto tempo protetto e incontro ora tanta minaccia? Che cos'erano mai quei piccoli pericoli che passavo il tempo a considerare in confronto di questo! Speravo forse, quale proprietario della tana, di avere il sopravvento su chiunque arrivasse? Appunto come proprietario di questo grande, vulnerabile impianto, mi trovo inerme davanti a ogni considerevole attacco. La felicità del possesso mi ha viziato, la delicatezza della costruzione mi ha reso sensibile, le sue ferite mi fanno male come fossero inferte a me. Avrei dovuto prevedere tutto ciò e non pensare soltanto a difendere me stesso – con quanta leggerezza e inutilità ho fatto persino ciò! –, ma a difendere anche la tana. Bisognava provvedere anzitutto a che singole parti della tana, possibilmente molte, quando fossero attaccate da qualcuno, venissero isolate mediante frane che si potessero provocare in minimo tempo dalle parti meno in pericolo e si potessero separare con masse di terra tali e così efficaci da impedire all'aggressore di immaginare che la tana vera e propria fosse al di là. Non basta: questi franamenti dovrebbero non solo nascondere la tana, ma seppellire anche l'aggressore. Non ho fatto neanche il più piccolo tentativo in questo senso, niente, assolutamente niente è avvenuto in proposito, sono stato spensierato come un fanciullo, ho sprecato gli anni virili in giochi da bambini, persino con l'idea dei pericoli mi sono limitato a trastullarmi, ho trascurato di pensare realmente ai pericoli reali. E non sono mancati gli avvertimenti.

È vero che non è stato fatto nulla di uguale al momento presente, ma qualcosa di simile fu fatto nei primi tempi della costruzione. La differenza fu appunto che erano i primi tempi. Io lavoravo allora, direi da piccolo apprendista, alla prima galleria, il labirinto era appena tracciato a grandi linee, avevo già scavato una piazzetta che però nelle misure e nel trattamento delle pareti era un disastro; insomma, tutto era talmente nella fase iniziale che poteva considerarsi soltanto un tentativo, una cosa che quando si perde la pazienza si può anche abbandonare senza molto rimpianto. Allora, in una pausa – nella mia vita ho sempre fatto troppe pause nel lavoro – mentre stavo in mezzo ai mucchi di terra, udii improvvisamente un rumore lontano. Giovane com'ero, provai più curiosità che paura. Smisi di lavorare e stetti in ascolto, sì, in ascolto, senza correre lassù sotto il musco, per stendermi là e non dover ascoltare. Perlomeno stetti in ascolto. Distinguevo benissimo che si trattava di uno scavo simile al mio, era bensì un po' più debole, ma non si poteva calcolare quanto ciò dipendesse dalla distanza. Ero tutto proteso, ma freddo e tranquillo. Può darsi che mi trovi in una tana altrui, pensavo, e che il proprietario muova verso di me. Se la mia supposizione fosse risultata giusta, dato che non sono mai stato avido di conquiste o aggressivo, me ne sarei andato a costruire altrove. Certo, ero ancora giovane, non possedevo ancora una tana, potevo quindi essere freddo e calmo. Nemmeno il seguito mi mise in particolare agitazione, fu soltanto difficile da interpretare. Se quello che stava scavando veniva realmente verso di me perché mi aveva udito scavare, nel momento in cui – come fece effettivamente – cambiava direzione, non era possibile stabilire se lo facesse perché con la mia interruzione nel lavoro gli toglievo ogni possibilità di orientamento o piuttosto perché egli stesso mutava parere. Ma forse mi ero ingannato e quello non si era mai diretto verso di me; certo è che il rumore andò ancora intensificandosi per qualche tempo come si avvicinasse e io, così giovane, non sarei stato neanche scontento di veder sbucare improvvisamente dalla terra lo scavatore; ma ciò non avvenne, a un certo punto il rumore cominciò ad affievolirsi, diventò sempre più fioco, come se lo scavatore deviasse a poco a poco dalla direzione primitiva, finché s'interruppe improvvisamente, come se quello si fosse deciso a prendere la direzione opposta e si allontanasse da me. Nel silenzio porsi ancora a lungo l'orecchio, prima di riprendere il lavoro. Ebbene, l'avvertimento era abbastanza chiaro, ma me ne dimenticai subito e posso dire che non ebbe alcuna influenza sui miei piani edilizi. Tra quel tempo e oggi intercorre la mia età virile; ma non sembra quasi che frammezzo non ci sia nulla? Ancora interrompo a lungo il lavoro, sto in ascolto alla parete, ancora lo scavatore ha mutato parere, ha preso la direzione opposta, ritorna dal viaggio e crede di avermi lasciato il tempo di prepararmi a riceverlo. Dalla mia parte però tutto è disposto meno bene di allora, il grande edificio è indifeso, io non sono più un piccolo apprendista, ma un vecchio costruttore, e le poche forze che mi rimangono mi abbandonano quando si arriva al momento decisivo; ma per quanto sia vecchio, mi pare che accetterei volentieri di essere ancora più vecchio di quel che sono, tanto vecchio da non poter più alzarmi dal giaciglio sotto il musco. In realtà qui non resisto, mi alzo e scendo rapidamente nella mia dimora, come se invece di pace avessi raccolto qui nuove preoccupazioni.

A che punto eravamo dianzi? II sibilo si era attenuato? No, era aumentato. Ascolto in dieci luoghi qualunque e noto benissimo l'illusione, il sibilo è rimasto uguale, nulla è mutato. Di là non avvengono mutamenti, là si sta tranquilli e si è superiori al tempo; qui, invece, ogni istante scrolla chi ascolta. E intanto ripercorro il lungo tragitto fino alla piazzaforte, ogni cosa intorno mi sembra agitata, pare che mi guardi e poi distolga subito lo sguardo per non disturbarmi, e di nuovo si sforzi di scoprire sul mio volto le decisioni per la salvezza. Io, crollo il capo perché non ne ho prese ancora. E non ritorno nella piazza per attuarvi qualche progetto. Passo dal posto dove volevo scavare il cunicolo di assaggio, mi soffermo a esaminare il luogo che sarebbe stato buono, il cunicolo avrebbe portato verso la maggior parte dei piccoli canali di aerazione i quali mi avrebbero facilitato di molto il lavoro, forse non avrei neanche dovuto scavare lontano per avvicinarmi all'origine del rumore, forse sarebbe bastato accostare l'orecchio a quei canali. Ma nessuna considerazione è tanto forte da indurmi a questo lavoro di scavo. Questa galleria dovrebbe darmi la certezza? Sono arrivato al punto che la certezza non la voglio neanche. Nella piazza centrale scelgo un bel pezzo di carne rossa spellata e mi rannicchio con essa in uno dei mucchi di terra dove regnerà certamente il silenzio, in quanto qua dentro esiste ancora il silenzio vero e proprio. Lecco e gusto la carne, penso ora alla bestia ignota che in lontananza se ne va per la sua strada, poi penso che, finché mi è possibile, dovrei godermi lautamente le mie provviste. Quest'ultimo è probabilmente l'unico piano attuabile che io possiedo. Oltre a ciò procuro di indovinare il piano dell'animale. Sta viaggiando o lavora alla sua tana? Se è in viaggio, si potrebbe anche venire a un'intesa. Se realmente giunge fino a me, gli do un po' delle mie provviste e proseguirà per la sua strada. Sì, proseguirà. Tra i miei mucchi di terra posso naturalmente sognare qualunque cosa, anche un'intesa, pur sapendo benissimo che una cosa di questo genere non esiste e che nel momento in cui ci vedremo o anzi soltanto ci figureremo di essere vicini, muoveremo l'uno contro l'altro ugualmente furenti, nessuno prima e nessuno dopo, con gli artigli e coi denti e con novella fame, anche se saremo del tutto sazi. E, come sempre, anche qui a buon diritto: chi infatti, pur essendo in viaggio, non muterebbe di fronte alla tana i suoi progetti per il viaggio e per l'avvenire? Ma forse l'animale sta scavando nella propria tana e in questo caso non posso nemmeno sognare un'intesa. Fosse anche un animale così singolare che la sua tana potesse tollerare un vicinato, non lo tollera la mia, non tollera almeno un vicinato che si possa udire. Ora l'animale sembra molto lontano; e se si ritirasse ancora un poco più in là, penso che anche il rumore scomparirebbe, penso che tutto potrebbe aggiustarsi come ai bei tempi; rimarrebbe soltanto una brutta, ma benefica esperienza che mi spingerebbe alle più svariate migliorie; quando sono tranquillo e il pericolo non è immediato, sono ancora ben capace di ogni sorta di lavori considerevoli; può darsi che l'animale, date le enormi possibilità che ha a sua disposizione in rapporto alla sua capacità di lavoro, rinunci ad ampliare la tana in direzione della mia e trovi compenso da un'altra parte. Nemmeno questo si può raggiungere mediante trattative, ma soltanto con l'intelligenza dell'animale stesso o con una pressione esercitata da parte mia. In entrambi i casi deciderà il fatto se e fin dove l'animale è informato sul conto mio. Quanto più ci penso, tanto più sembra inverosimile che esso mi abbia udito;

può darsi, anche se non riesco a figurarmelo, che abbia avuto notizia di me per altre vie, ma non credo che mi abbia udito. Non può avermi udito fintanto che io non sapevo niente di lui, perché allora me ne stavo silenzioso: non esiste nulla di più silenzioso che il rivedere la tana; poi, quando feci gli scavi di assaggio, avrebbe, sì, potuto udirmi, benché la mia maniera di scavare faccia pochissimo rumore; ma, se mi avesse udito, anch'io me ne sarei dovuto accorgere; almeno durante il lavoro avrebbe dovuto più volte sostare e rimanere in ascolto. Tutto invece è rimasto immutato...

da

UN DIGIUNATORE

(1922-1924)

Titolo originale: *Ein Hungerkünstler*
Traduzione di Rodolfo Paoli

Un digiunatore

(1922)

In questi ultimi decenni l'interesse pei digiunatori è molto diminuito. Mentre prima meritava metter su spettacoli di questo genere per proprio conto, oggi sarebbe assolutamente impossibile. Erano altri tempi quelli. Tutta la città si occupava allora del digiunatore; a ogni giorno di digiuno aumentava l'interesse del pubblico; tutti volevano vedere il digiunatore, almeno una volta al giorno; e negli ultimi giorni c'erano perfino degli abbonati che sedevano intere giornate davanti alla sua piccola gabbia; anche di notte avevan luogo delle visite, alla luce delle fiaccole, per aumentare l'effetto; quando il tempo era bello la gabbia veniva trasportata all'aperto, e allora erano specialmente i bambini a cui veniva mostrato il digiunatore; mentre per gli adulti costituiva spesso solo uno spasso, a cui si partecipava perché era di moda, i bimbi lo guardavano ammirati, a bocca aperta, tenendosi per precauzione per la mano, mentre egli, pallido, nella sua maglia nera, con le costole esageratamente sporgenti, sdegnando perfino una poltrona, se ne stava seduto sopra paglia sparsa qua e là, facendo a volte un cenno cortese con la testa, a volte rispondendo alle domande con un sorriso sforzato o allungando un braccio attraverso le sbarre per far palpare la sua magrezza; e finiva poi per sprofondarsi in se stesso, senza occuparsi più di nessuno, neppure del battito dell'orologio – così importante per lui – unico mobile della sua gabbia, per guardare fissamente cogli occhi semichiusi dinanzi a sé, succhiando di quando in quando un sorso d'acqua da un minuscolo bicchierino, per inumidirsi le labbra.

Oltre agli spettatori consueti e mutevoli c'erano anche dei guardiani fissi, scelti dal pubblico, che per una strana coincidenza eran di solito macellai e, sempre a tre per volta, avevan il compito di sorvegliare il digiunatore giorno e notte, perché, clandestinamente, non riuscisse a nutrirsi in qualche modo. Ma era solo una formalità, adottata per tranquillità della folla, poiché gl'iniziati sapevano bene che il digiunatore, durante il periodo, non avrebbe toccato nessuna qualità di cibo, a nessun costo, neppure se vi fosse stato costretto; lo impediva il rispetto verso la sua arte. Ma naturalmente non tutti i guardiani potevano intender ciò; a volte si formavano dei gruppi di sorveglianti notturni, che compivano il loro dovere molto superficialmente, si ritiravano di proposito in un cantuccio lontano, per darsi tutti a giocar a carte, con l'intenzione evidente di dare al digiunatore il modo di fare un piccolo spuntino che, a loro parere, avrebbe potuto consumare ricorrendo a qualche segreta riserva. Per il digiunatore nulla era più penoso di questi guardiani; lo facevano diventare melanconico, gli rendevano terribilmente difficile il digiuno; a volte riusciva a vincere la sua debolezza e cantava durante la veglia finché aveva fiato, per mostrar a quella gente quanto ingiustamente sospettavano di lui. Ma serviva a poco, perché quelli invece lo ammiravano per la sua abilità di mangiare perfino mentre cantava. Preferiva di molto quei guardiani che si sedevano proprio vicino alla gabbia e, non contenti della fioca illuminazione notturna della sala, lo illuminavano con lampadine elettriche tascabili, che l'impresario metteva a loro disposizione. Quella luce cruda non lo disturbava per nulla; tanto, dormire non poteva, mentre gli riusciva di appisolarsi un poco sempre, con qualsiasi illuminazione e a qualsiasi ora, anche se la sala era piena di gente e di fracasso; egli era dispostissimo a passare la notte con quei guardiani senza dormire mai; era pronto a scherzare con loro, a raccontare loro qualche storia della sua vita errante, ad ascoltare a sua volta i loro racconti, e tutto soltanto per tenerli svegli, per convincerli continuamente che non c'era nulla da mangiare nella gabbia e che egli digiunava come nessuno di loro avrebbe potuto fare. La sua felicità toccava il colmo, però, quando faceva giorno e, a sue spese, veniva portata loro un'abbondantissima colazione, su cui si gettavano con l'appetito proprio delle persone sane dopo una faticosa veglia notturna. C'era, è vero, della gente che vedeva in questa colazione una scandalosa circonvenzione dei guardiani da parte sua, ma era un andar troppo oltre, e quando si chiedeva a quelle persone, se fossero disposte ad assumersi la veglia notturna senza colazione, per andar in fondo alla cosa, si dileguavano, pur restando fedeli ai loro sospetti.

Questo d'altronde faceva parte di quei sospetti che circondavano comunque l'arte del digiuno. Nessuno infatti era in condizione di passar tutti quei giorni e quelle notti ininterrottamente come guardiano accanto al digiunatore, e nessuno dunque poteva sapere, per propria esperienza, se il digiuno veniva osservato davvero senza interruzioni, in maniera assoluta; solo il digiunatore in persona era in grado di saperlo e di essere così anche lo spettatore pienamente soddisfatto del suo digiuno. Egli invece non era soddisfatto mai, per un'altra ragione: forse non era dimagrito per il digiuno – tantoché alcune persone, pur dolenti, erano costrette a rinunciare a quello spettacolo perché non sopportavano la sua vista – ma piuttosto perché non era soddisfatto di sé. Egli non sapeva – e nessun iniziato lo sospettava – quanto facile fosse il digiunare. Era la cosa più facile del mondo. Non lo nascondeva neanche, ma non gli si prestava fede e, nel migliore dei casi, lo si riteneva modesto, più spesso avido di pubblicità o addirittura un imbroglione, a cui il digiunare certo era facile, perché sapeva renderselo tale, e aveva anche la faccia tosta di lasciarlo intendere. Tutto questo ormai l'aveva dovuto sopportare, e nel corso degli anni ci s'era perfino abituato, ma nell'intimo questo malcontento lo rodeva sempre, tant'è vero che mai, dopo nessun periodo di digiuno – questa testimonianza non gli si poteva negare – aveva lasciato la gabbia spontaneamente. Come termine massimo del digiuno l'impresario aveva fissato quaranta giorni, non gli permetteva di superare mai quel limite, neppure nelle metropoli... e non senza ragione. L'esperienza insegnava che sino a quaranta giorni si poteva aumentare gradatamente l'attenzione di una città con una pubblicità sempre più intensa; più a lungo il pubblico non rispondeva più; si notava una sensibile diminuzione dell'affluenza; c'era naturalmente qualche divario, sotto questo aspetto, tra un paese, tra una città e l'altra, ma la regola era che quaranta giorni costituissero il limite massimo. Il quarantesimo giorno la porta della gabbia inghirlandata veniva aperta, una folla di spettatori entusiasmati gremiva l'anfiteatro, una banda militare suonava, due medici entravano nella gabbia per fare le misurazioni di rito al digiunatore, con un megafono venivano diffusi tra la gente i risultati dell'esame medico, e finalmente arrivavano due giovani signore, felici d'esser state designate dalla sorte, per aiutare il digiunatore a uscir dalla gabbia, scendere due scalini e arrivare sino al tavolino ove era imbandito un pranzo da malati, preparato con cura. A questo punto il digiunatore si ribellava sempre. Porgeva di buon grado, sì, le braccia scheletrite alle signore chine su di lui, che gli tendevano le mani pronte per aiutarlo, ma non si voleva alzare. Perché smettere il digiuno proprio ora, dopo quaranta giorni? Avrebbe resistito ancora a lungo, per un tempo illimitato; perché farlo smettere proprio ora ch'era nel punto culminante del digiuno, anzi non c'era ancora arrivato? Perché defraudarlo della gloria di continuare ancora a digiunare, di diventare non solo il più gran digiunatore di tutti i tempi – questo, forse, lo era già – ma di superare perfino se stesso sino a un punto incredibile, perché sentiva che le sue possibilità di digiunare erano addirittura illimitate? Perché quella folla che dimostrava di ammirarlo tanto, aveva tanta poca pazienza con lui? Se resisteva lui a digiunare ancora, perché non voleva resister lei? E levava lo sguardo verso gli occhi di quelle signore, apparentemente così gentili, in realtà così crudeli, scuotendo la testa troppo pesante per il suo debole collo. E poi era stanco, se ne stava bene lì nella paglia e doveva invece rizzarsi in tutta la sua lunghezza, per andar verso quel cibo, il cui solo pensiero gli procurava una nausea, che solo per riguardo alle signore cercava faticosamente di soffocare. Ma poi avveniva quel che capitava sempre. Interveniva l'impresario e senza dir una parola – la musica non permetteva di scambiarne neppure due – levava le braccia sul digiunatore, come se invitasse il cielo a guardar una buona volta sulla paglia la sua opera, quel povero martire – e questo il digiunatore lo era, ma in tutt'altro senso –, afferrava il poveretto per la esile vita, facendo credere, con un eccesso di precauzione, di aver a che fare con un oggetto molto fragile, per consegnarlo poi – non senza averlo di nascosto scosso un poco, facendogli così oscillare in qua e in là senza controllo le gambe e il busto – alle signore, che erano intanto mortalmente impallidite. Da quel momento il digiunatore tollerava tutto; la testa pendeva sul petto, come se fosse rotolata lì per caso, fermandosi per una qualche ragione inspiegabile; il corpo era tutto incavato; le gambe, con le ginocchia serrate per istinto di conservazione, raspavano il suolo come se non fosse quello vero, ma lo stessero, a quel modo, soltanto cercando; e tutto il peso, per quanto modesto, del suo corpo gravava sopra una delle signore, che, cercando aiuto intorno e tutta ansimante – non s'era certo immaginata così quell'incarico onorifico – prima allungava il collo quanto era possibile, per preservare almeno il viso dal contatto col digiunatore, ma poi, vedendo che non ci riusciva e che la sua più fortunata collega non le veniva in soccorso, ma si contentava di reggere tremando davanti a sé la mano del digiunatore – un mucchietto d'ossa –, scoppiava in lacrime tra le risate di soddisfazione della sala, per venir subito sostituita da un inserviente pronto già da tempo. Poi veniva il pasto, di cui l'impresario faceva ingerire qualche boccone al digiunatore caduto in un dormiveglia simile a un deliquio, mentre parlava allegramente, per distrarre l'attenzione del pubblico dallo stato pietoso in cui il poveretto si trovava; poi veniva ancora un brindisi al pubblico e l'impresario dava a intendere che glielo aveva sussurrato il digiunatore stesso; la banda sottolineava tutto con una rumorosa fanfara finale, la folla si disperdeva e nessuno aveva più diritto di essere scontento dello spettacolo, tranne il digiunatore, lui soltanto sempre.

Così aveva vissuto per molti anni con brevi e regolari intervalli di riposo, in mezzo a un apparente benessere, rispettato dal mondo, eppur quasi sempre immerso in una cupa malinconia, che diveniva sempre più cupa perché nessuno riusciva a prenderla sul serio. E come, d'altronde, consolarlo? Che poteva ancora desiderare? E se per caso capitava una volta una persona di buon cuore, che lo compativa e gli voleva spiegare come quella malinconia probabilmente venisse dal digiuno, poteva anche accadere, specie quando il digiuno era già molto lungo, che il digiunatore rispondesse con un impeto di furore e, tra lo spavento di tutti, si mettesse a scuotere le sbarre della gabbia come una bestia. Ma in casi simili l'impresario ricorreva a una punizione, che usava di preferenza. Scusava il digiunatore dinanzi al pubblico radunato, ammetteva che si poteva perdonare il contegno del digiunatore solo pensando a una irascibilità, provocata dalla fame, e solo difficilmente immaginabile da chi era sazio; veniva poi, come di conseguenza, a parlare, per spiegarla nello stesso senso, dell'asserzione del digiunatore di poter prolungare il digiuno molto più di quel che già non facesse; lodava il nobile intento, la buona volontà, la grande abnegazione, contenuti certo anche in questa asserzione; ma tentava poi subito di svalutarla mostrando semplicemente delle fotografie, subito messe in vendita, in cui si vedeva il digiunatore giunto al quarantesimo giorno, in un letto, quasi esausto dalla debolezza. Questa maniera di storcere la verità, per quanto ben nota al digiunatore, riusciva pur sempre a snervarlo ogni volta ed era veramente troppo per lui. Quella che era la conseguenza di una anticipata fine del digiuno, veniva presentata qui come la causa! Era impossibile lottare contro una simile incomprensione, contro questa universale incomprensione. Ogni volta era rimasto ad ascoltare ansiosamente e fiducioso, attaccato alle sbarre, l'impresario, ma quando comparivano le fotografie, abbandonava ogni volta la gabbia per ricadere con un sospiro sulla paglia, mentre il pubblico tranquillizzato poteva riavvicinarsi e guardarlo.

I testimoni di queste scene, quando ci ripensavano qualche anno dopo, non riuscivano quasi più a comprender se stessi, perché nel frattempo era intervenuto quel mutamento cui s'è accennato; ed era sopraggiunto quasi d'improvviso; ci sarà stata certo qualche ragione profonda; ma chi si prendeva la briga di andar a cercarla? Comunque un bel giorno il digiunatore, così viziato dal pubblico, si vide abbandonato dalla folla desiderosa di divertirsi, che affluiva ormai ad altri spettacoli. Un'ultima volta l'impresario se lo trascinò dietro in fretta per mezza Europa, per vedere se qua e là non rispuntasse l'antico entusiasmo; ma tutto fu vano; come per una segreta intesa si era destata una vera avversione per il digiuno come spettacolo. Naturalmente questo fenomeno non s'era potuto verificare in realtà da un momento all'altro e ora tornavano in mente, in ritardo, alcuni segni precursori di cui, a suo tempo, nell'ebbrezza del successo, non s'era tenuto abbastanza conto, né sufficientemente ostacolata l'apparizione; ma era troppo tardi ormai per combatterli in qualche modo. Era bensì certo che sarebbe tornata un giorno l'ora fortunata del digiuno, ma non era sufficiente conforto per quelli che vivevano allora. Cosa doveva fare il digiunatore? Uno, che si era visto acclamare da migliaia di persone, non poteva esibirsi nei baracconi delle piccole fiere di campagna; per mettersi a fare un altro mestiere il digiunatore non solo era troppo vecchio, ma soprattutto troppo fanaticamente attaccato alla sua arte. Così egli congedò l'impresario, compagno di una carriera senza pari, e subito si fece scritturare da un gran circo; per riguardo alla sua suscettibilità non volle neppure vedere le clausole del contratto.

Un gran circo con quella marea di persone, di animali e di arnesi, che si equilibrano e si completano l'un con l'altro, può sempre utilizzare chicchessia, in qualunque momento, anche un digiunatore, naturalmente purché abbia pretese relativamente modeste; inoltre, in questo caso particolare, non era soltanto lui a essere scritturato, ma anche il suo nome da tempo ormai celebre; anzi per la singolarità di quest'arte, che con l'aumentare degli anni non soffriva diminuzioni, non si poteva neanche dire che in questo caso un artista ormai invecchiato, non più nel pieno splendore dei suoi mezzi, si fosse rifugiato nel tranquillo impiego di un circo, ché anzi il digiunatore assicurava, e gli si poteva credere, che avrebbe continuato a digiunare come prima; affermava perfino che, se lo lasciavano fare – e gli fu promesso senz'altro – avrebbe proprio ora stupito il mondo e con ragione; un'asserzione, questa, che, considerando l'umore del tempo – e il digiunatore nel suo entusiasmo se ne dimenticava facilmente – suscitava nella gente del mestiere solo un sorriso.

In fondo anche il digiunatore s'era reso conto del reale stato delle cose e considerò quindi naturale che non lo si mettesse con la sua gabbia nel mezzo della pista, come un numero sensazionale, ma fuori, in un posto del resto comodamente accessibile, in vicinanza delle stalle. Grandi cartelli variopinti incorniciavano la gabbia, spiegando al pubblico cosa c'era da vedere in quel luogo. Quando, durante le pause dello spettacolo, la gente s'affollava verso le stalle per vedere le bestie, era quasi inevitabile che passasse davanti al digiunatore e si soffermasse un attimo davanti a lui; forse c'era chi si sarebbe trattenuto anche più a lungo se non ci fossero stati, nello stretto corridoio, quelli che venivano dietro e non comprendevano la ragione di quell'indugio sulla via che portava alle ambite stalle, rendendo così impossibile una visita più prolungata e pacata. Questa era anche la ragione per cui il digiunatore tremava al pensiero di queste ore di visita, di cui pure era ansioso come dello scopo della sua vita. Nei primi tempi non vedeva l'ora che queste pause dello spettacolo arrivassero; la vista di quella massa ondeggiante di gente, che si avvicinava, l'aveva incantato, sinché non s'era presto convinto – anche la più tenace, quasi consapevole illusione non aveva resistito all'esperienza – che intenzionalmente erano tutti, senza eccezione, dei visitatori delle stalle. Lo spettacolo della gente che s'avvicinava da lontano rimase la sensazione migliore, perché appena era giunta vicino a lui, egli veniva come sopraffatto dal gridio e dalle dispute di due gruppi che si formavano di continuo: uno di coloro, che volevano guardarselo comodamente – e presto divenne per il digiunatore il gruppo più sgradito – ma non per una vera comprensione, bensì per capriccio e puntiglio; e un altro di coloro, che prima di tutto volevan giungere alle stalle. Passato il grosso del pubblico, venivano poi i ritardatari e proprio questi, cui nessuno impediva di fermarsi quanto volevano, gli passavano dinanzi, allungando il passo, senza quasi degnarlo di un'occhiata, per arrivare in tempo a veder gli animali. E non era davvero molto frequente il caso fortunato di un padre di famiglia che, arrivando lì coi figlioli, accennava col dito al digiunatore, spiegando loro minuziosamente di che si trattasse, ricordando i tempi andati, in cui aveva assistito a esibizioni simili, ma molto più grandiose; i bambini, scarsamente preparati su questo argomento dalla scuola e dalla vita –, che poteva significare per loro: patir la fame? – continuavano a starsene lì senza capire, ma nello splendore dei loro occhi incuriositi, pareva di intravedere il riflesso di tempi nuovi, lontani ancora e più caritatevoli. Forse, si diceva a volte il digiunatore, tutto sarebbe andato meglio se non lo avessero collocato tanto vicino alle stalle. Così la gente aveva una scelta troppo facile, per tacere poi che le esalazioni delle stalle, l'irrequietezza delle bestie nella notte, il passaggio dei pezzi di carne cruda per le belve, i ruggiti che ne accompagnavano i pasti lo disturbavano molto e lo deprimevano continuamente. Non osava però rivolgersi alla direzione del circo per protestare; in fondo doveva alla presenza delle bestie quella folla di spettatori, tra cui poteva pur capitarne di quando in quando uno destinato a lui e chi sa dove l'avrebbero cacciato, se richiamava l'attenzione della direzione sopra di sé e quindi anche sul fatto che, in conclusione, egli costituiva solo un ostacolo sulla via che conduceva alle stalle.

Un piccolo ostacolo, però, che si faceva sempre più piccolo: ci si abituò alla stranezza, in tempi come i nostri, di reclamare l'attenzione del pubblico sopra un digiunatore, e con questa abitudine il suo destino fu segnato. Poteva digiunare quanto voleva... ed egli lo faceva; ma nulla lo poteva più salvare, nessuno più si curava di lui. Si provi qualcuno a spiegare l'arte del digiuno! A chi non la conosce, non si può darne un'idea. I bei cartelloni con le iscrizioni divennero sudici e illeggibili; vennero strappati via e a nessuno venne in mente di sostituirli; la piccola tabella poi col numero dei giorni di digiuno compiuti, che nei primi tempi veniva rinnovata ogni giorno, rimase per lungo tempo sempre la stessa, poiché dopo le prime settimane al personale del circo anche quella piccola fatica era parsa troppo; e così il digiunatore continuava a digiunare, come aveva sognato un tempo, e gli riusciva senza sforzo come aveva predetto, ma nessuno contava più i giorni, nessuno, nemmeno il digiunatore, sapeva quanto alta era ormai la sua prova e il suo cuore si sentì oppresso. E se una volta, in quel tempo, qualche sfaccendato si fermava dinanzi alla gabbia, considerava con ironia la cifra altissima e parlava di imbroglio, era, in questo senso, la più stupida menzogna che l'indifferenza e un'innata malignità avevan potuto inventare; poiché non era il digiunatore a ingannare – egli lavorava onestamente – ma il mondo lo frodava del premio che si meritava.

E passarono ancora molti giorni e anche questo finì. Un giorno la gabbia dette nell'occhio a un custode, che chiese agli inservienti perché si tenesse lì quella gabbia ancora buona a usarsi, senza utilizzarla, con tutta quella paglia fradicia; nessuno lo sapeva, sinché uno, col soccorso dei cartelli, non si ricordò del digiunatore. La paglia venne smossa con delle stanghe e vi si trovò il digiunatore. «Digiuni dunque ancora?» chiese il custode «quando ti deciderai a smettere?» «Perdonatemi voi tutti» sussurrò il digiunatore; ma soltanto il custode che teneva l'orecchio accosto alle sbarre, lo intese. «Ma certo,» disse il custode, tóccandosi la fronte con un dito per accennare al personale lo stato in cui si trovava il poveretto «ti perdoniamo.» «Ho voluto sempre che ammiraste il mio digiuno» continuò il digiunatore. «E noi infatti ne siamo ammirati» disse condiscendente il custode. «E invece non dovete ammirarlo» replicò il digiunatore. «E allora non lo ammireremo,» rispose il custode «ma poi perché non dobbiamo farlo?» «Perché sono costretto a digiunare» continuò il digiunatore. «Ma senti un po'» disse il custode «perché non ne puoi fare a meno?» «Perché io,» disse il digiunatore, sollevando un poco la sua piccola testa e parlando con le labbra appuntite come per un bacio proprio all'orecchio del custode «perché non riuscivo a trovar il cibo che mi piacesse. Se l'avessi trovato, non avrei fatto tante storie e mi sarei messo a mangiare a quattro palmenti come te e gli altri.» Furono le sue ultime parole, ma nei suoi occhi spenti si leggeva ancora la ferma, anche se non più superba convinzione di continuare a digiunare.

«E ora fate ordine!» disse il custode; e il digiunatore fu

sotterrato insieme alla paglia. Nella gabbia fu messa poi una giovane pantera. E vedere nella gabbia sì a lungo deserta dimenarsi quella fiera fu un sollievo per tutti, anche per gli spettatori più ottusi. Non le mancava nulla. Il cibo, che le piaceva, glielo portavano senza tante storie i guardiani; non sembrava neppure che la belva rimpiangesse la libertà; quel nobile corpo, perfetto e teso in ogni parte sin quasi a scoppiarne, pareva portar con sé anche la libertà; sembrava celarsi in qualche punto della dentatura; e la gioia di vivere emanava con tanta forza dalle fauci, che agli spettatori non era facile resistervi. Ma si dominavano, circondavano la gabbia e non volevano saperne di andar via.

Indice